소설

38사기동대 1

38사기동대 1

1판1쇄 펴냄 2017년 6월 26일

극본 한정훈 | **소설** 한승일

펴낸이 김경태 | **편집** 홍경화 김은영 전민영 성준근
디자인 박정영 | **마케팅** 곽근호 윤지원
펴낸곳 (주)출판사 클
출판등록 2012년 1월 5일 제311-2012-02호
주소 03385 서울시 은평구 연서로26길 25-6
전화 070-4176-4680 | 팩스 02-354-4680 | 이메일 bookkl@bookkl.com

ISBN 979-11-85502-74-8 03810

이 도서의 국립중앙도서관 출판예정도서목록(CIP)은 서지정보유통지원시스템 홈페이지(http://seoji.nl.go.kr)와
국가자료공동목록시스템(http://www.nl.go.kr/kolisnet)에서 이용하실 수 있습니다.
(CIP제어번호: CIP2017014087)

소설

38사기동대 1

끝까지 사기쳐서 반드시 징수한다

한정훈 극본, 한승일 소설

차례

작가의 말

드라마 〈38사기동대〉 대본을 집필하는 동안 여러 번 저를 괴롭힌 말들이 있었습니다.

"세금 이야길 누가 좋아하겠냐?" "너무 어렵지 않냐?" "너나 좋아 하는 이야기 아니냐?" "시청자들이 공감 못 할 거다" 등등…… 시청자 분들의 관심이 없이는 존재할 수 없는, '드라마 작가'라는 직업을 가진 저에게는 상당히 뼈아픈 말들이었습니다.

그럼에도 저를 비롯한 〈38사기동대〉 제작진이 16부작 드라마를 끝까지 완주할 수 있었던 힘은 '세금'이라는 주제가 '개인의 이야기'가 아니라 '우리의 이야기'라는 믿음이었습니다.

세상에 수많은 부조리가 있듯 그 수많은 부조리와 싸우는 '우리'가 있습니다. '38사기동대'의 모델인 서울시 38세금징수팀 분들도 '우리' 이고, 삶의 현장에서 묵묵히 일하며 불평등에 저항하는 분들도 '우리'

이며, 이 책을 읽고 계시는 여러분들도 '우리'입니다.

그 '우리'가 있기에 드라마 〈38사기동대〉도 존재할 수 있었고, 이렇게 소설로까지 출판되는 게 아닐까 싶습니다.

우리는 더 나은 세상에서 살 권리가 있고, 우리는 더 나은 세상을 물려줄 의무가 있다고 생각합니다. 다음 세대에 부끄럽지 않은 '우리'가 될 수 있도록, 자기 자신에게 부끄럽지 않은 '우리'가 될 수 있도록, 끝까지 파이팅 합시다. 우리 모두가 백성일입니다.

마지막으로 소설 《38사기동대》가 출간되기까지 노력해주신 모든 분들께 감사의 말씀을 드립니다.

한정훈

1
기억

시내 한복판을 정신없이 달렸다. 숨이 목구멍까지 차올라 저절로 인상이 구겨졌고, 땀이 눈에 스며 앞도 잘 보이지 않았다. 옆구리가 결려 더 이상 발을 내딛기 힘든 와중에도 백성일의 머릿속에는 김민식과 옥상에서 나눴던 대화만 맴돌았다.

"성일아. 야! 우리가 뭘 그렇게 잘못했냐? 우리가 뭘!"

점점 커지는 목소리만큼이나 절박했던 그의 표정이 떠올랐다.

"진짜 일 좀 하면서 살자는 거잖아! 일 좀!"

이젠 발을 빨리 놀릴 때마다 숨이 목을 넘어 턱을 흔들었다. 그럼에도 그때의 대화는 점점 더 또렷해졌다.

"아니, 형님. 그래도 이거는 우리가……."

"그러지 말고 딱 한 번만 형 좀 도와줘라. 우리가 맞는 거잖아!"

이젠 한계였다. 물에 빠졌을 때처럼 숨을 마음대로 들이쉬기도 쉽지 않았다. 하지만 심장이 터질 것 같은 고통보다 그때의 기억이 더 괴로웠다.

"형님, 이제부터 그거…… 우리가 판단하지 맙시다. 우리 공무원이잖아."

"야, 이 새끼야! 법대로 해서 법을 지킬 수 있을 거 같아?"

간절함과 분노가 뒤범벅된 김민식의 표정을 외면하기 어려웠지만 어쩔 수 없었다.

"우리 튀지 맙시다. 연금 타야 돼."

그에게 차갑게 내뱉었던 한마디가 백성일의 목을 조르는 것 같았다.

무섭게 달려 서원시청에 도착하자 백성일은 대화를 나눴던 옥상부터 찾아 올라갔다. 아직 그가 그곳에 있기를 간절히 바랐지만 김민식은 보이지 않았다. 불길한 마음에 지하 주차장으로 내달렸다. 정신없이 둘러보며 뛰어봐도 그의 모습은 보이지 않았다. 더 이상은 달릴 수 없을 것 같았다. 주저앉으려는 무릎을 부여잡고 숨을 고르는 사이 저 멀리 혼자 동떨어져 주차된 차가 보였다. 그 순간 나쁜 예감에 휩싸였고, 안타깝게도 이런 예감은 틀린 적이 없었다. 마지막 기운을 짜내 달려간 차는 '공무수행' 팻말이 달린 김민식의 차였다. 굳게 닫힌 차 안은 연기로 뿌옇게 흐려 있었다. 그리고 이미 그의 처진 고개가 흐릿하게 보였다.

"민식이 형! 형, 거기 있어?"

어디에 도움을 청할 수도 없었고, 그저 창문을 두드리며 목이 터져라 이름을 불렀다. 그러나 그는 대답이 없었다. 백성일은 급한 마음에 주먹으로 온 힘을 다해 창문을 내려쳤지만 쉽게 깨지지 않았고, 창문을 내려치던 주먹의 살갗이 벗겨져 피가 맺혔지만 신경 쓸 겨를이 없었다. 창문을 내려치는 백성일의 고함 소리가 지하 주차장을 가득 메웠다.

2
공무원

서류 뭉치를 들고 바쁘게 돌아다니는 모습, 회의하는 모습, 적당히 요령을 피우며 게임하는 관리자들. 겉보기에는 서원시청 세금징수국 역시 여느 회사와 다를 것 없어 보인다. 다른 점을 굳이 찾자면 언제나 미안한 말투와 얼굴로 통화하고 있는 말단 직원들의 모습이다.

"4월에요? 아, 그러니까 파산 선고가 돼도 조세는 감면되는 게 아니고요. 예, 저희 쪽에 다 전산화가 다 되어 있고, 또 선생님께선 납세의무자시기 때문에 저희가……."

통화를 하던 천성희가 수화기를 귀에서 멀찍이 떨어뜨렸다. 세금을 빼앗기는 돈이라고 생각하는 사람들은 종종 화를 참지 못하고 냅다 소리를 지르곤 했다. 이렇다보니 세금징수국 직원들은 할 일을 할 뿐인데, 언제나 상대방 눈치를 보며 통화할 수밖에 없었다. 천성희는 수화기를 들고 한동안 기다렸지만 상대의 고성은 멈추지 않았다. 더 이상 통화가 불가능한 상황. 자기 선에서 정리할 단계를 넘었다는 판단이 섰다. 천성희는 송화기를 막고 백성일을 향해 말했다.

"과장님, 가택수색 바로 가야 할 거 같은데요."

다른 이들처럼 적당히 요령을 부리고 영어 공부나 하던 세금징수3과 과장 백성일은 천성희가 부르는 소리를 듣지 못했다.

"과장님?"

천성희가 몸을 일으켜 눈에 들어왔을 때가 돼서야 자기를 부르고 있음을 알았다. 서둘러 귀에 꽂은 이어폰을 빼고 물었다.

"어? 뭐, 뭐라고?"

그 목소리가 컸는지 천성희가 검지손가락을 입에 대 목소리를 낮추라는 신호를 보내며 말했다.

"저번에 얘기한 김은숙 씨네, 가택수색 가야 할 거 같아요."

"지금? 지금 몇 시야?"

더 이상 미룰 수 없는 체납자는 망설임 없이 가택수색 하기로 이미 내부 논의가 끝난 사안이었다. 시계를 보니 서둘러 나가야 하는 시간이었다.

"그러면 다들 빨리 준비해서 나가자."

백성일은 이제 막 집중되기 시작한 공부가 아쉬웠는지, 필요한 서류를 준비하는 사이 혼잣말이 나왔다.

"아…… 지금 영어 공부 잘되고 있었는데……."

하지만 사무실에 걸린 세금징수국의 구호가 백성일의 등을 떠밀고 있었다.

'끝까지 추적하여 반드시 징수한다'

세금 징수 업무는 책상에서만 이뤄지지 않는다. 매일 아침 7시에 자명종이 울리면 아직 덜 깬 머리보다 몸이 먼저 일어나 밥을 먹고, 미어터지는 지하철에 낀 채로 실려 가야 업무가 시작됐다.

작업복 차림의 노동자들 속에서 혼자 말끔한 정장을 입고 "돈 한 푼 없어. 배 째!"라고 당당하게 고함치는 어느 사장. 소화기를 뿌리며 벌레를 쫓아내듯 세금징수국 직원들을 쫓아내는 어떤 가장. 현관에서 머리채를 잡힌 채 밀쳐지고, 중장비까지 동원해 위협하는 사람들과 몸싸움을 벌여야 징수할 수 있는 게 세금이었다. 몸싸움 중 조금만 다쳐도 세금으로 운영되는 119 구급차를 부르는 주제에 자기 돈은 한 푼도 낼 수 없다는 이기심과의 싸움이었다.

이 힘든 싸움을 그래도 견딜 수 있는 건 함께 물어뜯기고 머리채를 잡혀가며 일하는 직원들과 가족 덕분이었다. 모두 잠든 시간에 겨우 퇴근해 집 앞 슈퍼에서 사온 귤 한 알을 어머니 머리맡에 두거나, 잠든 딸아이의 머리를 쓰다듬는 게 백성일의 효도였고 애정 표현이었다. '당신을 위해 살고 너희 덕에 힘낸다'는 가장의 보람이었다. 텔레비전 끄는 것도 잊은 채 가계부를 정리하다 지쳐 잠든 아내의 안쓰러운 모습에 한숨이 나오곤 했지만, 이불을 덮어주는 걸로 미안한 마음을 대신하며 가끔 만 원짜리 한 장 숨기는 게 유일한 일탈인 백성일이었다. 착하게 살았고 이렇게 열심히 일했지만, 살림도 업무도 쉽지 않왔다. 그러던 어느 날 세금징수국 국장 안태욱이 본인 집무실로 식사 초대를 해왔다.

"옛날 생각도 나고 해서, 오랜만에 백 과장님하고 짜장면이나 한 그릇 하려고 모셨습니다."

탁자 위에는 겨우 짜장면 두 그릇이 놓여 있었다. 안태욱이 물까지 직접 떠오며 식사를 권했지만 불편하기 짝이 없는 자리였다. 그래도 간짜장이라며 기쁜 마음으로 그릇을 들자마자 안태욱이 말하기 시작했다.

"제가 어제 감사를 받고 왔는데요, 선배님. 여의도 인간들이 날 너무 조지데? 왜 매년 체납액이 줄지 않내요."

입사는 백성일보다 늦었지만 젊은 나이에 남들보다 빠르게 승진해 세금징수국 국장이 된 안태욱은 자신보다 직급이 낮은 백성일에게 선배님이라고 불렀다. 그러든가 말든가 백성일은 면에 짜장을 붓는데 안태욱이 물었다.

"백 과장님, 우리 시 올해 징수 목표액이 얼마죠?"

"1천825억입니다."

"3과 실적은요?"

면은 아직 비비지도 못했는데 소화 안 될 질문이 쏟아졌다.

"저희가……."

백성일은 말을 잇지 못했다. 궁금해서 물어보는 게 아니라는 것쯤 과장 직함이나 단 백성일이 모를 리 없었다. 이럴 때는 사과부터 하는 게 순서였다.

"죄송합니다."

"거 죄송하다는 사람 얼굴이 왜 그래. 기분 나빠요?"

역시 빨리 승진한 이유가 있는 인간이었다. 귀신같이 백성일의 마음을 꿰뚫어 보고 말을 던졌다.

"어우, 아…… 아닙니다. 아닙니다. 절대 아닙니다. 제가 그냥 가만있어도 얼굴이 화나 보인다는 소리를 자주 듣고 하는데……."

백성일은 말꼬리를 흐렸다.

"1,825억. 뭐 천억은 관할구청에서 후려친다고 계산 때리면 우리 할당량이 총 825억. 1과, 2과, 3과 나누기 3 하면 각 과당 275억. 16년 상반기 동안 백 과장님네 3과가 징수한 체납액은 총 75억. 나머지 200억."

안태욱은 단무지 포장을 벗기면서 잘도 계산해 물었다.

"나머지 200억. 이거 어떻게 하실 거예요?"

200억이라는 숫자에 마땅히 대꾸할 말이 떠오르지 않은 백성일은 입을 꾹 다물었다.

"지금 묻잖아요. 어떻게 하실 거냐고?"

소화는 무슨. 입에 들어갔던 짜장면도 튀어나올 판이었다.

"분발하겠습니다."

"분발하셔야지요. 많이 분발하셔야지. 그러니까 얼른 드세요."

이제 다 끝났구나. 질책이 끝났다고 생각한 백성일은 짜장면을 한 젓가락 크게 집어 입에 넣었다. 허기진 탓인지, 이 와중에도 짜장면은 맛있었다. 맛있게 먹는 백성일을 보며 입가에 묻은 짜장을 닦던 안태욱이 혼잣말을 중얼거렸다.

"목구멍으로 밥이 넘어가나 몰라."

식욕과 성욕을 동시에 처리할 암컷 사마귀 같은 인간. 그런 소리를 하고도 자기는 아무렇지 않게 단무지를 집어 먹었다. 짜장면이 튀어나오기는커녕 입에 넣을 시간도 안 주는 지독한 인간이었다. 백성일은 젓가락을 천천히 내려놓았다. 이 정도 눈치는 긴 사회생활로 몸에 배어 있었으니 최대한 '미안해서 밥이 안 넘어간다'는 말투로 말했다.

"저는 그 나머지 할당량을 채우고, 그러고 밥을 먹는 게 나을 거 같습니다."

"왜? 다 비볐는데 드시지?"

차라리 젓가락을 빼앗고 먹지 말라 소리치는 편이 나았다. 백성일은 마음에도 없는 사과를 하며 일어났다.

"아닙니다. 그게 맞는 거 같습니다. 일을 마저 하고 먹겠습니다."

욕을 한 사발 먹고 나와 세금징수국 사무실로 돌아오니 분위기가 어수선했다. 칸막이 너머로 전화기를 집어던지며 욕을 하는 윤 국장의 모습이 심상치 않았다. 무슨 일인가 싶지만 백성일 본인 기분도 엉망이니 상관하고 싶지 않았다. 자기는 밥도 못 먹었으면서 그래도 "식사들 했니?" 하며 후배들 안부는 챙겼다. 무슨 일이 있었는지 알 만한 후배는 "커피 한 잔 타드릴까요?"라고 물었지만 마실 기분이 아니었다. 이렇게 상사가 목을 조여오는데 이대로 눈치만 보며 사무실에 앉아 있을 수 없었다. 방법을 찾아야 했다. 대뜸 천성희에게 물었다.

"성희야. 우리 담당 중에 체납액 제일 큰 사람이 누구지?"

"마진석이라는 사람인데요, 지방세 5억2천, 국세 52억5천 체납한 블랙리스트 체납자입니다."

천성희가 서류를 건네며 말했다. 서류를 훑어보는 사이 다른 후배가 설명을 덧붙였다.

"심의 거쳐서 명단 공개 싹 했고요. 그…… 뭐야, 출국 금지에 신용까지 락 걸었는데 그 양반 눈까리 하나 꿈쩍 안 합니다."

후배 김 조사관의 말을 들어보니 이쪽 역시 지독한 인간이기는 마찬가지인 모양이었다. 어떤 사람인지 훤히 알 것 같았다.

"여기 주소지가 강원도 철원으로 되어 있는데, 이거 실거주지 아니지? 이 사람 진짜 사는 데가 어디야?"

백성일의 물음에 천성희가 대답했다.

"청삼동에 프리미엄 아파트라고, 실거래가가 한 15억 정도 본다는데요."

뭔가 하고 있다는 모습을 보여주려면 큰 건부터 잡고 늘어지는 게 좋았다. 그리고 마진석이라는 사람의 체납 건은 지금 순간에 딱 알맞은 건이었다. 되든 안 되든 일단 사무실을 나가야 했다.

"알았어. 자, 이거 오늘 우리 바로 가택수색 들어가야 할 거 같거든. 다들 챙겨가지고, 준비하고 나가자."

결심이 섰다는 듯 백성일이 말하자 후배들은 서둘러 외근 준비를 시작했다. 오늘은 꼭 실적을 올려야 한다는 부담감에 마음이 무거웠다. 세금징수2과 과장 강노승이 백성일을 불러 세운 건 이제 막 사무실을 나가려던 참이었다.

"야, 야. 성일아……."

평사원 시절을 함께 보낸 강노승은 백성일이 편하게 형이라고 부를 만큼 서로 친했다. 그런데 그런 강노승이 쉽게 말을 꺼내지 못하는 걸로 봐서 뭔가 일이 있는 게 틀림없었다. 잔뜩 주눅 든 강노승이 어렵게 입을 열었다.

"너 한 500 정도 있냐?"

느닷없이 꺼낸 돈 얘기에 백성일은 손사래부터 쳤다.

"500? 500이 어디 있어. 없어. 500은 왜?"

"사기당했다."

"형, 사기당했다고?"

누가 들을까 목소리가 기어들어가는 강노승과 달리 백성일은 자기도 모르게 목소리가 커졌다.

"나만 당한 게 아니고 윤 국장, 한 국장, 조 팀장도 다 당한 거 같아."

강노승은 이해할 수 없는 변명을 했다. 함께 매를 맞으면 덜 아프다는 것처럼 남들 다 당하는 사기를 자기도 당한 것뿐이라는 말투였다. 덕분에 백성일은 어수선한 사무실 분위기가 단박에 이해가 됐다.

"아…… 그래서 저기 저 난리구나. 이게 웬 난리야."

"아…… 나 이제 어떻게 하나. 네 형수 알면 나 죽는다, 죽어."

"무슨 사기를 당하고 그래…… 답답하다, 진짜."

"너도 당해봐, 새끼야. 당하는 순간엔 모른다니까. 말로 혼을 싹 다

빼놓는데 내가 뭐 어떻게 해. 속수무책이지, 인마."

"형! 일단 나 나가야 하니까, 갔다 와서 이야기해. 그리고 형수는 너무 걱정하지 마. 죽이기야 하겠어, 남편인데."

당장 뭘 어떻게 도와줄 방법이 없는 백성일은 자리를 피했다. 점심은 먹지도 못한 채 상사에게 욕만 있는 대로 다 얻어먹었다. 게다가 친한 선배는 사기를 당해 어쩔 줄 몰라 하고 있다. 정말 일진이 사나운 하루다. 더 이상 험한 꼴 안 보기를 바랄 뿐이었다.

업무용 승합차를 타고 가택수색을 가는 중에도 화제는 역시 사기 사건이었다.

"뭐 이런 일이 다 있노, 진짜. 강 과장님은 그렇다 쳐도. 윤 국장, 그 양반은 절대 사기 같은 거 당하고 그럴 사람이 아닌데. 그 양반 의심 진짜 많잖아요."

"야, 한 국장님 사모님도 당했대."

"다 순진하고 멍청한 사람들이 사기도 당하고 그러는 거야. 요새 그런 걸 누가 당해."

뒤에 앉아 신문을 읽던 백성일도 대화에 끼자 후배가 받아치며 말했다.

"순진하고 멍청한 걸로 따지면 백 과장님이 갑인데. 하하하."

안 그래도 복잡한 심정인데 그 속을 모르니 농담이랍시고 성질을 긁어댄 거다.

"돌았냐?"

날 선 백성일의 말투에 후배는 머리를 긁적이고 어색하게 웃으며 말실수를 넘겼다. 평소에는 좀처럼 화내지 않던 백성일이기에 의외의 반응 때문인지 차 안 공기가 빠르게 식었다. 그때, 듣기만 하고 있던 천성희가 입을 뗐다.

"사기 그거 한번 당해볼 만해요. 주제 파악되더라고요, 사기 한번 당하면. 저는 그랬어요."

그러고는 희미하게 웃었다.

마진석의 실거주지로 파악된 아파트는 입구부터 으리으리했다. 손질 잘된 화단과 반듯하게 맞춰 깔린 보도블록만 봐도 여느 아파트와는 비교할 수 없을 만큼 고급이라는 걸 알 수 있었다.

게다가 입구에 '공무수행'이라는 글자가 적힌 승합차가 들어서는 순간 아파트 보안팀은 일제히 백성일 일행을 주시하기 시작했다. 외부인의 방문이 호락호락해 보이지 않았지만 이건 너무 신속해, 마치 미리 알고 준비하고 있었다는 느낌이 들었다. 점심시간이 끝나자마자 바로 정해진 가택수색이 이렇게 빨리 알려질 수는 없었다. 하지만 검은 양복을 입은 사내들이 모여드는 걸로 봐서 어떤 방식으로든 정보가 새어나간 게 틀림없었다. 호텔 로비라고 해도 믿을 아파트 로비에는 이미 같은 양복을 입은 사내들이 한 줄로 늘어서 있었다.

"시청에서 나왔습니다. 좀 비켜주시죠?"

늘 해온 대로 공무원 신분증을 보여주며 천성희가 말했다. 하지만 상대도 처음 겪는 일이 아닌 듯 "외부인 출입 금지입니다"라고 자연스럽게 말을 받았다. 입구부터 만만치 않았다. 게다가 엘리베이터도 아파트 주민과 관리인만 보안카드로 출입할 수 있게 만들어진 고급 아파트였다. 몸싸움이 될 게 뻔했다.

"공무집행 방해하지 마시고 다들 비키시라고요."

"빨리 가시라고요."

어떻게 일이 진행될지 뻔히 짐작된 백성일은 가시 돋친 말투로 말했고, 예상대로 상대 또한 호락호락하지 않았다. 말을 더 섞어봤자 무의미한 시간 낭비일 뿐이었다. 백성일은 결정을 내렸다.

"그냥 뚫고 들어갑니다."

백성일의 신호에 세금징수3과 직원 모두가 힘으로 밀고 들어가기 시작했다. 밀치고 엉키는 힘 싸움이라면 자신 있었다. 백성일의 덩치는 건장한 사내 한둘을 붙잡는 데 문제가 없었다. 입구를 막고 버티는 보안직원들과 몸싸움을 할 때 천성희는 눈치 빠르게 출입 카드를 훔쳐냈다. 그리고 보안직원들과 엉켜 뒹구는 동료들을 뒤로하고 엘리베이터에 올랐다.

천성희는 부자라는 사람들에게 얕보이고 싶지 않았다. 옷매무새를 고치고 숨을 크게 들이마셨다. 엘리베이터에서 내려 마진석의 집에 다다라 초인종을 눌러봤지만 대답이 없었다. 이런 경우 한 번에 대답하는 경우는 드물었다. 문을 두드리고 고함을 쳐야 있는 시늉이라도 하는 사람들이었다. 천성희는 문을 두드리며 말했다.

"계세요? 시청에서 나왔는데요."

"어디서 오셨다고요?"

이미 보안직원에게서 언질이 있었을 상황인데도 어색한 연기를 하고 있는 여자 목소리가 들렸다.

"시청이요."

"근데 시청에선 왜요?"

"마진석 씨 댁 맞죠?"

"일단 들어오세요."

체납자 마진석은 없는 모양이었다. 순순히 집 안으로 들여보내주는 여자를 보며 천성희는 어쩌면 일이 쉽게 풀릴지도 모른다는 생각이 들었다.

"안녕하세요. 서원시청 세금징수국에서 나왔고요. 마진석 씨 집에 안 계신 거 같은데 어떻게 되세요? 부인?"

카메라 앞에 선 초등학생처럼 어색하게 어쩔 줄 몰라 하는 여자는 고개를 끄덕였다.

"이혼하신 거 아니었어요? 아직 같이 사시네요. 이혼하셨는데."

탈세하는 사람들이 으레 하는 그런 이혼인 모양이었다. 천성희는 경멸이 스친 얼굴과 건조한 목소리로 계속 말했다.

"배우자 되시는 마진석 씨께서 지방세 5억2천만 원, 국세 52억5천만 원, 총 57억7천만 원의 세금을 체납한 사실 알고 계시지요?"

세상사에는 관심 없고 백화점 명품관 위치 따위나 알고 있을 거 같은 여자였다. 길게 이야기해봤자 이해하지 못할 게 뻔했고, 핵심만 말해도 모른다는 말밖에는 못 할 게 눈에 보였다. 거두절미하고 꼭 해야 할 말만 여자에게 통보했다.

"지방세 5억2천 체납과 관련해서 지방세기본법 제131조에 의거,

가택수색 및 동산압류 실시하겠습니다."

천성희의 말이 끝날 무렵 세금징수3과의 나머지 직원들도 마진석의 집으로 들어오니 여자의 표정이 굳었다. 실적은 꼴찌여도 세금징수3과 조사관들 역시 프로였다. 백성일의 지시에 따라 눈에 보이는 조각품과 도자기는 물론이고, 숨긴 장소를 알고 시작한 보물찾기처럼 정확하게 압류할 만한 물품을 찾아냈다. 소파와 침대 밑에서 귀금속과 금괴가 쏟아져나왔고, 세탁기와 변기에서는 명품 가방과 현금이 나왔다. 구석구석 잘도 숨겨났다는 말이 절로 나왔다.

"지금 딱지 붙인 물건들 조만간 공매에 다 넘길 테니까 뺏기기 싫으시면 세금 다 납부하세요."

일이 잘 풀려나간다고 느꼈다. 백성일이 체납자에게 마지막으로 할 말을 전한 그때, 한 남자가 들어왔다. 가택수색 중인 모습을 보고도 당황한 기색 없이 당당하고도 느긋한 걸음걸이였다.

"뭐 하시는 겁니까, 지금."

마진석이었다. 넥타이는 안 했지만 잘 정리된 머리에 행커치프까지 갖춘 말끔한 정장 차림이었다. 자기편이 왔다는 안도감에 여자가 마진석 옆으로 다가가 섰다. 그런 아내에게 눈길도 주지 않고 마진석은 싸늘하게 세금징수국 직원들을 쳐다봤다. 공격하기 전의 육식동물처럼 섣불리 이빨을 드러내지 않고 상대를 노려보는 모습이었다.

"야, 너 왜 전화 안 받아. 내가 시계 보라고 핸드폰 사준 거 아니잖아."

별일 아니라는 말투와 달리 마진석은 여자의 휴대전화를 뺏더니 거칠게 집어던졌다. 모두가 보는 앞에서 던져진 휴대전화가 도자기에 부딪쳐 요란한 소리와 함께 박살났다. 분위기가 순식간에 얼어붙었다. 이렇게 긴장된 상황에서는 과장인 백성일이 나설 수밖에 없었다.

"마진석 씨. 서원시청 징수국에서 나왔습니다. 세금체납 때문에 가택수색 중이니까 협조 부탁드립니다."

"해 떨어지면 가택수색 불법 아닙니까? 해 다 졌는데 뭐 하시는 거예요, 남의 집에서."

마진석이 손가락으로 이미 해가 져 푸른빛이 감도는 창문을 가리켰다. 당당한 이유가 있었다. 당연히 이길 싸움을 하고 있다는 눈빛이었다.

찢어질 듯 팽팽한 공기가 집 안을 채우고 있을 때, 마진석 눈에 물병과 컵을 건네받는 세금징수국 직원의 모습이 들어왔다. 사납게 일그러진 마진석의 눈은 그 장면을 놓치지 않았다.

"아줌마 뭐예요. 이리로 와봐."

마르고 작은 체구의 가정부가 마진석의 느닷없는 부름에 더 오그라들었다. 마진석이 말했다.

"누가 물 주래요. 이거 내 물 아니야? 이거 비싼 거야, 아줌마. 왜 남의 물을 허락도 없이 맘대로 주고 그래."

존댓말과 반말을 섞어 상대의 기를 죽이고 있었다. 당장이라도 해코지하겠다는 듯 윽박지르던 마진석이 표정을 바꿔 물었다.

"아줌마. 월급 얼마 받지?"

느닷없는 질문이었다. 움츠러들 대로 움츠러든 가정부는 조심스럽게 월급을 대답했다. 대답을 듣고 잠시 생각하던 마진석은 비열한 눈빛을 반짝이며 말했다.

"그거 마셔요. 이거 한 병 다 마시면 내가 백 더 올려줄게. 어때? 해봅시다. 나 같으면 하겠다."

어이없는 마진석의 제안에 백성일이 얼굴을 구기며 말했다.

"지금 뭐 하시는 겁니까?"

"그쪽은 신경 끄시고. 드실 거예요, 안 드실 거예요? 애 대학도 보내야 된다며. 마셔요, 얼른."

마진석의 말에 머뭇거리던 가정부가 천천히 커다란 물병의 병뚜껑을 돌려 땄다. 그런 가정부의 결심을 보던 모두는 절망감을 느꼈다. "어머니, 하지 마세요"라는 말은 '매달 100만 원'이라는 약속 앞에서 공허한 울림이었다. 그 앞에 선 세금징수국 직원이 할 수 있는 건, 병을 입에 문 가정부의 모습을 못 본 척하며 시선을 피하는 게 고작이었다.

"어이, 시청 양반. 이제 주제파악 좀 되고 그래요? 이게 돈이야. 돈이 이런 거라고. 이딴 거 붙이고 다니니까 무슨 대단한 일 하는 거 같으시지?"

모두가 절망을 느낄 때, 마진석은 이것 보라는 듯 생기를 띠며 큰 소리로 물었다. 그러고는 압류 스티커를 주워 백성일 눈앞에 흔들며 자신의 물음에 스스로 대답했다.

"아니야. 당신들이나 이 아줌마나 다를 거 하나도 없어요. 돈 몇 푼에 간이고 쓸개고 다 내려놓고 사는 양반들이 어디서 와가지고……."

압류물로 꺼내놓은 돈다발이 마진석 눈에 들어왔다. 그는 손아귀에 잡히는 대로 집어던지더니 비열한 웃음을 보이며 계속 말했다.

"자, 가져가. 잘 꺼내놨네. 가져가!"

백성일은 더 이상 참기 힘들었다.

"지금 뭐 하는 거예요. 세금도 안 내는 분이 이렇게 돈 자랑하고 그러면 안 되지. 그러다 혼나요, 우리한테!"

커다란 덩치의 백성일이 윽박을 질렀지만 마진석은 조금도 개의치 않았다. 오히려 비웃음이 입가에 서렸다.

"혼나요? 이 새끼 말하는 것 좀 보게."

눈은 아직 웃음이 남았는데 입이 거칠었다. 그런 마진석을 가만히 두고만 보기 어려울 만큼 화가 차오르고 있던 백성일이 받아쳤다.

"이 새끼라니. 말 조심해, 이 양반아."

"너나 말 조심해, 이 양반아. 법이 당신들 편 같아? 그래서 그딴 소리 하는 거야, 나한테? 그래, 법이 너네 편이라고 치자. 그러면 내 동생한테 넘긴 당진 건물 일곱 개, 우리 엄마 앞으로 명의 세탁한 강남 아파트 네 채. 그리고 저기, 위장 이혼한 마누라한테 넘긴 용인 땅 3만 평. 그거 왜 못 뺏었을까? 내 거인지 뻔히 알면서 그걸 왜 못 뺏었냐고? 뺏어 가보지 왜 못 뺏었냐고! 잘 들어. 법도 돈 따라가는 거야. 있는 놈 편이라고. 무슨 말인 줄 알겠어?"

차가운 살갗과 갈라진 혀를 가진, 뱀 같은 남자. 그런데 이 짐승이 지금 사람한테 물을 먹여 존엄성을 죽이고 있었다. 우선 이것부터 말려야 했다.

"알았으니까 그만하시고. 좀 비키세요."

"뭘 그만해? 내가 강제로 시켰니? 아줌마가 한대잖아."

도리어 당당한 마진석의 말이 끝나기도 전에, 버거웠던 가정부가 마시던 물을 토해냈다.

"아이 씨 정말. 더럽게 정말. 아줌마! 뱉으면 반칙이야. 처음부터 다시 할까?"

마진석의 말에 백성일은 점점 인내심의 한계로 치닫고 있었다.

"어머니뻘 되는 분한테 뭐 하는 거야, 지금!"

백성일의 목소리가 집 안 가득 쩌렁쩌렁 울렸다. 한계에 닿을락 말락 인내심이 아슬아슬하게 외줄을 탔다.

"우리 엄마는 아니잖아? 그리고 내가 어떻게 말려. 할 수 있으면 네가 해봐, 이 거지 같은 새끼야."

"거지 같은 새끼라니, 이 자식아!"

당장이라도 마진석한테 달려들 것처럼 흥분한 백성일을 후배들이 막아 나섰다.

"보자보자 하니까!" "너 몇 살이야!" "민증 까봐!" 같은 말은 공무집행 중에 쓸 말이 아니었는데, 백성일 입에서는 계속 술에 취해 길거리 싸움판에서나 할 험한 말이 튀어나왔다. 마진석도 이에 질세라 "때리려고? 쳐봐, 이 새끼야!" 같은 말로 도발했다. 간신히 외줄을 타던 백성일의 인내심이 박살난 건, 둘을 말리던 천성희가 마진석에 밀려 쓰러지는 걸 본 순간이었다. 뒷목을 팽팽하게 당기던 힘줄이 끊어진 느낌이었다. 끊어진 힘줄 대신 근육이 어깨와 주먹을 당겼고, 박살난 인내심은 그 주먹을 말리지 못했다. 생각도 하기 전에 마진석의 얼굴로 백성일의 주먹이 꽂혔다.

그 순간 무슨 일이 일어났는지 확실히 알아차렸다. 다들 눈앞에서 똑똑히 보고 말았다. 그리고 누구보다 이 사태를 가장 잘 파악한 건 백성일이었다. 방금까지 뜨겁게 요동치던 피는 벌써 식어버렸고 뇌는 꽝꽝 얼어붙어 아무 생각도 할 수 없었다. 백성일의 뇌는 고장 난 컴퓨터처럼 계속 같은 말만 반복하고 있었다. '큰일을 저질러버렸다'고.

　긴 하루다. 너무 많은 일이 있어 이게 정말 하루 안에 일어난 것인가 싶은 하루가 아직도 끝나지 않았다.

　"백성일 과장. 백성일 과장이 세금징수국에 몇 년 있었지요?"

　백성일은 어떻게 사무실로 돌아왔는지 기억이 날아간 것만 같았다. 그가 일하는 서원시의 시장 집무실에서 눈앞에 서원시장 천갑수를 보고 있어도 현실이 와닿지 않았다.

　"8년 있었습니다."

　"8년…… 꽤 됐네. 그런데 왜 그런 행동을 했어요. 8년이나 되셨다면서……."

　백성일을 쳐다도 안 보고, 밀린 결재 서류에 서명을 하던 천갑수가 말했다. 조용한 한숨이 솜털마저 곤추설 만큼 냉랭했다.

　"죄송합니다."

　백성일로서는 최선의 대답이었지만, 해명도 변명도 안 되는 말이었다. 끊임없이 한숨을 내쉬는 천갑수는 안태욱을 부르며 백성일을 바라봤다. 백성일이 저지른 일의 무게가 선명하게 다가왔다. 굳은 자세로 곧 들이닥칠 욕설을 대비하는데 천갑수가 편하게 말을 건넸다.

"백성일이. 잘 좀 하자!"

혹시 이걸로 끝인가? 이 정도 질책으로 넘어가는 건가? 그런 실낱 같은 희망이 백성일의 얼굴을 스치기도 전에 천갑수가 안태욱을 보며 말했다.

"사실관계 철저히 확인해서 징계위원회에 넘기세요."

이 말만 남기고 퇴근해버린 천갑수 뒤에 억장이 무너지는 백성일의 절망만 남았다. 모두 퇴근해 텅 빈 사무실을 조용히 돌아와보니 혼자라는 외로움이 밀려왔다. 서랍에 숨겨둔 소주를 꺼내 마셨다. 이것만이 지금 백성일이 할 수 있는 유일한 위안이었다. 텔레비전에서는 '서원시에서 고액체납자의 세금 1,825억 원 징수를 추진하겠다'는 정의로운 뉴스가 나오고 있었다. 그 정의로운 일이 지금 자신을 이렇게 외롭게 만들고 있다는 게 씁쓸했다. 지칠 대로 지쳐 퇴근하려는데, 일이 남았는지 아니면 자신을 기다렸는지 천성희가 나타났다.

"뭐래요, 위에서?"

"뻔하지, 뭐."

힘없이 내뱉은 대답에 천성희가 지레짐작했다.

"징계위? 그러니까 과장님, 그 욱하는 성격 좀 죽이세요. 평소엔 안 그러시잖아요. 근데 왜 가끔씩 그렇게……."

"그게 고치고 싶은데 잘 안 돼. 나 딸내미 데리러 가야 해서 들어갈게. 너도 빨리 퇴근해."

"저희가 좀 나눠질게요. 그러면 정직까진 안 가실 거예요."

착한 후배다. 자기 일처럼 안타까워하는 후배의 모습에 자기가 저지른 일이 후회됐다. 당장이라도 무너지고 부서질 것 같은 백성일을 지탱하는 받침목이건만, 그런 천성희에게 미안함을 전하지도 못하고 사무실을 나왔다.

"아빠, 나 진짜 공부 열심히 하거든. 잠도 안 자고 열심히 해. 근데 왜 성적이 맨날 그대로일까? 응? 왜 그런 거 같아?"

비가 오는데도 늦게까지 학교에서 공부하다 온 딸, 지은의 하소연을 듣는 것은 백성일의 작은 행복 중 하나였다. 투정을 부리든, 학교에서 있었던 재미있는 일을 이야기하든, 딸이 하는 모든 이야기가 백성일에게는 행복이었다.

"진짜 열심히 하는 애들이 있나보지."

보기만 해도 힘이 나던 딸이건만, 오늘은 유난히 힘들었던 하루 탓에 건성으로 답이 나왔다.

"그렇게 대충 대답하지 말고! 도대체 왜 성적이 안 오르는 거냐고. 내 뒤에 세 명 있어. 세 명 있는데 걔네 전부 태권도부야. 심지어 걔네는 시험도 하루 빠졌어. 아 정말 왜 그러지, 진짜?"

"아빠 생각에는 너희 반에 천재들이 너무 많아. 네가 이상한 게 아니라 걔네들이 너무 뛰어난 거야. 아빠도 비슷해. 진짜 열심히 일하는데 세 개 부서 중에 맨날 꼴찌야. 월급도 맨날 그대로고."

"아빠도 그래? 그럼 내가 아빠 닮아서 그런 거네."

밝게 웃는 아이 모습에 그제야 웃음이 나왔다. 공부 좀 못하면 어떻고, 월급이 좀 적으면 어떤가. 이렇게 행복이 늘 옆에 있지 않은가.

백성일에게 슬며시 용기가 일었다.

다시 일상의 작은 행복을 느낄 찰나 옆을 지나던 차가 보도블록을 향해 세차게 물을 튀겼다. 이만큼의 작은 행복도 허락하지 않는 세상인가? 물벼락을 맞은 아이를 살피며 걱정하는 사이 차가 멈춰서며 조수석의 창문이 열렸다. 차 안에서 딸 또래의 아이가 잔뜩 미안한 표정을 지으며 말했다.

"지은아! 괜찮아?"

"아정아……."

같은 학교 친구인 모양이었다. 화를 내기도 애매할 때 그 옆의 운전자가 내렸다. 그의 얼굴을 보자 심장이 덜컥 내려앉는 느낌이 들었다. 낯이 익은 얼굴, 바로 마진석이었다.

"자주 보네요. 차 없으신가봐. 비가 이렇게 오는데 왜 걸어다니고 그러세요."

빙글빙글 웃으며 말하는 모양이 일부러 그런 듯 보였다. 백성일의 눈빛이 차갑게 변했고, 마진석은 아이를 향해 웃으며 사과했다.

"아이고, 많이 젖었네. 아저씨가 미안해."

그런 사과를 듣는 백성일의 기분이 풀어질 리가 없었다.

"아니, 그럴 게 아니라…… 말로만 사과할 게 아니지."

백성일의 말이 끝나자마자 마진석은 돈을 꺼내 아이한테 쥐어주려 했다. 그 모습에 백성일은 구역질이 났다. 돈이면 뭐든지 다 된다고 생각하는 마진석의 천박함은 보고 있기 힘들었다. 아니, 그보다 같은 공간에 서 있는 것 자체가 불편해졌다.

"가자."

아이의 팔을 잡고 자리를 피하려는데 마진석이 잡고 말렸다.

"어이쿠, 5만 원짜리였네. 나 만 원짜린 줄 알았는데. 큰일 날 뻔했다, 하하하. 이거면 될까? 받아. 세탁비, 이 정도면 되지?"

능글맞게 다시 만 원짜리를 꺼내는 마진석을 모습을 보니 '물 한 병을 다 마시면 월급을 100만 원 더 올려주겠다'며 비아냥거리던 모습이 떠올랐다.

"마음만 받을게요. 집어넣으세요."

"그래요? 그럼 어쩔 수 없고. 내 깽값이랑 이거랑 퉁 치는 걸로 합시다."

어깨를 두드리며 "오케이?"라고 말하는 마진석에게 백성일은 할 말을 잃었다. 인간이 어디까지 싸구려가 될 수 있는지 알 수 없었다. 어이가 없어 말문이 막힌 사이 마진석이 계속 말했다.

"아, 그리고요. 웬만하면 차 한 대 뽑으세요. 공부하느라 힘든 애를 왜 걸어다니게 해서 더 힘들게 해. 자식 보기 부끄럽지도 않으신가봐. 이런 차만 찹니까. 바퀴만 달리면 다 차지. 갈게요."

대꾸도 하기 싫어 눈길을 피하는데, 마진석의 위선적인 목소리가 다시 한번 속을 뒤집어놨다.

"아저씨 갈게."

저 비열한 입을 다물게 할 수만 있다면. 그럴 수만 있다면 뭐라도 하겠다는 생각이 들 때 착한 딸은 오히려 백성일을 걱정했다.

"아빠? 괜찮아?"

괜스레 아이에게 미안한 마음이 들어 한숨이 길게 나왔다. 집에 돌아와 이불 속에 몸을 누일 때까지 백성일의 머릿속에서 마진석이 마지막에 한 말이 떠나지 않았다. 마진석의 말대로 차가 있다면 아이를 더 편하게 공부시킬 수 있겠다는 생각이 들었다. 자동차라면 아내가 하는 가게 배달용 소형차가 이미 있었지만, 자신이 쓸 차가 있다면 정말 좋겠다는 마음이 들었다. 하지만 차를 한 대 더 산다고 하면 아내가 뭐라고 할지도 뻔히 알았다. 그래도 잠이 들려는 아내를 보며 백성일은 중얼거리듯 말을 붙였다.

"여보, 여보. 우리 차 한 대 더 있으면 어떨까? 차 있으면 지은이도 그렇고, 엄마도 그렇고…… 더 편할 거 같은데. 그렇지?"

백성일의 말에 아내는 돌아보지도 않고 짧고 간결하게 말했다.

"싸우자는 거냐?"

"아, 진짜 피곤하다…… 그래도 차가 있으면 편하긴 하지."

"자라."

슬쩍 말을 돌렸지만 아내의 반응은 한결같았다. 더 이상 아무 말도 하지 말라는 뜻이었다.

"아, 맞다. 이메일 보내야 되는데……."

아무리 생각해도 미련이 남은 백성일은 혼잣말을 흘리며 몰래 방을 빠져나왔다. 늦은 밤, 백성일은 통장 잔고를 확인하고는 중고차 매매 사이트를 둘러봤다. 몰래 모아둔 비상금 통장 잔고는 500만 원. 원하는 중고차는 가진 돈을 훌쩍 넘는 것들뿐이었다.

'그러면 그렇지…….'

그래도 혹시나 하는 마음에 백성일은 사이트에 글을 남겼다.

'500만 원대 아반스MD 차량 급구합니다.'

3
사기꾼

1997년에 IMF 폭탄이 터지고 우리나라 사람 '마인드'가 개조됐다. 무조건 돈! 돈 되는 일이라면 득달같이 달려드는 거였다. 개떼처럼. 돈이 종교고, 돈이 부모고, 돈이 친구였다. 에르메스 백 들면 강남 사모님이고, 벤츠 S클래스 타면 강남 사장님이었다. 세상이 그렇다보니까 자기 같은 놈이 나오는 거라고, 양정도는 그렇게 생각했다. 10대엔 객기로 살고, 20대엔 오기로 살고, 30대엔 사기로 사는 인간 말이다.

사기라는 게 정말 단순한 건데, 이걸 왜 당할까 양정도는 한번 생각해본 적이 있다. 그리고 의외로 답은 간단했다. 세상이 더 단순하니까. 5천만 대한민국 국민 욕망이 모두 똑같았다. 돈! 못 먹어도 무조건 돈!

다른 사람들이 돈을 볼 때 사람을 봐야 한다. 외피를 보지 말고 본

질을 보고, 아이큐보다 이큐에 집중해야 한다. 그런 사기꾼이 돼야 한다. 그런 사기꾼이 되기만 하면 세상 모든 일이 생각대로 된다. 이게 양정도의 신념이었다.

이제 막 교도소에서 출소하는 양정도 눈에 이런 세상은 쉬웠다. 마음먹은 대로 조종 가능한 인간들이 삼태기로 건져도 일 년 열두 달 퍼 올릴 수 있을 만큼 많은 대한민국. 그들의 욕망 사이에서 돈을 건져내는 건 일도 아니었다.

양정도는 수첩을 꺼냈다. 수첩에는 각기 다른 사람들의 이름과 나이는 물론, 직업과 주소, 전화번호, 가족관계, 그리고 현재 재산 상태까지 빼곡하게 정리되어 있었다. 수첩은 출소하기 전 왕 회장에게서 받은 물건이었다. 물심양면으로 도움을 받아놓고 왕 회장이 교도소에 오게 되자 입 싹 닦은 놈들, 그놈들 버르장머리를 고쳐주라는 부탁을 받고 얻은 물건이었다. 부탁을 받았으니 일을 시작하기로 했다. 첫 장을 여니 서원시청 직원들의 이름이 적혀 있었다. 이 사람부터 시작하기로 했다. 세금징수국 세금징수2과 과장 강노승.

사기라는 게 상대를 알면 알수록 더 쉽기 마련이다. 저축은 얼마나 했고 취미는 무엇인지, 가족관계에 문제는 없는지, 회사 생활은 어떤지. 알 수 있다면 상대 패를 훤히 알고 치는 포커나 다름없었다. 강노승의 정보를 보니 은행에서 대출 신청한 흔적이 보였다. 강노승에게 쓸 미끼는 대출이었다.

"오메가 저축은행 최철민 대리입니다. 대출 신청하셨지요? 얼마전 한국은행이 기준 금리를 현행 1.5프로에서 1.2프로까지 인하했거든요. 그래서 저희도 현행 금리에 맞는 저금리 상품을 내놓게 됐습니다."

"1.2프로? 어떻게 하면 받을 수 있어요, 그 대출?"

미끼를 던지자 찌가 가라앉기도 전에 입질이 왔다.

"대출 가능 여부는 저희도 조회를 좀 해봐야 알 거 같고요. 그러시면 거래 은행 금융거래 정보가 좀 필요할 거 같은데……."

"898826…… 주소는 용산구 한강로……."

몇 마디 나누지도 않았는데 확인도 안 하고 자기 정보를 홀라당 갖다 바치는 사람들. 조금이라도 금전적 이익이 있다면 눈이 뒤집혀 좌우 돌아볼 생각 못 하고 앞만 보고 달리는 이런 사람들 덕에 사기꾼이 먹고사는 거였다.

입질이 오면 다음은 일사천리다. 신용보증을 핑계로 예치금 500만 원을 미리 만들어놓은 대포통장으로 넣으라 하고, 돈을 인출한 뒤 잠적하면 그만이었다.

다음은 주택건축국 한 국장. 부인이 여의도에 고급 한정식 집을 운영하고 있다니 이쪽을 이용하는 게 빨라 보였다. 회식을 핑계로 예약을 잡은 뒤 예약금보다 열 배 많이 보내는 방법을 쓰기로 했다. 실수로 잘못 보냈다고 생각하게 만들기 적당한 금액. 예약금이 50만 원이라고 했으니 500만 원을 보내는 방법이다. 물론 진짜로 보내는 게 아니다. 가짜 입금 문자메시지면 충분하다.

'[Web 발신] 양정도 님께서 197050×××××× 계좌로 5,000,000원을 송금하셨습니다.'

인터넷으로 잔금을 확인하면 바로 들통날 방법이지만, 예약금을 보내겠다고 통화한 뒤라 이 메시지를 보고 의심하는 사람은 거의 없다. 이제 '예약금을 많이 보냈는데, 회사 규정을 핑계로 약속한 예약금을 빼고 나머지를 다시 통장으로 보내달라' 하면 끝이다.

이번엔 윤 국장. 왕 회장한테 받은 명품 시계를 인터넷 중고 거래 사이트에 올려놓은 걸 보니 이건 고민할 필요도 없었다. 편의점 택배로 거래하기로 한 뒤, 송장을 사진 찍어 보내면 돈을 부쳐준다고 하는 사기다. 직장인이 편의점 택배를 쓴다면 회사 근처 편의점에서 보낼게 뻔하고, 송장을 사진 찍어 보내오면 그 편의점을 찾아 '아버지가 잘못 보냈다며 돌려달라'고 해 물건을 가로채면 된다. 이런 간단한 사기 수법들에 누가 걸려들까 싶지만, 이런 사람들이 없다면 사기꾼은 벌써 다 굶어 죽었을 거다.

해가 떨어지기도 전에 양정도의 통장에는 950만 원이 입금됐고, 손에는 명품 시계가 들렸다. 휴대전화 때문에 꼬리가 밟힐 수 있으니, 다 쓴 대포폰은 미련 없이 버렸다. 이것으로 그들이 양정도를 찾아낼 방법은 사라졌다. 세상이 이렇게 쉽다.

다시 수첩을 펼쳐 다음 타깃의 이름을 찾았다. 다음은 이 사람이다. 세금징수국 세금징수3과 과장 백성일.

5천만 대한민국 국민 가운데 가끔 그런 사람들이 있다. 대부분의 사람들이 통장 잔고 숫자에 따라 희로애락을 느낄 때, 그저 따뜻한 방에서 따뜻한 밥 한 숟갈 뜰 수 있으면 행복한 사람. 아무래도 백성일은 그런 부류의 사람으로 보였다. 이런 사람들은 쉽지 않다. 미끼를 던져도 관심이 없으니 애당초 낚시가 되질 않는 종류의 사람이다. 양정도는 밤늦게까지 백성일의 뒤를 밟으며 가짜 대출 문자를 보내봤지만 바로 지우는 모습만 확인할 뿐이었다.

마침 신상을 더 알아보자고 결심하고 있는데, 고인 빗물이 달리던 차 때문에 튄 걸로 운전자와 백성일 사이에 시비 붙은 모습이 보였다. 점잖게 이야기하고 있었지만, 백성일 얼굴에는 분명히 불편함이 서려 있었다. 뭔가 있다고 생각하는 사이, 훔쳐보던 양정도 귀에 솔깃한 대사가 들렸다.

"차 없으신가봐. 비가 이렇게 오는데……."

상대의 말에 반응한 백성일의 표정이 양정도에게 해답을 말해주고 있었다. 그날 밤 백성일의 개인 정보로 인터넷에 검색해보니 중고차 매매 사이트에 올린 글이 있었다.

'500만 원대 아반스 MD차량 급구합니다.'

그러면 그렇지. 앞으로 어떻게 엮어 털어낼지 이미 양정도 머릿속에 그림이 그려졌다. 다음 날 바로 작전을 시작했다.

"안녕하세요. 사이트 보고 전화드렸는데요. 아반스MD 차량 찾고 계신다고……."

"네. 그런데요."

티를 안 내려고 하지만 백성일 목소리에 이미 기대감이 느껴졌다.

"아, 다름이 아니라 제가 차를 급히 처리해야 돼서요. 금액 한번 맞춰보려고 전화드렸는데."

"얼마 정도 생각하시는데요?"

"제가 12년식에 5만 좀 넘게 탔거든요. 사실 800 정도 봤는데, 원래. 뭐, 저도 급하니까 500에 드릴게요."

"아, 정말요? 500에 넘기실 수 있어요?"

얼굴을 안 봐도 어떤 표정인지 알 수 있는 목소리였다.

"예. 드릴 수 있을 거 같아요, 500에."

"가만있어봐. 근데 뭘 그렇게 싸게 파신대? 뭐 문제 있고 그런 거 아닌가?"

이쯤에서 한번 배짱을 부려줘야 한다. 지금 상황도 충분히 대놓고 사기 치고 있다고 광고하는 꼴인데, 여기서 헐값에 제발 사달라고 달려들 필요가 없다. 어차피 미끼를 문 물고기였다.

"그런 거 없는데⋯⋯. 저기, 금액 마음에 안 드세요?"

"아뇨, 아뇨. 그게 아니라 이게 뭐 10~20도 아니고 300을 깎아준다니까 아무래도⋯⋯."

"그럼 뭐, 할 수 없죠. 다른 차 알아보세요, 그럼. 끊겠습니다."

전화를 끊고 나서 백성일이 어떤 행동을 할지 양정도 눈에 휜했다. 먼저 주위 사람들한테 물어보겠지. '이런 차가 있는데 괜찮지 않을까?' 말을 꺼내는 순간 이건 괜찮을지를 묻는 말이 아니다. 좋은 차가 싸게 나왔고 의심스럽긴 한데 놓치기 싫으니 좋은 말 좀 해달라고 요청하는 거다. 이러니 주위에서는 '만나서 직거래로 사면 괜찮지 않겠냐' 같은 이야기만 하게 된다. 왜냐하면 그렇게 조언을 구하는 사람의 주위 사람들이 모두 전문가가 아니기 때문이다. 자동차 전문가도 아니고 중고 거래 전문가도 아니며, 사기 전문가들은 더더욱 아니니까.

숨도 고르기 전에 백성일에게서 전화가 왔다.

"여보세요? 저기, 그러면 차부터 좀 확인할 수 있을까요?"

백성일을 중고차 매매단지에서 만나기로 하는 단계까지 끌어냈다. 양정도에게 백성일은 이미 물 밖에 나온 물고기였다. 이제부터는 그 물고기를 잡을 차례다. 먼저 약속 장소에 찾아가 중고차 매매단지로 오고 있을 백성일에게 전화를 걸었다.

"사장님. 저기, 죄송한데요……."

말꼬리를 흐리자 안달이 난 백성일이 깜짝 놀라 되물었다.

"왜요? 벌써 팔렸나?"

"아뇨, 아뇨, 그게 아니라요. 제가 급한 일이 생겨가지고, 저 대신에 동생이 나가야 될 거 같은데……."

"아, 그래요? 그래서요?"

"차는 그 동생이 보여드릴 테니까, 그렇게 보시면 될 거 같은데요. 제가 그 동생한테 돈을 좀 빌린 게 있거든요. 그래서 차 가격이 얼마고 그런 얘기는 가급적이면 좀……."

"아, 뭐 그런 얘길 그렇게 어렵게 하셔. 알겠어요. 그럼 저는 뭐, 차 보고 사장님한테 연락드리면 되는 거죠?"

백성일 말투에서 왜 이렇게 싸게 파는지 이해했다는 마음이 전해졌다. 사기꾼 사정까지 생각해주는 순진함이 고마울 지경이었다.

"예. 그래 주시면 감사할 거 같습니다."

"예. 알겠습니다. 그럼. 차 보고 바로 연락드릴게요."

판매자와 구매자 사이에서 장난을 치는 건 쉽게 들통날 것 같아도 의외로 많이 속는 사기다. 판매자한테는 살 사람처럼 시간과 장소를 정해 이야기해두고, 구매자한테는 마치 판매자인 것처럼 속여 같은 장소로 불러내는 방법이다. 물건은 당연히 문제가 없을 테고, 구매 여부만 반드시 자기에게 말해달라고 하면 순진한 사람들은 철석같이 그 말을 믿고 시키는 대로 따르기 때문이다.

전화를 끊고 보니 저 멀리 백성일이 중고차 매매단지로 들어오는 모습이 보였다. 곧 차를 살 생각에 들뜬 백성일은 설레는 기분을 감추지 못하고 입가에 웃음을 잔뜩 묻힌 모습이었다. 이제 양정도가 거들지 않아도 백성일은 혼자 무대에 올라 알아서 연극을 할 수밖에 없었다. 알려주지도 않았는데 아반스MD 차량을 본 백성일은 이미 한걸음에 달려가고 있었다.

이내 백성일이 차를 둘러보기 시작했다. 연신 헛웃음을 지으며 둘러보고, 운전석에 앉았다 일어나는 폼이 저 차가 마음에 들어도 단단히 든 모양이었다. 곧 전화가 오겠거니 하려는데 정말 휴대전화의 벨이 울렸다. 속이는 재미가 있는 사람이다.

"여보세요? 차 잘 봤습니다."

전화를 받자마자 만족스런 백성일의 목소리가 들렸다.

"마음에 드세요?"

"저는 아주 마음에 드는데, 혹시 이거 오늘 살 수 있을까요?"

당연히 마음에 들겠지, 원래 800만 원이 넘는 차니까. 이제 백성일은 그물 안으로 반 넘게 들어왔다. 마지막까지 그런 눈치를 채지 못

한 백성일을 한입에 집어삼킬 차례다.

"그러시면 뭐. 계좌번호 보내드릴게요."

"계좌번호? 직접 안 만나시고요?"

마지막으로 꿈틀거리며 반항하는 게 느껴졌지만 싸게 차를 살 수 있다는 욕망은 이런 당연한 의심도 무시하기 마련이다. 게다가 자기 눈으로 본 차를 의심하는 것도 쉽지 않은 일이다. 그러니 도리어 살짝 빈정이 상했다는 걸 알릴 차례였다.

"제가 좀 멀리 있어서요. 직접 뵙긴 어려울 거 같은데. 차는 확인하셨잖아요?"

멀리 있는데도 불구하고 동생에게까지 부탁해 차를 확인시켜줬다, 난 이렇게 당신을 위해 노력했는데 뭐가 문제냐고 반문하면 된다. 그러면 당하는 상대는 '혹시 차를 안 팔겠다고 하는 게 아닐까' 걱정이 생기기 마련이다. 그런데 이 재미있는 아저씨는 그럴 필요도 없었다. 한껏 주눅이 든 백성일의 목소리가 들려왔다.

"그…… 그렇긴 하죠? 그래도 뭐, 서류나 이런 것들도 있고……."

"차량등록증이랑 양도계약서는 그 동생이 갖고 있으니까 직접 확인해보시면 될 거 같고요."

눈앞에 이렇게 번듯한 차가 있다. 그리고 아무리 생각해도 잘못된 게 없으니, 의심스러워도 백성일은 양정도가 시키는 대로 따르게 되어 있었다. 남자라는 동물은 재미있는 면이 있다. 호탕해야 할 때 머뭇거리고, 당연히 의심해야 할 때 호탕해지곤 한다. 자신이 비록 중고차를 사는 처지이지만 이 정도 돈은 믿고 보낼 수 있다는 호기를 부리고 싶은 건지 백성일은 시원스럽게 대답했다.

"네, 뭐. 그러시죠, 그럼. 그럼 계좌번호 찍어주세요. 제가 바로 돈 부쳐드릴게요."

사기라는 게 그런 거다. 상대의 본질을 보고 접근하면 누구든 속여 넘길 수 있는 게 사기다. 양정도의 휴대전화로 500만 원이 입금되었 다는 문자메시지가 왔다. 얼마간 주저했을지도 모른다. 차를 사려고 마음먹고 고르는 동안 있었던 일을 곱씹어봤겠지. 아무리 생각해도 잘못될 게 없는데 뭔가 찜찜한 기분을 떨칠 수 없었겠지. 그래도 입금 할 수밖에 없던 거다. 이제 입금된 돈을 찾고 사라지면 끝인데 백성일 에게서 전화가 걸려왔다. 계속 걸려오는 전화에 슬쩍 비웃음이 났다. 아마 이 지경이 돼도 이 아저씨는 쉽게 의심하지는 못하고 있을 거다.

사람이라는 게 그렇다. 상황을 보고 믿는 게 아니라 믿고 싶은 걸 믿는다. 그저 판매자에게 무슨 일이 생겼을 거라고. 그래서 전화를 못 받고 있을 뿐이라고 합리화하는 중일 테다. 애당초 500만 원이라는 거금을 거래하는데 상대의 이름과 얼굴도 모른 채 덜컥 입금부터 하 는 사람이니 어지간히 단순한 사람인 모양이다. 그래, 이런 사람이어 야 하지. 그리고 뻔히 사기를 당했다는 걸 알면서도 애먼 사람한테 매 달려 차를 내놓으라고 하는 집념은 있어야 재미있지. 이런 생각을 하 는 와중에도 양정도는 백성일에게 걸려오는 전화의 진동음을 계속 무 시했다. 그리고 근처 편의점 현금인출기에서 돈을 찾을 때, 지금쯤 백 성일이 지나쳐가는 차를 막고 엉뚱하게 승강이를 벌이고 있을 거라는 생각에 전화를 받았다.

"차 키 받으셨어?"

양정도는 백성일이 어떻게 나올까 싶어 일부러 비아냥을 잔뜩 실어 계속 말했다.

"무슨 티 쪼가리 몇 장 사는 것도 아니고, 얼굴 같은 건 확인하고 돈을 보내셨어야죠. 나이 먹도록 그렇게 어리숙하면 어떡합니까, 예? 다음부터는요, 아저씨. 직거래하지 마. 차는 딜러 통해 사시고요. 옷은 매장 가서 사시고."

안 그래도 울고 싶은 마음일 상대에게 따귀까지 때리는 짓은 하고 싶지 않았지만, 백성일의 반응이 궁금했다. 울고불고 매달려 사정할까? 욕설을 퍼부으며 화를 낼까? 양정도는 백성일과의 통화를 끊지 않은 채 다시 중고차 매매단지로 발걸음을 옮겼다. 놀랐는지 아무 말도 않던 백성일이 그제서야 입을 열었다.

"저기요, 사장님, 아니, 선생님. 그 돈이, 그 돈이…… 여보세요? 그 돈이 저한테 진짜 중요한 돈이거든요, 우리 딸애 때문에 내가 어렵게 모은 돈이라서…… 그, 그러시면 안 돼요. 제, 제가 잘못했어요. 내가 인터넷 직거래를 하는 게 아닌데!"

여기서 반성을 할 줄은 몰랐다. 진짜 재미있는 아저씨였다. 몇 마디 더 해주려는데 백성일이 다시 말을 쏟아냈다.

"아니, 젊은 사람이, 사람한테 이렇게 하면 안 되지, 인마!"

이번에는 훈계다. 감정이 널을 뛰고 있는 게 속속들이 보였다.

"야, 인마! 그 돈 빨리, 그 돈 다 빨리 돌려줘, 이 자식아!"

반성하다 훈계하다 이번에는 화를 냈다. 보면 볼수록 재미있는 사람이다.

"아니, 화 많이 나셨네. 우리 어리숙한 아저씨. 그럼 제가 거마비 챙겨드려야겠다. 화 푸시라고. 차는 그 사람이 안 줄 거니까요, 괜히 땡깡 부리지 마. 추해져. 그리고 타셨던 택시 고대로 타시고 집으로 돌아가시면 돼요."

양정도는 약속대로 백성일에게 택시비 14,500원을 도로 보내줬다. 그리고 충고도 잊지 않았다.

"그럼 조심히 들어가시고요. 주신 용돈은 감사히 잘 쓰겠습니다. 아, 그리고 욕 좀 줄여요. 정신 건강에 안 좋아."

통화를 마치고 중고차 매매단지에 도착하자 맥이 풀려 발걸음을 옮기지도 못하는 백성일이 보였다. 양정도는 얼마간 백성일을 계속 지켜보다 천천히 다가갔다. 그리고 담배를 꺼내 물며 백성일에게 말을 붙였다.

"아저씨. 불 좀 빌릴 수 있을까요?"

백성일은 기운이 다 빠진 표정으로 말 대신 손을 저었다. 이 와중에도 낯선 사람에게 힘없는 미소를 짓는 걸 보니 어떤 성품인지 짐작이 갔다. 그런 백성일을 지나쳐 양정도는 전화를 꺼내 어딘가로 전화를 걸었다.

"예. 엮었어요."

중고차 매매단지를 나온 양정도는 아버지를 찾아 교도소로 향했다. 형사였던 아버지, 한때 큰 산처럼 든든하던 아버지 양지택이 손바닥만 하게 작아져 초라하게 보였다.

"저 왔어요, 아버지. 죄송해요. 바로 온다는 게 제가 좀 늦었네."

한때 정의를 지키기 위해 싸웠던 양지택이었다. 뇌물을 받았다는 죄명으로 구속된 양지택은 누명을 쓴 것이라며 꾸준히 무죄를 주장했다. 결국 자신의 결백을 세상이 믿어주지 않자 양지택은 말을 잃어버렸다. 자기 자신보다 아끼던 아들, 양정도를 보고도 양지택은 입을 다물고 있었다.

"밥은 잘 챙겨 드세요? 이 다치셨다면서요? 아들 몇 년 만에 봤는데 그렇게 쳐다도 안 보셔. 아버지, 정도라고요. 아버지 아들 정도 왔다니까?"

눈앞에 사람이 없는 듯 반응하는 양지택을 보던 양정도는 가슴이 아팠다. 모든 걸 포기한 것처럼 지친 얼굴을 보니 갈비뼈 안쪽이 지끈거렸다. "많이 좋아졌어요"라며 교도관이 거들었지만 참담한 마음은 그대로였다.

"아버지. 왜 말을 안 해요. 아버지 말할 수 있잖아요. 근데 왜 말을 안 하냐고요."

여전히 아무런 반응이 없는 양지택의 모습에 서운함과 안쓰러운 감정이 동시에 일었다. 눈물이 고여 목이 메었다. 면회실을 나와 조금 걸었다. 쓸쓸함이 밀려올 때 휴대전화벨이 울렸다. 사재성이었다.

잠시 후 양정도는 사재성과 만나기로 한 공원에 도착했다. 그곳에는 형사들이 어슬렁거리고 있었다.

"저 사람들은 다 뭐예요?"

"뭐 그냥. 요 근방에 볼 일이 좀 있어서. 일하는 거야, 일."

사재성은 신경 쓰지 말라는 투로 말했다. 하지만 양정도는 신경을 안 쓰려고 해도 안 쓸 수가 없었다. 무전을 주고받으며 조심스럽게 분주한 모습을 보니 뭔가 일이 터질 것만 같았다.

"아무튼 아버지는 아직도 말 안 하시냐?"

"예……."

"그 말 많던 양반이 오죽 상심했으면……."

걱정해주는 척, 위로해주는 척하며 사재성은 말을 이었다.

"그래서 넌 이제 어떻게 살 거야?"

"지금 하는 일 끝나면 생각해보려고요."

"무슨 일? 너 직장 같은 거 구했어?"

"그런 건 아니고요. 아는 분이 부탁하신 일이 있어 가지고 그거 좀 처리하고 있습니다."

"아는 분 누구? 훈련소 동기랑은 살 부벼도, 빵 동기랑은 살 부비는 거 아니야."

이런 관심, 지긋지긋했다.

"훈련소는 잘 아시겠지만, 징역 살아서 못 갔고요. 그래서 저한테는 빵 동기밖에 없어요."

"그래서 뭐? 빵에 한 번 더 가겠다는 거야? 그 말이야, 지금?"

양정도가 대답을 못 하는 사이 무전기에서 "떴습니다"라는 소리가 들렸다. 사재성은 가늘게 뜬 눈으로 감정 없이 지시를 내렸다.

"걸어, 그럼."

사재성의 말 한마디로 형사들이 움직이기 시작했다. 사재성의 시선 끝 먼발치에서 모자를 눌러쓰고 걸어오는 행인이 보였다. 그리고 그 뒤로 형사들이 모이고 있었다. 그것을 건조하게 보고 있던 사재성이 말했다.

"정도야. 내가 어쩌다 여기까지 왔는지 알아? 어떤 놈을 잡든 관계, 사연, 처지, 그런 거 안 봐. 죄지은 놈 주둥이에서 '어쩔 수 없었다' '그러고 싶지 않았다' 그런 말 나오는 걸 제일 싫어하거든."

사재성 목소리 뒤로 몸싸움을 벌이는 범인의 고함 소리가 울렸다.

"그런 거 다 따졌으면 내가 널 어떻게 잡아넣었겠냐? 친한 형님 아들내미를."

양정도는 말과 다르게 사재성의 눈빛이 사나워지는 걸 놓치지 않았다. 사재성은 양정도에게 말을 하면서도 눈은 범인을 뚫어져라 바라보고 있었고, 그 가늘고 작은 눈에는 숨은 독기가 비치고 있었다.

"저 새끼 저거 마누라 수술비 때문에 성북동 마나님 집 도침(도둑질) 한 놈이야. 마누라 수술비 때문에 그랬다는데…… 딱하지. 불쌍해, 나도. 근데 그런 거 다 따지면 세상천지 나쁜 놈이 어디 있겠냐. 그러니까 정도야……."

말은 부드러워도 혓속에 감춘 칼이 느껴졌다. 양정도는 아무 말도 하지 않고 사재성의 말을 듣고 있었다.

"나한테 빌미주지 말고 살아. 사기 치다 나한테 또 걸리면 그땐 넌 정말…… 빵에 계신 형님 대신 신랑 입장 좀 보게 해주라. 교도소 입장이 아니라."

사재성은 천천히 일어나 범인에게 다가갔다. 형사들에게 제압당해 덫에 걸린 짐승처럼 난폭하게 몸부림치는 범인이 보였다. 나쁜 예감이 들었다. 양정도는 휴대전화를 꺼내 전화를 걸었다.

"미주야. 중고차 몇 대만 구해줄래?"

조미주는 교도소에 가기 전 함께 일했던 파트너다. 눈치가 빠르고 상대를 한눈에 분석해내는 재주가 있었다. 또 오랜 시간을 함께 호흡 맞춰 일해온 조미주는 양정도의 부탁이라면 거절하는 법이 없었다. 조미주를 만난 주차장에는 중고차 네 대가 나란히 주차되어 있었다. 역시 척하면 척, 여전히 좋은 동료라고 생각하던 때 조미주가 물었다.

"이 차들 왜 필요한 거야?"

"보험이야, 보험."

양정도는 조미주를 보며 싱긋 웃은 채 대꾸했다. 그리고 차에 올라타 시내 곳곳으로 차를 옮겨 주차해놨다.

"오빠, 왜 이러는 건데?"

"뭐가?"

"뭐 하는 거냐고."

조미주가 이해할 수 없다는 듯 물었다. 오랫동안 양정도를 봐왔으니 이해가 안 갈 만도 했다.

"아, 저거? 너 보험 왜 들어?"

양정도는 대답 대신 조미주에게 되물었다. 여전히 이해할 수 없다는 표정의 조미주는 당연한 걸 왜 물어보냐는 얼굴로 대답했다.

"불안하니까 드는 거 아니야?"

"잘 아네."

양정도의 대답에 조미주는 헛웃음이 나왔다. 조미주가 아는 양정도는 그런 사람이 아니었다. 양정도는 상대가 누구든, 어떤 상황이든 겁을 내는 사람이 아니었다. 치밀하게 작전을 세우고, 작전에서 벗어난 일은 임기응변으로 얼마든지 땜질해 넘길 재주가 있는 사람이었다. 그런 양성도가 불안해하다니.

"간 작아졌네, 감옥 한번 갔다 오더니."

"미주야. 나 이번에 그냥 나온 거 아니다."

"뭔 말이야."

"아니야. 다음에 얘기해줄게."

사실 말한 것처럼 겁을 먹은 것은 아니지만, 양정도는 아직 할 일이 많았다. 아직은 조미주에게 자세한 이야기를 해줄 단계가 아니었다. 눈치 빠른 조미주 역시 더 이상 묻지 않았다.

조미주와 헤어진 후, 양정도는 왕 회장에게서 받은 수첩을 다시 살폈다. 빼곡히 적힌 글자들 사이에 조상진이라는 이름이 보였다. 조상진은 특별히 부탁을 받은 인물이었다. 왕 회장의 오른팔 격인 김 전무의 말이 떠올랐다.

"조상진이! 시청 재무국장 하던 안데, 금마는 마 확실히 조지라. 의리도 음꼬! 아가리만 크지 똥구넝이 작아, 그놈은!"

조상진은 비리 세무사의 표본 같은 인물이었다. 수출입 회사 업무를 볼 때는 매입 금액을 부풀려 기재해 탈세를 도왔고, 의사에게는 수술비를 직원 통장으로 현금으로 받게 해서 소득을 누락시켜 탈세를 도왔다. 구린 부분이 한두 군데가 아니었다. 이런 인간들의 대부분은 바로 그 구린 부분이 약점이었다.

그림을 그리는 데 있어서 상대를 실제로 보고 안 보고의 차이는 크다. 양정도는 조상진의 사무실 건물 앞에 몸을 숨기고 기다렸다. 얼마간 기다리는 사이 고급 승용차 한 대가 들어왔다. 어디서 기분 나쁜 일이라도 당했는지, 대뜸 경비원을 불러 삿대질하며 화내는 모습에서 성격을 엿볼 수 있었다. 강자에게 약하고 약자에게 강한 인간. 저런 식으로 얼마나 많은 사람들을 차별하며 살고 있는지 알 만했다. 권위적이고 다혈질이며 비인간적이었다. 역시 예상 그대로의 인물이었다. 상대의 성향을 대충 알았으니 이젠 그림을 그릴 차례다. 준비할 것들이 몇 개 있어 보였다. 다시 조미주에게 전화를 걸어 도움을 구했다.

"국세청 세원정보과 명단 좀 파볼래?"

4
친구

"그러게 잘 좀 알아보고 사지. 아이고, 나잇살 처먹어가지고 애기
들한테 사기나 당하고. 잘하는 짓이다, 잘하는 짓이야."

우울한 마음을 달래고자 만난 고등학교 동창 박덕배는 분위기 파
악도 못 하고 비웃기부터 했다. 안 그래도 소주를 마시는지, 물을 마
시는지 구분이 안 갈 판이었다. 거기다 살살 긁어대는 박덕배 때문에
기분이 더 상했다.

"누가 사기를 당하고 싶어서 당하냐? 아, 몰라! 얘기 좀 하지 마.
열 받아."

"500만 원이 뉘 집 개 이름도 아니고! 아이고, 잘하는 짓이다."

"알았으니까 그만 좀 하라고."

"야, 500만 원이면 대학교 한 학기 등록금 아니냐?"

박덕배는 혼자 맥주를 홀짝홀짝 들이켜며 히죽거렸다. 꼭 위로받으려고 불러낸 건 아니었지만 박덕배 하는 짓에 화가 치밀어올랐다.

"아씨, 그만 좀 해! 500 얘기하지 마!"

"알았어, 알았어. 왜 화를 내고 그래. 그럴 수도 있지. 누구나 실수는 하는 법이야."

백성일이 정색하자 박덕배를 꼬리를 내렸다.

"돌겠네, 진짜."

"야, 근데 너희 시청 사람들 중에도 사기당한 사람 꽤 있다고 하지 않았냐? 그거 한 놈 짓이라는 생각은 안 해봤어? 어떤 간댕이 부은 놈 하나가 시청 공무원들 줄줄이 엮어가지고 빨래질(앙갚음) 하는 거 같단 생각이 드는데……."

박덕배의 말을 듣고 생각해보니 이상하긴 했다. 불과 하루 이틀 사이 백성일 주변 사람들이 한꺼번에 사기를 당한다는 게 말이 안 된다고 느껴졌다. 하지만 백성일은 아무리 생각해도 누구한테 복수당할 만한 일을 한 적이 없었다. 애당초 그렇게 독하지 못했고, 그만큼 욕심도 없었다.

"나는 왜? 뭐 때문에 그런 짓을 해?"

"그거야 잡아서 물어보면 되는 거고."

"잡기는, 씨……."

백성일은 박덕배의 말에 이걸 위로랍시고 하는 걸까 싶어 코웃음이 났다. 그때 사기당한 걸 알자마자 가장 먼저 찾아간 곳이 경찰서였다. 그러나 경찰들이 확인해준 건 고작 휴대전화는 대포폰이었고 통장도 가짜였다는 것. 백성일이 아는 거라곤 목소리뿐이고, 나이랑 이름도 모르는 범인을 무슨 수로 잡겠다는 건지. 박덕배의 말은 아무 위로도 안 됐다.

"야, 이 형이 그놈 잡아주랴? 형사 친구 두고 사는 덕 좀 볼래, 우리 성일이?"

박덕배는 건들거리면서도 재차 물었다. 백성일은 정신이 번쩍 들었다. 경찰이라고 다 같은 경찰이 아닌 모양이었다. 강력반 형사쯤 되면 친구를 위해 손을 써서 이런 놈도 잡아줄 수 있는 걸까? 다 포기하려던 차에 형사 친구가 나서준다니 은근히 기대가 생겼다.

"너 그런 것도 잡을 수 있어?"

반신반의하며 백성일이 묻자 박덕배는 맥주를 한입 크게 들이켠 뒤 말했다.

"너한테 전화한 번호, 아직도 갖고 있냐?"

박덕배에 대한 신뢰와 우정이 상한가를 쳤다. 믿을 건 역시 친구뿐이었다. 백성일은 알고 있는 내용을 빠짐없이 박덕배에게 이야기해줬다. 오늘 밤은 편하게 잠들 수 있겠다는 희망이 생겼다.

다음 날, 세금징수국 사무실에 반갑지 않은 손님이 찾아왔다. 체납자 박상호. 그는 한마디로 거지 같은 사람이다. 국어사전에서 두번째 뜻으로 소개하는 '사람을 욕하여 이르는 말'의 거지가 아니라 명사 첫번째 뜻의 그 거지. 차림과 행색이 그야말로 거지 같은 건 물론, 일개 공무원인 백성일에게 세금을 깎아달라는 막무가내였기에 그는 이미 세금징수국에서 유명인사였다. 다른 때라면 잘 말해서 돌려보냈을 테지만, 지금은 아니었다. 박덕배의 전화를 기다리느라 조바심과 짜증이 뒤섞인 백성일은 이 골치 아픈 세금 체납자가 거추장스럽기 짝이 없었다. 백성일이 애서 외면하는 모습을 본 천성희가 눈치 빠르게 끼어들었다.

"박상호 씨. 백날 그렇게 죽치고 앉아 있어도 세금 못 깎아드려요."

하지만 남들은 다 눈치채도 박상호는 눈치를 못 챈다는 게 문제였다.

"깎아주세요, 쫌. 쫌만 깎아줘요, 예?"

계속 깎아달라는 박상호는 다른 이유나 납득이 갈 만한 사정도 하지 않는 사람이었다. 무조건 깎아달라는 말만 반복했다.

"이거 봐요. 자꾸 그러시면 경찰 불러요."

곤란해하는 백성일을 보며 강노승이 거들었고, 그 말에 박상호는 반색하며 물었다.

"아저씨가 깎아줄 거야?"

당최 저 대사를 어떻게 해석하면 깎아준다는 말로 들을 수 있는지. 박상호 얼굴에 화색이 돌자, 혹시 자기한테 달라붙지 않을까 걱정된 강노승이 단칼에 말을 잘랐다.

"내가 왜 깎아줘?"

"그럼 꺼져! 대머리!"

그렇게 강노승과 박상호가 티격을 벌이는 사이, 또 다른 손님이 만면에 미소를 머금고 들어왔다. 여유만만한 웃음, 말끔한 차림. 예전에 세금징수국에서 함께 일했던 조상진이었다. 옛 동료들에게 함박웃음을 보이며 들어온 조상진에게 강노승이 날선 인사를 던졌다.

"신수 훤하네. 세무사 사무실 잘되나봐?"

"그냥 굶진 않고 살아. 노승이 너도 그냥 빨리 퇴직하고 밖에 나와서 사무실 하나 차려라. 밖에 나오니까 살맛 난다. 윗사람들 눈치 안봐도 되고."

'굶지 않고 산다'는 겸양은 조상진이 하기에 참 안 어울리는 인사라고 생각하며 강노승이 말했다.

"그러다가 마누라한테 맞아 죽을 일 있어? 난 그냥 끝까지 버티다가 연금이나 탈 거야. 근데 어쩐 일이냐, 이 시간에?"

"아, 백 과장하고 밥이나 한 끼 할까 해서."

"1과장 지금 외근 나갔거든. 우리 다 퇴근한 다음에 밤늦게나 올 거야."

늘 깔끔한 정장을 입고 윗사람들에게 싹싹한 세금징수1과 과장 백성일. 고릴라 같은 덩치에 말도, 행동도 자신감 없어 보이는 세금징수3과 과장 백성일. 같은 부서, 같은 과장이라서도 그렇지만 이름 때문에 둘은 종종 비교 대상이 되곤 했다. 자신에게 도움 되는 사람만 만나는 조상진이 찾는다면 당연히 세금징수1과 백성일일 거라 강노승은 생각했다. 그런데 조상진이 엉뚱한 소리를 했다.

"1과 백성일이 말고, 3과 백성일이."

그제서야 조상진을 발견한 백성일은 몸을 일으켜 인사했다. 조상진이 활짝 웃으며 백성일을 맞이하자 직원들의 눈길에 의구심이 묻어

났다.

"너 얼마 전에 사람 팼다며? 그런 일이 있었으면, 인마! 형한테 얘기를 했어야지. 야, 다 해결 방법이 있어."

조상진이 백성일에게 반갑게 인사하는 것도 의아한데 그의 근황까지 알고 걱정하는 말투는 더욱 의심스러웠다. 세금징수국 직원들이 아는 조상진은 저런 사람이 아니었다. 자기만 아는 사람, 자기에게 도움된다 싶으면 그날부터 친구였고 도움이 안 되겠다 싶으면 적으로 치부하는 사람이었다. 백성일과 친할 수 없는 부류였다. 그런 조상진이 백성일을 챙기고 밥까지 사주겠다며 찾아올 이유는 없었다.

점심시간에 맞춰 조상진을 따라 나온 거리에는 회사원들로 가득했다. 점심시간이면 언제나 볼 수 있는 똑같은 풍경이었지만, 백성일은 조상진과 함께 걷는 길이 낯설었다. 조상진이 낯설어서가 아니라 조상진의 말 때문이었다. 해결 방법이 있다는 말이 백성일의 머릿속에서 떠나지 않았다. 사기당한 돈은 친구가 도와준다 하고 체납자를 폭행한 일은 선배가 해결해준다 하니, 어쩌면 자기는 엄청 운이 좋은 사람인지도 모른다고 생각했다.

"아, 형님이 제 일을 어떻게 해결을 해주신……."

"따라와. 따라오면 다 해결되니까."

백성일의 말이 끝나기 전에 조상진이 말을 막았다. 그러고는 시큰둥하게 먼 빌딩을 바라보며 걷던 조상진은 갑자기 엉뚱한 소리를 시작했다.

"부자들은 여왕개미, 법 만드는 사람들은 수개미. 그럼 백성일이 넌 무슨 개미야? 넌 무슨 개미라고 생각해?"

이게 뭔 소리일까 싶었다. 여왕개비, 수개미, 일개미 말고 또 다른 개미가 있었나?

"저는 뭐, 그냥 큰 개미?"

"넌 병정개미야. 너 공무원이잖아. '대한민국'이라는 집을 지켜야지. 여왕개미도 지켜드리고. 근데 병정개미 백성일이 너! 넌 왜 여왕개미를 공격하냐?"

답답하다는 표정으로 조상진이 말을 이어갔다.

"자…… 체납세금 50억이 있다고 치자. 50억 그거 별거 아니야. 월 200 버는 일개미들, 회사원, 저런 애들! 저런 애들이 한 달에 갑근세다 건강보험이다 뭐다, 월 30 정도 떼고 월급 받거든? 인마, 저런 애들 16,666명이면 50억 그거 한 큐야!"

스쳐 지나는 직장인을 보며 참 지독한 소리를 하고 있었다. 백성일은 행여 조상진이 하는 말을 다른 사람이 들을까 미안해졌다.

"쟤들은 선택권도 없어! 월급에서 미리 다 떼고 주니까 삥땅 칠래야 칠 수도 없다고. 무슨 말인지 알아? 일개미 저것들이 매달 꼬박꼬박 곳간을 채워주고 있다 이거야! '세금 드럽게 많이 떼네!' 투덜거리는 소리만 좀 들어주면, 50억! 100억! 1000억! 그게 문제가 아니라니까? 억…… 쉬워, 일개미들만 있으면!"

"에이, 그래도 세금은 공평한 건데 평범한 직장인들한테만 그러는 건 좀 아니죠."

백성일이 머쓱하게 대답하는 사이, 둘은 고급 일식집 앞에 도착했다. 모든 탁자가 방으로 구분된 식당이었다. 예약했다며 성큼성큼 가게 안으로 들어서는 조상진은 독한 말을 계속 내뱉었다.

"그게 일개미들 숙명이야, 숙명. 직장인들이 죽어라 일을 해서 세금을 내줘야 정치인들이 씨를 뿌리고 돈 많은 분들이 경제를 돌리고. 그래야 성일이 너 같은 공무원들이 먹고산다고."

하는 말마다 참 한결같은 인품을 유지하는 조상진이었다.

"아니, 뭐, 동의는 안 되지만 알겠고요. 아니, 근데 지금 어디 가시는 거예요?"

백성일은 조상진이 이런 곳에서 자신과 단둘이 밥 먹으러 올 사람이 아니라는 걸 누구보다 잘 알고 있었다. 무슨 일인지 영문을 몰라 당황스러운 와중에 조상진이 활짝 웃으며 백성일을 자리로 안내했다. 예약한 방에는 이미 누군가가 기다리고 있었다. 사람 좋은 얼굴로 웃고 있는 마진석이었다.

"아이고, 안녕하세요. 우리 세무사님이 백 과장님 시청 선배인 줄 꿈에도 몰랐네, 진짜. 역시 대한민국이야! 좁아! 일단 들어오세요. 식사부터 하시죠."

백성일의 얼굴에 조금이라도 남아 있던 웃음기가 거품처럼 날려 사라졌다. 이 혼란스러움을 어떻게 감당해야 할지 몰라 자리를 피하려 하자, 조상진이 잡고 자리에 끌어앉히며 말했다.

"야, 야! 성일아. 들어가. 들어가, 인마. 너 튀김 좋아하잖아. 튀김이나 먹고 가. 앉아. 아유…… 그거 뭐, 좋은 게 좋은 거라고. 옛날 안 좋았던 일 있으면 다 풀고 그러는 거지."

조상진의 말에 마진석이 끼어들어 말을 거들었다.

"그래요, 과장님. 좋은 게 좋은 거라고, 우리 그만 화해합시다."

백성일이 기억하는 마진석의 얼굴이 아니었다. 어디서 저런 사람 좋은 표정을 숨겼다 꺼냈는지 감탄하던 찰나 마진석은 탁자 밑에서 서류 봉투 하나를 꺼내 보이며 이어 말했다.

"과장님. 정직까지 가면 안 되잖아, 딸내미 대학도 보내야 되는데. 약소하지만 이기 받으시고 좋은 아빠 되세요."

마진석이 내민 서류 봉투를 본 백성일은 얼굴이 무섭게 굳어졌다. 서류 봉투 위에는 백성일이 꿈도 못 꿀 고급 승용차 열쇠가 올려져 있었다.

마진석이 부드러운 목소리로 "이거 받으시고 좋은 아빠 되세요"라고 하는 말이 "이제 주제 파악 좀 되고 그래요?"로 들렸다. 가정부에게 잔인하게 물을 먹이던 마진석이었다. 이런 게 돈이라며 얼굴에 5만 원짜리를 던지던 그 모습과 지금의 장면이 겹쳐 보여 혐오감이 들었다. 그런 백성일의 표정은 아무도 안 보고 있는 건지 조상진까지 옆에서 호탕하게 웃으며 말을 붙였다.

"안 국장한텐 내가 얘기 잘해놨어. 알아듣게 내가 충분히 설명해뒀으니까, 우리 마 사장님 놔드리자. 시원하게 술 한잔 먹고. 경제활동에 전념하셔야 될 분이 이런 일에 발목 잡히면 쓰냐."

백성일은 갑자기 웃음이 나왔다. 정말 이런 게 돈이었나? 백성일은 이제껏 자신이 돈이 무엇인지 잘못 알고 살아온 기분이었다.

"야, 너 왜 웃냐? 지금?"

"형님이 말한 그…… 여왕개미?"

백성일이 허탈하게 되물었다.

"알 잘 낳게 생기셨네. 알 많이 낳으시고. 저 일어날게요."

백성일은 자기가 있을 자리가 아님을 알았다. 방에서 나온 백성일을 조상진이 황급히 뒤따라왔다.

"야! 성일아! 야, 인마! 너 왜 그래, 진짜!"

"형님이야말로 왜 그래요? 이거 아니잖아요."

백성일의 얼굴에 어이없다는 표정이 가득했다. 그리고 조상진은 도저히 이해가 안 간다는 표정이었다.

"뭐가 아니야? 아는 사람들끼리 서로 돕고 살자는 게 뭐가 나쁘냐?"

"형님…… 저놈 나쁜 놈이에요. 룸살롱 몇 십 개씩 굴리면서 세금 한 푼도 안 낸 놈이라고요. 나랑 같이 앉아서 밥 먹을 놈이 아니에요!"

"너 지금 자존심 세우냐? 누군 너처럼 안 살아봤냐?"

자존심 문제가 아니었다. 불법의 경계를 아무렇지 않게 넘어 뒷돈을 받자는 말에 양심적으로 당당히 살자는 이야기를 한 거였다. 백성일에게는 너무나 당연한 이 이야기를 조상진은 전혀 이해하지 못했다.

"야, 성일아. 한 시간! 아니, 딱 30분만 참아. 그럼 다 행복해지는 거야. 너, 차 한 대 없어가지고 딸내미 앞에서 저 사람한테 개쪽 당했다며."

정말 갈수록 할 말을 잃게 만드는 선배였다. 그런 조상진은 계속 장난감 사달라고 조르는 아이를 달래듯 백성일을 다독였다.

"들어가자. 들어가서 밥 먹고, 차 받고. 놔주자, 저 사람."

이런 조상진의 말이 답답했던 백성일이 마지막으로 물었다.

"그럼 세금은 누구한테 받아요?"

"없이 사는 놈들. 걔들한테 받아. 걔들 말 잘 듣잖아. 일 처리도 쉽고."

조상진은 돈 버는 인간, 돈 내는 인간이 같이 모여는 살아도 섞일 수 없다는 듯, 마치 서로가 다른 종류의 생물인 것처럼 말했다.

"다 허물어진 집에 들어가서 밥 먹던 숟가락 뺏는 게, 그게 우리 일이에요?"

"걔들 고통 신경 쓰지 마. 내가 말했잖아, 그게 숙명이라고. 일개미 숙명."

조상진이 언제부터 이렇게 달라진 건지 알 수 없었다. 원래 그런 사람이었는지도 알 수 없었다. 아니면 백성일 자신이 직업으로 삼은 이 일이 원래 그런 것인데 자신이 잘못 알고 있는 것인지도 몰랐다. 하지만 하나 확실히 알겠는 것은 있었다.

"형님. 제가 한마디만 할게요. 숙명이든 뭐든 그거 형님이 정하는 거 아니에요."

돌아선 백성일 뒤로 조상진의 외침이 들렸다. 기가 차다는 듯 백성일의 이름을 불러대는 조상진을 무시하고 나왔다. 박덕배에게서 전화를 온 건 그때였다.

낡은 건물이었다. 좁은 복도와 낡은 계단 그리고 지저분한 벽. 정상적인 경제활동을 통해 국가와 사회에 기여하는 회사가 있을 곳과는 거리가 있어 보였다. 이런 곳을 많이 다녀봤는지 박덕배는 자신만만하게 계단을 올랐다.

"얼굴이 왜 그러냐? 무슨 일 있었어?"

"아니야. 됐어."

마진석 일로 한참 기분이 나빴지만 박덕배와는 관계없는 일이었다. 괜히 하소연 한답시고 말을 꺼내 그 더러운 기분을 다시 느끼고 싶지 않았고, 빨리 500만 원을 사기 친 범인이나 잡고 싶을 뿐이었다.

"이런 데 혼자 오고 그러냐?"

"애들 다 출동하면 혼자 와야지, 어떡하냐."

"위험하잖아, 이런 데 혼자 오면."

척 봐도 위험한 기운이 물씬 풍기는 곳을, 이렇게 대놓고 형사가 들어가도 되는지 몰랐다. 백성일의 굳은 얼굴을 본 박덕배가 귀엽다는 듯 웃으며 말했다.

"뭘 새삼스럽게. 잠깐만 기다려, 여기서."

박덕배가 "실례 좀 합시다." 말하며 시원스럽게 사무실 문을 열었다. 안에는 묻지 않아도 위험한 일 하고 산다고 얼굴에 쓰여 있는 사람들이 앉아 있었다. 험악한 눈동자 여러 개가 박덕배와 백성일에게 꽂혔다.

"어떻게 오셨어요?"

"뭐 하나만 물어보자고."

상대는 인상만큼이나 거칠게 박덕배가 되물었다. 백성일은 말리고 싶은 마음이 태산이었지만 겁이나 그러지도 못했다.

"뭐냐, 너희들?"

길에서 모르고 마주쳐도 주먹 좀 휘두르는 게 직업일 거 같은 사내가 말했다. 이런 사람은 피하는 게 상책인데 박덕배는 오히려 웃으며 대꾸했다.

"배고프니까, 뭐 할 거면 빨리하자."

작은 사무실 안의 사람들은 무슨 일인지 대강 짐작됐다는 듯, 하나둘 일어났다. 험악한 분위기 속에 천천히 사내들이 다가왔다. 그리고 곧 대한민국 형사의 강력함을 볼 수 있었다. 백성일은 무서워 똑바로 쳐다도 못 보는데 엄청난 소리와 함께 박덕배의 주먹 끝에서 거구의 사내들이 쓰러지기 시작했다. 여유만만한 박덕배와 달리 사내들 눈에 공포가 물들었고, 상황은 순식간에 정리돼 박덕배가 원하던 '빨리 끝내고 밥 먹을 시간'으로 변해 있었다. 어느새 백성일 앞에 공손히 짜장면 한 그릇이 놓였고, 방금 전까지 살기를 내뿜던 사내가 공손하게 말을 걸었다.

"식사 중에 죄송한데요. 제가 좀 알아봤거든요. 그 번호가 외국인 명의로 뚫린 폰이더라고요. 외국인 명의 따다가 대포폰 만드는 애들이 있긴 있거든요, 마장동에. 그쪽 애들 한번 만나보시면, 선생님한테 사기 친 놈이 누군지 찾을 수 있을 거 같습니다, 예."

빠른 상황 변화에 순간적으로 적응을 할 수 없었다. 원래 이렇게 공손한 사람이었나? 분위기 탓인지 백성일까지 함께 예의바르게 대답했다.

"아, 그래요?"

짜장면 비비는 데 열중하던 박덕배가 말을 듣고 끼어들었다.

"이분한테 문자로 주소 찍어줘."

"나? 나한테? 왜? 넌 같이 안 가?"

백성일이 깜짝 놀라 물었다. 당연히 저런 위험한 곳은 박덕배와 함께 가야 했다.

"조직 폭력 일제 단속 기간이라고 마실 나갈 틈을 안 준다. 지금도 잠깐 밥 먹으러 나온 거야."

일이 그렇다니 어쩔 수 없는 걸 알면서도 백성일 입에서 볼멘소리가 튀어나왔다.

"나 혼자 그런 델 어떻게 가?"

"저기, 형사 한 분 갈 거니까 뭐 물어보는 거 있으면 적극 협조하라고 제가 전화 한 통……."

두목으로 보이는 남자가 백성일 기분을 살피며 말을 걸었다. 험악한 얼굴에 조심스러운 행동거지가 뒤섞여 더 혼란스러웠다. 이런 상황, 이런 사람의 말을 정말 믿을 수 있는 건가?

"어려울 거 없어. 그냥 가서 묻고, 듣고, 잡으면 돼. 왕년 일진 백성일이 깡다구 다 어디 갔냐? 야, 명시! 왜 그래?"

명시. 박덕배 입에서 오랜만에 예전 백성일의 별명이 튀어나왔다. 10대 시절, 명절날 시어머니처럼 사납고 예민하다고 친구들이 붙인 별명. 어른이 되고 사회생활을 하면서 둥글둥글해진 백성일에게도 그런 시절이 있었다. 입술을 매만지며 고민하던 끝에 결심을 내렸다.

"나 혼자 가도 진짜 별일 없는 거지?"

마음을 추스르고 다시 한번 박덕배에게 다짐을 받았다. 그 500만 원이 어떤 돈인데. 겁이 난다고 포기할 수는 없었다.

문자메시지로 전달받은 주소를 보고 찾아간 마장동 축산시장 골목은 분주했다. 근처까지 다 온 듯했을 때 백성일은 그곳에서 일하는 남자에게 길을 물어 대포폰 업자를 찾았다. 친절하지도, 그렇다고 퉁명스럽지도 않게 남자는 길을 안내했다. 미로처럼 꼬인 뒷골목으로 들어서니 그 분위기는 분주하고도 활기찬 시장과는 확연히 달랐다. 골목 끝에 냉동 창고로 보이는 공간에 들어서니 건장한 사내들이 자신들만 한 돼지를 어깨에 진 채 오갔고, 그것을 칼로 썰고 자르며 분해하고 있었다. 적어도 조금 전 사무실에서는 이런 흉기가 눈앞에서 오가지 않았다. 아까보다 더 험악한 분위기에 긴장한 탓인지 지금 눈앞에 잘리고 있는 것들이 진짜 돼지가 맞기는 한지 의심스러웠다.

"형사님이시라구? 전화 받았어유."

짧은 곱슬머리에 충청도 억양의 남자가 다가와 말을 걸었다.

"반갑습니다. 어디 서에서 나오셨다구?"

"서원시청에서 나왔…… 아니, 시경! 시경에서 나왔습니다."

백성일은 당황한 탓에 솔직하게 자기 신분을 밝힐 뻔했지만, 박덕배에게 들은 대로 형사인 척을 했다. 백성일과 마주보며 앉은 남자는 이런 일이 자주 있었던 듯 자연스럽게 백성일에게 물었다.

"우리 고객 정보는 왜 필요하신데?"

"수사 때문입니다."

"무슨 수사?"

"사기요."

"무슨 사기?"

"보이스피싱이요."

"아, 보피? 피해액은?"

"한 500 정도 됩니다."

백성일과 문답을 주고받던 남자는 잠깐 뭔가를 생각하는 듯하더니 "500⋯⋯"이라고 낮게 읊조렸다. 그러고는 다시 백성일을 불렀다.

"형사님."

"예."

"어디 서라구유?"

"시경이요."

"고객 정보는 왜?"

"수사 때문에요."

"무슨 수사?"

"사기요."

"무슨 사기?"

"보이스피싱이요."

"피해액은?"

"한 500 정도 된다고 아까 말씀드렸는데요."

고기를 자르던 사람들도 어느새 백성일 주변에 모여서 둘의 대화를 들으며 히죽거리고 있었다. 남자는 어처구니없다는 표정으로 백성일을 바라보며 말했다. 입은 웃고 있는데 눈이 사나웠다.

"너 형사 아니지?"

"예?"

정곡을 찔려 당황하는 사이 남자가 계속 말했다.

"묻는 말에 꼬박꼬박 존대 써가면서 대답해주는 형사, 난 본 적이 없는디."

진땀이 백성일 등을 타고 흘렀다. 여기서 뭐라고 말을 해야 할지 갈팡질팡하는 사이 자기도 모르게 말이 튀어나왔다.

"전 예의를 갖추려고 하는 거니까……"

"예, 그렇쥬. 그러시겠지. 명의 훔쳐다가 대포 만드는 놈이라구 사람까지 우스워 보이는 겨? 개나 소나 경찰 사칭하면서 들이밀믄 우리가 쫄아가지구, 술술 불구 그럴 거 같나? 그런가?"

"아, 아닙니다. 그런 게 아니라."

"너 이 새끼야, 사람 진짜 잘못 봤어. 너 마장동이 어떤 덴지 알어? 마장동은 인마, 키로 장사가 아녀. 근 장사지. 야, 됐구. 이 새끼 갖다가 저울 달어."

아까 걸려 있던 것들 가운데 정말 돼지가 아닌 게 있는 모양이었다. 남자 뒤에 서 있던 건장한 체격의 사람들이 백성일의 어깨와 손을 부여잡았다.

"알았어요, 잠깐만요. 잠깐만 봐보시라고. 잠깐만! 좀! 좀 놓으라고!"

백성일이 기운을 바짝 쓰며 손을 뿌리쳤다. 백성일 역시 덩치라면 밀리지 않았다. 늘 세금 체납자들과 몸싸움을 하던 터라 힘이라면 자신 있었다. 몸싸움에 흐트러진 안경을 고쳐 쓰고 백성일이 숨을 몰아쉬며 다시 한번 차분하게 이야기했다.

"아니, 저기요. 사람이 이렇게 예의 갖춰서 말하고 그러면, 좀 좋게 좋게 서로 대해야지 이게 나이도 어린 사람이, 이렇게 하면 안 되는 거 아니에요?"

"아, 제가 나이도 어리구…… 참 버르장머리가 없었네유. 예, 형사님. 저기, 정중하게 저울 달아드려."

남자는 아직도 백성일을 얕보며 비웃고 있었다. 공권력이 이렇게 무시당해도 되는 건가? 백성일은 두려움보다 점점 화가 나기 시작했다. 쓰고 있던 안경을 벗어 던지고 인상을 썼다.

"야, 너 형사랑 장난 치냐? 공무원이 우스워? 형사 20년 동안 이러는 거 처음인데. 야, 사람이 좋게 대해주니까 아주 명란젓같이 보이냐? 젓같이 보여! 대한민국 공권력이 미치면 어디까지 가는지 한번 보여줘? 보여줘? 어? 이걸 확!"

백성일이 불같이 화를 내자 남자가 살짝 겁을 집어먹는 모습을 보였다. 그러곤 곧 입가에 비굴한 미소가 떠올랐다. 무단횡단을 하다 걸리거나, 노상방뇨 같은 걸로 경찰한테 잡혔을 때 볼 수 있는 그런 미소. 백성일은 한번 화가 나니 좀처럼 식지 않았다.

"야, 웃어? 웃어? 이 새끼가 아직 정신 못 차리네? 아니, 확 다 뽀개버리면 정신 차릴래? 웃지 마, 이 새끼야! 아가리 뺨따구를 확 찢어버리기 전에!"

원하는 걸 얻으려면 거칠게 나가야 했다. 평소 안 쓰던 말까지 쓰며 남자를 향해 소리쳤다.

"자료 줄 거야, 안 줄 거야!"

잠시 후 발걸음도 가볍게 자료를 들고 박덕배를 찾아갔다. 정말 일이 바쁜 모양인지, 편의점에서 만나기로 한 박덕배는 실외 탁자에 앉아 라면으로 끼니를 때우고 있었다. 박덕배를 발견한 백성일은 한껏 거들먹거리며 서류를 탁자 위에 내려놓았다.

"어떻게 용케 잘 받아왔다, 너?"

백성일이 내민 서류를 살펴본 박덕배 얼굴에 '제법인데'라는 표정이 보였다.

"아, 그럼. 어른이 달라 그러는데 줘야지. 어린 놈의 자식들이, 혼나려고. 아, 들어갔는데 수십 명이 있더라고. 내가 안경 딱 벗고 인상 딱 썼더니 뭐, 빌더라고. 나한테. 하, 나 참."

괜히 으쓱해진 백성일이 묻지도 않은 말을 늘어놓았다.

"인마! 아, 진짜라니까. 한 30명 있었다니까, 진짜!"

박덕배가 기가 차다는 얼굴로 아무 말 안 하고 물끄러미 쳐다보자 백성일은 부끄러움이 밀려왔다. 슬쩍 화제를 돌리며 이어 말했다.

"야, 아무튼 그놈이 뚫은 다른 대포폰 번호, 이게 다래."

"알았어. 이 번호 전부 위치 추적 걸어놓으라 그럴게."

"그래그래. 너는, 이제 그런 일을 해. 위치 추적하고, 그런 일 하고. 위험한 데 갈 일 있으면 나한테 미리 얘기를 해. 전화를 해, 미리. 내가 딱 체질인데, 뭐."

백성일은 자기도 모르게 또 쓸데없는 말을 하며 허풍을 떨었다.

"하 씨, 지랄을 한다. 아! 맞다, 성일아. 내가 아는 형사 중에 박두길이라고 내 밑에 있다가 광수대로 간 놈이 하나 있어. 걔한테 들은 얘긴데 그놈이 요즘 맡아서 하는 일이……."

편잔을 주던 박덕배가 갑자기 생각났다는 듯 말을 꺼냈다. 광역수사대 후배한테 들은 정보는 백성일 귀를 번쩍 뜨이게 했다.

"흥신소랑 휴대폰 업자랑 프락치 해가지고 개당 5만 원에 개인정보 사고파는 그런 거 단속하는 일이래. 그래서 이 바닥 흥신소란 흥신소는 싹 다 뒤지고 다니면서 업자 새끼들 모가지 틀고 센타 까고 있는데…… 쌍문동 노중식이라는 흥신소 사장 털 때 뭐 이상한 파일을 하나 봤다네?"

박덕배의 말하는 모습을 보니 백성일은 분명 자신과 관계가 있을 거란 느낌이 들었다.

"무슨 파일?"

"일단 끝까지 들어봐."

알고 보니 그 파일의 내용을 수첩에 적어 교도소에 전달하라는 의뢰를 받았다는 거다. 만들라고 시킨 사람도 모르고, 어디에 쓸지도 모르는, 흥신소에서는 단지 명단만 뽑아 만든 파일이라는 이야기였다. 백성일이 다시 박덕배를 닦달했다.

"그러니까 그 파일이 뭐냐고."

박덕배는 말을 마치고 백성일에게 서류 묶음을 하나 던졌다. 한 장한 장 서류를 넘기던 백성일은 눈을 의심했다. 서원시청의 윤 국장, 한 국장, 조 팀장의 이름과 인적사항이 적혀 있었다.

"내가 한 놈 짓인 거 같다 그랬지? 그 새끼 의적질하고 돌아다니는 거 같다."

박덕배의 말이 귀에 들어오지 않았다. 계속 서류를 넘겨보던 백성일은 도무지 이해할 수 없는 이름이 적혀 있는 걸 발견했다.

"이 사람이 왜 여기 있어?"

박덕배를 보며 물었지만 대답이 없었다. 이건 정말 이해할 수 없는 일이었다. 백성일은 자신이 잘못 본 것은 아닌지 확인하려고 다시 한 번 봐도 잘못 본 게 아니라 확실히 아는 이름이 적혀 있었다. 바로 마진석이었다.

5
만남

명품 정장과 시계를 구입했다. 머리를 손질하고 구두를 챙겨 신은 모습을 거울에 비춰보니 엘리트 직장인 같은 느낌이 물씬 풍겼다. 그런 양정도가 서류 가방을 들고 찾아간 곳은 조상진의 세무사 사무실이었다. 입구에서 당당하게 소개하고 안내를 받아 조상진과 독대했다.

"안녕하세요. 국세청 세원정보과 차재원입니다."

양정도가 밝힌 가짜 신분에 마주 앉은 조상진이 잔뜩 긴장한 표정으로 마른침을 삼켰다. 구린 구석이 많은 조상진의 반응은 당연했다. 탈세와 차명계좌 신고 및 처리를 주 업무로 하는 세원정보과는 조상진 같은 사람에게 만나기 싫지만 안 만날 수 없는 상대이자 저승사자나 다름없었다. 긴장한 표정으로 어색한 웃음을 흘리던 조상진이 몰래 문자메시지를 보내는 모습이 보였다. 자신의 신분을 인맥을 통해 확인하는 모습이겠지. 양정도는 뻔한 행동을 하는 조상진을 모른 척 했다. 새파란 애송이가 사무실로 들이닥쳐서 만나자고 하니 불편하기 짝이 없을 테다. 조금 더 수위를 높여 조상진을 놀렸다.

"뭘 저렇게 위촉을 받고 기념을 많이 하셨어요? 결혼기념일은 챙기세요? 그런 걸 챙기셔야죠."

"절 찾아오신 이유가……."

"선생님. 뒷돈 받고 탈세 많이 해주시죠?"

"초면에 실례 아닙니까?"

조상진에게는 반갑지 않아도 일단 응대를 해야 할 손님의 위치가 지금 양정도의 위치였다. 그러니 조상진이 인상을 쓰다고 해서 겁먹을 필요가 없었다. 짐짓 태연하게 서류를 넘기며 말했다.

"중소기업 삼신테크 배성우 사장, 선생님이 매입액 부풀려서 탈세 도와주셨고. 성형외과 의사 고강진, 성형 수술비 현금가로 직원 통장에 나눠 넣게 했죠? 소득 누락시키려고. 그렇죠? 그리고 마진석, 룸살롱 사장. 이 사람 재산 다 어머니, 동생, 와이프 앞으로 돌린 다음에 와이프랑은 이혼. 이야…… 이 사람, 그 많은 세금을 한 푼도 안 냈네요? 고액체납자. 회사 간판 달고 그런 짓 해도 괜찮아요? 나 같으면 잠도 안 올 거 같은데."

조상진 이마에 차갑고 긴 식은땀 한줄기가 스치는 모습이 보였다. '낭패를 당했구나!' 싶은 표정이었다. 때마침 온 문자메시지를 확인한 조상진은 정말 고민이 깊어지는 표정이었다. 국세청에 차재원이라는 사람이 있다는, 뭐 그런 내용이었을 거다. 실제로 국세청 세원정보과 직원 명단을 알아내 겨우 같은 이름으로 속인 것뿐이지만, 이런 구린 사람들에게는 더할 나위 없이 좋은 방법이었다. 이제 어떤 상황인지 정확히 안 모양이었다.

"그게 잘 아시겠지만…… 이쪽 바닥에선 비일비재한 일이죠. 관례죠, 관례! 그러니까 그렇게 예민하게 반응 안 하셔도……."

앞뒤도 없는 말을 조근조근 말하는 조상진을 보니 양정도는 웃음이 났지만, 화가 난 듯 언성을 높여 상대를 압박했다.

"뭐라고요? 예민하게 반응하지 마요? 아니, 선생님. 어떻게 제가 예민하게 반응 안 해요? 예? 그 많은 돈을 혼자 다 해드셨는데 어떻게 예민하게 반응을 안 하냐고요, 제가! 사람이 양심이 있으셔야죠."

정곡을 찔려 낙담하고 있는 조상진을 향해 양정도가 다시 살며시 말을 붙였다.

"우리 다 한 식구잖아요."

고개를 숙이고 있던 조상진의 눈이 번쩍 뜨였다. '지금 그게 무슨 말이냐'는 표정으로 양정도를 쳐다봤다. 양정도는 아까와 달리 선한 눈빛이었다.

"그렇게 세금 '노나치기' 하는 게 관례인 거, 제가 모르겠어요? 선생님. 아니, 선배님. 그거만 관례 아니잖아요. 다른 관례 있잖아요, 또."

조상진은 지금 무슨 말을 하고 있는지 여전히 모르겠다는 표정이었다. 탈세를 저지르며 자기 욕심만 목구멍 끝까지 차리는 사람치곤 눈치가 느렸다. 양정도는 알아듣기 좋게 덧붙였다.

"제가 국세청 2년차예요. 이제 막 자라나는 새싹 아닙니까. 새싹에 물 좀 주시라고요. 선배님 같은 분들이 물도 좀 주고 그러셔야지, 저 같은 사람이 조세 정의를 실현하는 거 아니겠어요? 우리 그거 하는 사람이잖아요."

조상진은 이제야 이해가 됐다는 얼굴이었다. 큰 한숨과 함께 호탕한 웃음을 터뜨리며 말했다.

"내가 후배님 정의감에 감동을 안 할 수가 없네. 내가 후배 용돈 좀 드려야지. 집에서 제일 가까운 은행이 어디신가?"

"아이고, 감사합니다. 놀라신 건 아니시죠?"

두 사람 모두 입가에 웃음이 붙어 떨어지지 않았다. 조상진은 "깜짝 놀랐잖아!"라며 은근히 말을 놓았다. 그만큼 친해지자는 표현인 듯 조상진은 편하게 웃음을 지었다.

훈훈한 분위기 속에 이야기를 마친 양정도는 자신의 오피스텔로 돌아왔다. 지금까지 진행된 일정을 확인하고, 가지고 있는 현금을 확인했다. 생각보다 현금이 얼마 남지 않았다는 생각에 가지고 있던 대포폰 가운데 손에 잡히는 걸 들어 조상진에게 전화를 걸었다. 양정도에게 조상진은 오래 두고 '벗겨 먹을' 일거리가 아니니 이왕이면 적당한 핑계로 계획했던 것보다 돈을 더 뜯기로 했다.

"예, 저예요. 차재원. 저희 식구 입이 좀 늘었는데, 혹시 괜찮으실까 해가지고요. 선배님도 아시면서…… 나랏밥 금방 꺼지잖아요."

거절할 수 없는 조상진이 당연히 돈을 더 보태겠다는 대답을 했다. 역시나 의심해야 할 때 대범하고 호탕해지는 호구들의 습성을 나타내

78

면서 말이다.

"새한은행, 일곱 개요. 우리 선배님 진짜 화끈하시다. 선배님! 기념패 하나 박아드릴까요, 저희도? 국세청장님 이름 딱 박아서 하나 만들어드릴게요. 순금이 괜찮을 거 같은데, 저는? 그렇죠, 선배님?"

상대가 이미 한편이라고 믿게 된 순간, 끝난 게임이었다. 남은 건 얼마나 오랫동안 조상진이 착각에 빠져 있게 만드냐는 것뿐이다. 어차피 시간이 지나면 당연히 걸릴 사기다. 하지만 적어도 조상진이 의심을 갖고 확인해 탄로나는 건 피하고 싶었다. 뒤를 봐줄 후배도 생겼으니 더 부끄러움 없이 뒷돈을 챙길 인간이었다. 결국 그 탐욕이 양정도의 정체를 밝히고 조상진 자신을 나락으로 떨어뜨릴 테니 말이다.

"아, 벌써 보내셨어요? 인터넷 뱅킹? 아…… 선배님, 나이스! 그러면 주신 용돈은 감사히 잘 쓰겠고요. 선배님같이 훌륭하신 분을 알게 돼서 너무 기쁘네요. 그럼 조심히 들어가시고요, 선배님."

한껏 기분을 맞춰주자 수화기 너머 조상진의 흐뭇해하는 웃음이 들렸다.

"파이팅! 선배님, 조심히 들어가십쇼."

산뜻하게 통화를 마무리했다. 늘 그렇게 해온 것처럼 이제 필요 없어진 휴대전화를 버리면 조상진과의 관계도 깔끔하게 정리될 것이다. 다음 일정을 위해 가방을 챙겨 나와 엘리베이터 버튼을 눌렀다.

"성일아, 난데! 그 새끼 위치 파악됐다는데? 대포폰 지금 막 켜졌댄다."

"어디! 그 새끼 어디라고, 지금?"

박덕배의 전화를 받은 백성일은 자리에서 벌떡 일어섰다. 사무실에서 백성일이 이렇게 크게 소리 낸 적은 별로 없었다. 동료와 후배들이 놀란 얼굴로 백성일을 바라봤지만, 지금 그게 중요한 게 아니었다. 외투를 챙겨 서둘러 나갈 채비를 했다. 전화로 박덕배의 이야기가 이어졌다.

"논희동 아트팰리스 근처에 있대. 그 새끼 지금 거기 있댄다. 나 여기 삼신동인데 애들 데리고 갈게! 암튼 성일이 너, 그놈 봤다고 오버해가지고 먼저 혼자 덮치고 그러면 안 돼! 다쳐, 너 인마."

박덕배의 말은 귀에 하나도 들어오지 않았다. 오직 '논희동 아트팰리스'만 되새겼다. 급하게 사무실을 나서는 백성일에게 어디 가냐고 묻는 말이 저 멀리서 들렸지만, 서둘러 나가려다보니 후배들에게 답도 똑바로 못 해주고 나왔다. 급한 마음에 가게에서 배달용으로 쓰는 차를 가지고 나왔다. 아내가 불같이 화낼 게 눈에 선했다. 도로 위 차들 사이를 누비며 가속페달에 힘을 싣는 중에 역시나 아내에게 전화가 왔다.

"또 가게 차 갖고 나갔지? 남편이 아니라 웬수지, 웬수 진짜!"

"미안해, 내가 금방 쓰고 갖다줄게! 좀 바빠서 그래!"

아내의 짜증과 난폭 운전에 놀란 차들의 분노가 백성일에게 쏠렸다. 쉴 새 없이 손을 들어 뒷차에게 미안하다는 표시를 했다. 이게 다 그 사기꾼 때문이라는 생각에 백성일의 분노 역시 머리 끝까지 뻗쳤다. 박덕배가 알려준 오피스텔 건물에 도착한 백성일은 주변을 둘러

봤다. 아직 박덕배는 보이지 않았다. 다급한 마음에 일단 건물 로비로 들어갔다.

백성일은 이제 어떻게 해야 할지 혼란스러웠다. 급한 마음에 일단 들어오긴 했지만, 이 넓은 곳에서 얼굴도 이름도 모르는 사기꾼을 어떻게 잡을 수 있을까 막막했다. 모두가 수상한 듯 보였고, 누굴 봐도 범인인 것 같았다. 두리번거리던 백성일이 휴대전화를 보며 걷던 남자와 어깨가 부딪혔다.

"아, 죄송합니다."

백성일은 무의식적으로 사과가 먼저 튀어나왔다. 남자는 부딪히면서 떨어뜨렸던 휴대전화를 줍느라 허리를 굽히며 "됐어요"라고 대답했다. 순간 남자의 목소리가 어딘가 익숙했다. 가만 보자 남자의 낯도 익었다. 얼굴을 자세히 보려 했더니 남자는 이상한 기운이 감도는 걸 눈치챈 듯 동작이 뻣뻣하게 굳고 있었다.

'그래, 저 얼굴······.'

백성일은 뭔가 떠오를 듯 애태우는 얼굴을 다시 한번 살폈다. 생각났다. 중고차 매매단지에서 본 그 얼굴이었다. 몸을 일으킨 남자의 얼굴을 자세히 보자 그 목소리가 떠올랐다. 아무래도 그 녀석이다. "주신 용돈은 감사히 잘 쓰겠습니다"며 백성일을 조롱한 그 목소리가 틀림없다고 생각했다. 급한 마음에 삿대질이 나왔다.

"너. 너······ 이 새끼, 너······."

백성일이 알아보자 양정도는 순간 얼굴에 미소를 떠올렸다. 상대를 비웃거나 조롱하려는 게 아니었지만 자신도 모르게 웃음이 지어졌다.

"우, 웃어? 이런 씨!"

눈앞에 있는 범인을 보고도 어쩌지 못해 삿대질만 하는 백성일을 향해 양정도는 가방을 집어던졌고, 백성일이 주춤하는 사이 밖으로 무작정 달아났다. 백성일 역시 잔뜩 인상을 쓴 채 뒤쫓기 시작했다. 날렵한 몸매의 양정도에 비해 몸이 무거운 백성일이 양정도를 달리기로 이기는 건 무리였다. 쫓는 것만으로도 죽을 지경이건만, 양정도는 자꾸 뒤를 돌아보며 백성일을 도발했다. 저놈만큼은 어떻게 되더라도 꼭 잡고 말겠다고 거친 숨을 몰아쉬며 달렸지만 역부족이었다. 달리던 양정도가 주차장에 세워진 차에 올라타 시동 거는 모습이 보였다. 달려가 잡을 거리가 아니었다. 있는 힘을 다해 달렸지만 백성일이 확인한 건 차량 번호뿐이었다.

숨을 몰아쉬던 그때, 백성일 옆으로 차 한 대가 멈춰 섰다. 차 창문이 열리며 다급한 목소리로 박덕배가 외쳤다.

"야! 성일아, 타!"

숨을 고르는 사이 차는 총알처럼 튀어나갔다. 박덕배는 백성일에게 차량 번호를 물어, 후배 경찰들에게 무전으로 상황을 전파했다. 박덕배의 무전 이후 무전기에서는 같은 번호가 계속해서 들려왔다.

도망치던 양정도는 역시 상황을 금방 인지했다. 자신 뒤에 달려오는 차들이 그냥 제 갈길 가는 차가 아니라는 건 단박에 알 수 있었다. 이를 악물고 속도를 올렸다. 위태로운 상황이었지만 이럴 때를 대비한 게 며칠 전 조미주가 준비해준 '보험'이었다. 근처에 다른 차를 세워둔 장소까지만 가 바꿔 타기만 하면 추적을 피할 수 있다고 생각했다. 드디어 양정도가 차를 바꿔 타 방향을 돌리던 찰나 백성일이 탄 차가 쏜살같이 그 옆을 스치고 지났고, 백성일은 그 순간을 놓치지 않았다. 박덕배에게 손짓으로 차를 가리키자 바로 알아듣고 다시 무전을 보냈다.

여러 대의 경찰차가 동원된 토끼몰이식 추적에 양정도는 피할 방법이 없었다. 궁지에 몰린 양정도가 앞을 막는 차들을 들이받으면서까지 도망가려 했지만 불가능한 일이었다. 결국 양 옆이 막혔고, 앞에는 백성일이 탄 차가 마주섰다. 양정도는 백성일을 노려보며 보란 듯이 멈춘 차의 가속페달을 밟았다.

"야…… 쟤 뭐 하는 거야, 쟤?"

백성일 머릿속에 '설마 영화에서나 보던 치킨 게임을 하려는 건 아닐까' 하는 생각이 들었다. 옆에 있던 박덕배는 가소롭다는 듯 차갑게 말을 뱉었다.

"저 새끼 봐라?"

그때 양정도는 발에서 브레이크를 뗐는지 양정도의 차가 속도를 올리며 똑바로 돌진해오기 시작했다. 본 적 없을 만큼 무서운 얼굴이 된 박덕배 역시 핸들을 꽉 잡은 채 가속페달에 힘을 실었다. 당황한 백성일이 비명인지 부탁인지 모를 소리로 멈추라고 외쳤지만 박덕배는 들리지 않는 얼굴이었다. 이렇게 죽는 건 원치 않았다. 겨우 500만 원 때문에 죽는 건가 싶을 때, 쇠뭉치처럼 돌진하던 양정도의 차가 방향을 틀어 가로수를 들이받았다. 안도의 한숨을 내쉬며 박덕배가 차에서 내렸다.

"야, 저 새끼 잡아."

박덕배의 말에 경찰들이 달려들어 차를 포위했다. 차에서 내리려는 양정도를 경찰들이 제압해 수갑을 채웠다. 피가 흐르는 얼굴에 원망스러운 눈빛으로 백성일을 보는 양정도의 모습은 마치 덫에 걸린 이리 같았다.

한바탕 소란이 있었지만 백성일은 상쾌한 기분이었다. 자기는 돈을 돌려받고 사기꾼은 감옥으로 돌려보내면 모든 게 끝. 자랑하고 싶은 마음에 함께 사기당했던 한 국장에게 전화를 걸었다.

"예, 국장님! 그, 사모님 사기당하셨다 그랬죠? 하하하하! 아, 제가 지금……."

말이 끝나기도 전에 호통이 날아왔다. 오해를 풀면 칭찬받을 거라 들떠 말을 이었다.

"아뇨, 놀리는 게 아니고. 제가 지금 그 사기꾼 놈을 잡…… 여보세요? 국장님?"

참 성질도 급한 양반이구나. 백성일은 칭찬은 못 받았지만 사기꾼이 조사받는 꼴은 보고 싶었다. 강력반 사무실에 들어가니 박덕배가 양정도를 앞에 앉혀놓고 취조 중이었다.

"이름이 양정도네? 바를 정 자, 길 도. 너희 부모님이 아들놈 착하게 살게 해달라고 이름 그렇게 지어주셨는데 넌 다른 사람들 사기나 치고 돌아댕겨?"

독기는 빠졌지만 전혀 불안한 기색 없이 당당한 양정도가 눈에 들어왔다. 양정도와 백성일의 눈이 마주치자 박덕배가 물었다.

"너 이 사람 누군지 알지?"

양정도는 힐끔 백성일을 돌아봤지만 대답이 없었다.

"서원시청 세금징수3과 과장 백성일이. 근데 넌 1과 백성일이랑 헷갈린 거 같더라?"

박덕배는 파일 하나를 양정도에게 던졌다. 백성일에게 재미있는 걸 발견했다며 보여줬던 그 파일이었다. 파일을 받아 서류 한 장 한 장 넘기던 양정도는 맥없이 웃으며 부정도 긍정도 하지 않았다.

"그 명단 왜 만든 거냐? 그 사람들한테 왜 사기 치려고 그런 거야?"

"나쁜 놈이니까요."

정말 어처구니없는 대답이었다. 사기나 치고 다니는 놈 입에서 저런 말이 나오는 게 이해할 수 없어 화가 난 백성일이 끼어들었다.

"나쁜 놈은 네가 더 나쁜 놈이지, 이 자식아!"

박덕배 역시 어이없다는 표정으로 말했다.

"그럼 넌 착한 놈이냐? 착한 놈이 사기는 왜 쳐, 이 새끼야, 사기를. 통장에 꼴랑 500만8200원 밖에 없는 놈한테 왜 500만 원씩이나 사기를 치냐고, 이 새끼야."

"야야, 딱 500만 원은 아니야. 14500원은 돌려줬어."

짚고 갈 건 짚고 가야겠다는 생각에 한 말인데, 양정도와 박덕배

둘 모두 한심하다는 얼굴로 백성일을 쳐다봤다.

"자랑이다."

박덕배의 한마디에 부끄러움이 밀려왔다. 얼른 화제를 돌리려고 백성일은 궁금하던 것을 물었다.

"그거……."

백성일이 파일을 가리키며 묻자 박덕배가 빠르게 말을 받았다.

"야, 그 일곱번째 있는 놈, 그놈한테 사기 왜 치려고 그런 거냐?"

박덕배가 가리킨 사람을 보고도 양정도는 아무 반응이 없었다. 뭐라도 말을 해야 속이 시원할 텐데 표정도 변화가 없었다.

"거기 파일에 있잖아. 마진석이라고. 걔는 뒷돈 받은 공무원도 아니고 왜 걔한테 사기 치려고 그랬냐고?"

"아…… 말했잖아요."

백성일을 빤히 바라보던 양정도가 귀찮다는 듯이 말했다.

"나쁜 놈이라서?"

기가 차서 되물었더니 오히려 양정도는 살살 웃으며 백성일의 속을 더 긁었다.

"마진석 알아요? 아, 맞다. 아저씨 하는 일이 그거랬지, 세금 받으러 다니는 거. 요즘 마진석한테 돈 받으러 다니시나봐요?"

"너 말조심해. 누가 돈을 받으러 다녀. 그거 세금이야."

마음속에 빠직 하고 불꽃이 튀었다. 신성한 국민의 의무를 집행하기 위해 밤낮없이 일하는 공무원을, 사기꾼 따위가 돈이나 받으러 다니는 사람이라고 무시하다니!

"형사님, 저 빵에 넣으실 거죠?

"당연하지, 새끼야."

"제가요. 출소한 지 일주일밖에 안 됐거든요. 이번에 들어가면 오래 살겠죠, 저?"

"잘 아네."

양정도는 박덕배와 몇 마디 나누다 대뜸 백성일에게 말을 걸었다.

"얼마 받아야 된다고요? 마진석 세금 얼마냐고요."

"네가 그거 알아서 뭐 하게?"

백성일은 이런 넋 나간 놈과 오래 이야기할 필요를 못 느꼈다. 대답할 가치도 없는 놈이라고 생각해 무시하려는데 박덕배가 끼어들었다.

"야, 한 60억이라고 하지 않았냐?"

백성일은 이런 놈한테 꼬박꼬박 대꾸해주는 박덕배가 이상했다. 이런 놈은 빨리 감옥에 보내 평생 후회하게 만들어야 할 놈이었다. 박덕배의 말을 듣던 양정도가 피식하며 대꾸했다.

"60억? 세법 들이밀어가지고 그 돈 받을 수 있겠어요? 아저씨 마진석한테 안 될 텐데? 안 되는 일에 힘쓰지 마요. 살 빠져."

애당초 떡잎부터 썩은 놈이라고 생각했다. 감히 대한민국 공무원을 비웃다니. 이런 놈에게는 합의고 뭐고 없다.

"이 자식이 이거 말 함부로 하네. 야, 안 되겠다. 애 그냥 집어넣어라."

백성일의 말에 박덕배가 후배 경찰에게 눈짓으로 신호를 줬다. 끌려나가던 양정도가 방금 전보다 한층 더 밝은 얼굴로 백성일에게 말을 던졌다.

"자, 잠깐! 잠깐만. 60억 어떻게 받아내려고요? 잠시만! 나한테 맡기면 그 60억, 그거 한 큐데. 나한테 좋은 생각이 하나 있는데…… 어떻게, 한번 들어나볼래요?"

끌려가면서도 양정도는 포기하지 않았다. 백성일은 사기꾼 새끼가 급한 마음에 아무렇게나 쏟는 말이라고 생각하면서도 이상하게 신경이 쓰였다.

그날 밤 박덕배와 함께 사우나에 들렀다. 팔자에 없던 경찰 노릇에, 추격전까지 치르고 나니 몸이 죽을 맛이었다. 더운 물에 몸을 담그고 피로를 풀려 했지만 양정도의 말이 계속 귀에 맴돌았다. 눈치 빠른 박덕배가 속내를 본 것처럼 말을 붙였다.

"아까 양정도 그 새끼가 한 말 때문에 그거 고민하는 거냐, 너?"

"고민은 무슨. 고민할 건덕지도 없어. 무슨 말이 되는 소리를 해야지. 아, 내 500…… 진짜!"

백성일은 속내를 속이고 대답했다. 괜한 욕심에 또 사기를 당하지나 않을까 걱정됐다.

"양정도 그 새끼, 내일 저녁 되기 전에 검사한테 넘길 거야. 검찰 들어가면 그놈 다시 못 빼낸다. 그때까지 잘 생각해보고 연락하든지 말든지 알아서 해라."

그냥 법대로 하면 될 것을, 박덕배는 괜한 미련을 남겼다. 고민에 빠진 표정이 역력한 백성일에게는 이것도 고문이었다.

"생각할 거 없어. 그냥 네가 알아서 해."

욕심부리지 말자. 법대로 하자. 마음을 다잡으며 일부러 관심 없다는 듯 대꾸했다.

양정도가 던진 미끼는 다음 날까지 백성일을 괴롭혔다. 출근하려고 집을 나온 뒤 시청 복도를 지나 세금징수국까지 걷는 내내 '60억' '한 큐' '좋은 생각' 같은 단어가 귓가를 떠나지 않았다. 다 잊고 일이나 해야겠다고 마음먹은 순간 천성희가 다급한 얼굴로 다가왔다.

"과장님, 왜 연락이 안 돼요?"

"전화했어? 몰랐어."

정신이 팔려 전화가 온 것도 몰랐다. 무슨 일로 이럴까 싶어 서둘러 사무실 자리로 들어가려는데 천성희가 입구를 막아섰다.

"과장님, 지금 들어가지 마세요. 지금, 아…… 퇴근하시면 안 돼요?"

머뭇거리는 천성희의 행동이 이상했다. 이럴 후배가 아니었다. "뭘 퇴근을 해?"라며 들어가자 무겁고 서늘한 공기가 사무실을 가득 메우고 있었다. 그 공기는 백성일과 함께 들어선 공기였다. 힐끔힐끔 백성일의 눈치를 살피는 모습에 무슨 일이 있었던 듯싶었다.

"야. 분위기가 왜 이래. 또 안 국장한테 쿠사리 먹었냐?"

실적 문제로 잔소리 먹은 것쯤으로 생각하고 평소처럼 가볍게 농담을 건넸지만, 분위기는 더욱 가라앉았다. 별일이었다. 아무도 사정을 말하지 않을 때 강노승이 속삭였다.

"야. 조용히 먹지 그랬냐."

"내가 뭘 시끄럽게 먹었나? 뭘 조용히 먹어?"

"제보 전화 들어왔어. 네가 돈 먹고 체납 대상자, 고의 누락시켰다고……."

봉창을 두드려도 박자를 맞춰야 대꾸를 하는 거다. 지금 백성일이 들은 건 너무 어이없는 소리였다. 무슨 오해가 있는 모양이라고 생각했지만 강노승은 백성일에게 확실하다는 투로 말했다.

"그러게 내가 잡상인 돈은 먹지 말라 그랬잖아. 눈먼 돈 잘못 먹으면……."

"누가 돈을 먹어요. 사실 확인도 안 해보시고, 과장님도!"

천성희가 조심스럽게 끼어들자, 옆에 있던 세금징수1과 백성일까지 말을 보탰다.

"사실 여부는 제보자 만나서 확인해보면 되는 거고. 요즘 왜 이렇게 잡음이 많으셔? 이참에 아주 징계위에 눌러앉으시려고?"

아직 영문도 제대로 모르는 백성일은 어안이 벙벙했다. 무슨 소리인지 대강 감은 잡혔지만, 뭐가 어떻게 돌아가고 있는지 아직 판단이 서지 않았다.

"장난전화가 한두 통 오는 것도 아니고, 벌써부터 우리 과장님한테 그렇게 말씀하시면 안 되죠!"

천성희가 부인하는 말을 들으니 이제 무슨 일인지 점점 알 거 같았다. 확실히 누명을 쓴 상황이었다.

"성희야, 너 가만있어봐. 그러니까 내가 뇌물 받았다는 제보 전화가 왔다고, 사무실로?"

세금징수1과 백성일에게 따져 묻자 경멸스럽다는 표정과 함께 대답이 돌아왔다.

"내가 직접 받았는데."

"그걸 네가 받았다고?"

백성일은 헛웃음이 나왔다. 하필이면 안태욱 뒤꽁무니만 따라다니며 자신을 괴롭히던 세금징수1과 백성일에게 그런 전화가 왔다는 게 뭔가 냄새가 났다. 달팽이만큼도 욕심 안 부리고 남에게 피해 준 적 없이 산 백성일이었다. 그런 자신을 미워할 사람은 한 명뿐이었다. 마진석! 그 야비한 놈이 꾸민 일이라고 생각됐다. 죄지은 사람이 오히려 남을 괴롭힐 수 있다는 게 믿어지지 않았지만 확신이 들었다.

사정을 설명하고 누명을 벗으면 이 힘든 시간이 지나갈 거라 믿었지만, 사건은 백성일이 생각하는 것보다 더 심각하게 흐르는 듯했다. 외부 인사를 만나러 골프장에 간 안태욱까지 직접 백성일을 찾은 것이다. 단순한 질책이라면 사무실로 돌아와 해도 될 텐데 지금 당장 오라고 부르니, 불안한 백성일로서는 안 갈 수가 없었다.

찾아간 골프장에는 골프복을 잘 갖춰입은 안태욱이 보였다. 상황이 상황인 만큼 백성일은 빠른 걸음으로 안태욱에게 달려갔다.

"왔습니다, 국장님."

"뒷돈 받으셨다면서요?"

인사를 하자 안태욱은 피할 틈도 주지 않고 직격탄을 날렸다. 반론도 변명도 듣지 않을 것 같았다. 백성일이 무슨 말을 하든 이미 뇌물 받고 편의를 봐준, 더러운 놈이라는 낙인을 찍어놓은 모습이었다.

"아뇨, 아뇨. 저 뒷돈 받은 게 아니고요. 제가 짚이는 놈이 하나 있는데, 마진석이라고……."

"이 정도면 징계위 열 필요도 없어. 최하 정직, 더 가면 쇠고랑 차실 수도 있고."

상황을 설명하고 오해를 풀려 했지만 안태욱은 단칼에 말을 잘랐다. 아랑곳하지 않고 백성일은 해명을 이었다.

"아뇨, 저 뒷돈 안 받았다니까요, 진짜? 제가 그…… 저번에 때린 사람 있잖아요. 그 사람이 뭔가를 좀 꾸미고 있는 거 같은데……."

상식적으로 생각해도, 이렇게 타이밍 좋게 제보 전화가 왔다면 마진석을 의심할 법한데 안태욱은 듣는 척도 안 했다. 울상이 된 백성일을 앞에 두고 안태욱은 도리어 한심하다는 표정을 지으며 말했다.

"길어, 길다고. 변명 참 구차하단 생각 안 들어요?"

"변명이 아니라…… 죄송합니다."

아무리 말해도 듣지 않았다. 무슨 변명을 하건 결론을 지어놓고 말하니 속이 터질 지경이었다.

"나한테 사과하실 게 아니라……."

안태욱은 말을 돌리며 누군가에게 손짓했다. "이리 좀 와 보세요"라며 부르는 사람의 뒷모습이 낯익었다. 백성일은 눈을 의심했다. 천천히 다가오는 남자. 혹시나 했던 그 사람. 마진석이었다. 백성일을 향해 안태욱이 말했다.

"직접 사과하세요."

대답이 나오지 않았다. 이게 지금 무슨 상황인지 말문이 막혀 말도 나오지 않았다. 이런 백성일과 달리 안태욱은 부드럽고 또박또박하게 지금 상황을 설명했다.

"백 과장님께서 직접 사과하시라고요, 마진석 씨한테. 그럼 혹시 알아요? 백 과장님 문제 다 해결될지."

백성일의 울상은 굳어 험상이 되었다. 백성일은 이제 모든 게 다 싫어졌다. 자기가 알고 있던 세상과 정의가 이런 것이었나 싶었다.

"또 아는 사이야? 또 서로 돕고 그러는 거고?"

폭발하려는 마음을 꾹꾹 참아내리는데 안태욱이 기름을 부었다.

"민식 선배 왜 그렇게 됐는지 아시죠?"

"야!"

"꽉 막혀서. 그래서 그렇게 된 거야."

"야, 안태욱!"

참지 못한 백성일 입에서 험악하게 말이 튀어나갔지만 안태욱은 멈추지 않았다.

"내가 보기에는 우리 백 과장님도 조만간 그 꼴 나시겠다."

"야, 너 말조심해!"

"혼자 착한 척할 거면 뒷돈이라도 받지 마시든가. 앞에서는 정의로운 척 다 하면서 뒤에서 호박씨는 왜 까? 음흉해, 사람이."

안태욱의 말에 이성이 얇게 썰려나가는 느낌이었다.

"너 민식이 형도 이렇게 찍어냈냐? 민식이 형 때도 이랬던 거지?"

백성일은 눈을 깊게 감았다 떴다. 안태욱에게 묻긴 했지만 차마 대답까지 들을 자신이 없었다.

"아니야. 됐어. 말하지 마. 말하지 마."

어떻게 돼도 좋았다. 백성일은 뒤돌아 자리를 피했다. 마진석이 한 게임 치고 가라며 조롱을 날렸지만 백성일의 귓가에는 6년 전 그날의 대사만 끊임없이 메아리쳤다. 한 번만 도와달라던 부탁, 자신이 뒷돈이나 챙기는 놈으로 보이냐고 하던 절규, 거기에 싸늘하게 대답을 피했던 자신의 모습.

직장인의 비애 가운데 하나는 언제나 정해진 시간에 일을 해야 한다는 점이다. 울적한 기분이든 화가 난 상태든, 지금처럼 분노로 몸을 가누기 힘들어도 그런 것과 상관없이 정해진 시간에는 일하러 가야 했다. 백성일은 세금 징수 업무로 외근을 나간 후배들을 만나러 나갔다.

좁고 가파른 골목길, 치워지지 않은 쓰레기로 보아 어떤 처지일지 알 만한 집이었다. 정말 가난한 사람들, 살가죽을 벗겨 팔아야 돈이 나올 만큼 정말 아무것도 가진 게 없는 사람들, 그런 사람들에게 더 좋은 세상을 만들기 위해 세금을 내라고 하는 말이 어떤 의미일지 백성일은 감히 짐작되지 않았다.

백성일이 들어섰을 때 이미 체납자의 집은 아수라장이 되어 있었다. 미안함과 불안함이 뒤섞인 눈동자로 애원하는 중년 남자의 뒷모습이 다 쓰러져가는 집만큼이나 초라했다.

"제가 몰라서 그랬습니다! 선생님, 죄송합니다. 제가 무식해서요, 몰라서 그랬습니다. 선생님 한 번만 용서해주십시오! 선생님, 제발 한 번만 용서해주십시오. 제발, 선생님!"

애원하는 남자 앞에서 아무런 말도 할 수 없었다. 모두가 이 괴로운 시간이 빨리 끝나길 바라며 묵묵히 일할 뿐이었다.

"과장님, 다 했어요."

차마 나서지 못한 백성일을 대신해 얼마 되지도 않는 세간에 빨간 딱지를 붙인 천성희가 말했다. 잘했다고 칭찬할 수도, 그렇다고 저런 사람 돈을 어떻게 빼앗냐고 질책할 수도 없는 백성일은 넋두리를 늘어놓았다.

"법이 깡패지? 쎈 놈한텐 약하고, 약한 놈한텐 강하고. 법이 깡패고, 우리도 깡패다……."

이런 게 정의인가. 백성일은 더 이상 이 절룩거리는 정의를 마주할 자신이 없었다. 천성희에게 뒷정리를 부탁하고 나오던 그때 박덕배의 전화가 걸려왔다.

"야, 성일아. 나 지금 양정도 그놈 데리러 가거든? 어떡할래?"

그 사기꾼 이야기였다. 다 끝난 일이라고 생각했던 양정도. 하필이면 이 순간, 잊고 넘어가려 했던 말이 떠올랐다.

"마진석이 체납세금 60억이요. 그거 제가 받아서 드릴게요. 위장 전입이다, 위장 이혼, 명의 이전. 이딴 방법 써가면서 세금 한 푼 안 내고 100평짜리 아파트에, 고급 외제차 끌고 다니고, 금붙이 두르고, 골프 치고. 그렇게 돌아다니는 마진석! 제가 사기 쳐드리겠다고요. 그러니까 저 감방에 안 보내시면 안 돼요? 네?"

달콤한 말에 독이 들었다는 사실을 알게 해준 사람이 양정도였다. 그 양정도가 다시 달콤한 말로 백성일을 유혹하는 건 아닌지 고민에 빠졌다. 어떤 결정을 내려야 할지 백성일은 망설여졌다.

잠시 후, 박덕배가 있는 경찰서에 백성일이 도착했을 때 양정도는 경찰차에 오르고 있었다. 백성일은 천천히 다가갔고, 양정도와 눈을 마주쳤다. 백성일은 지금 밀린 세금을 받는다는 것, 누구에게나 똑같은 기준을 적용해 공평하게 세금을 받아내는 게 정의라는 자신이 없었다. 하지만 내야 할 세금을 숨겨 그 돈으로 좋은 차, 좋은 집에서 사는 놈이 악이라는 확신은 있었다.

"너, 네가 한 말 책임질 수 있어? 마진석, 그 새끼한테 진짜 세금 받아줄 수 있냐고."

"도와주시면 뭐. 돈만 받아주면 되는 거죠?"

양정도가 자신 있게 대답하자 이런 식이면 곤란하다는 생각이 들었다. 돈을 훔치는 게 아닌 세금을 받아낸다는 걸 확실히 해야 했다.

"너 이거 하나는 꼭 명심해야 된다. 이거는 그냥 돈이 아니라 세금이야."

"아니, 돈이 세금이고 세금이 돈이지, 무슨. 뭐가 다르다고……."

"그게 다른 거야. 돈은 그냥 개인을 위해서 쓰는 거고, 세금은 국민을 위해 쓰는 거야. 모든 사람이 꼭 내야 되는 거고. 야, 모든 국민은 법률이 정하는 바에 의하여 납세의 의무를 진다! 헌법 38조에 다 나와 있는 거야. 난 그걸 받아내야 되는 사람이고, 넌 날 도와주면 되는 거야. 알았지?"

6
사기 동대

아침부터 세금징수국이 소란스러웠다. 출근하는 백성일을 보는 직원들의 시선에 호기심이 가득했다. 궁금해하기도 전에 강노승이 백성일에게 말을 걸었다.

"서, 성일아. 누가 너 찾아왔는데……."

"누가?"

"행정자치부 지방세제정책관. 방송국 카메라 데리고 너랑 같이 현장 나갈 거래."

백성일은 당연히 또 이름을 헷갈린 거라 생각했다.

"1과 백성일이 찾는 거겠지. 방송 타는 거는 안 국장이 다 백성일이한테 몰아주잖아."

"아니. 너 맞다니까. 등치 크고 무섭게 생긴 백성일이 찾더라니까."

손사래를 치며 아니라는 강노승을 보니 아리송한 기분이었다. 살다 보니 별일도 다 있구나 싶었다. 그런데 마침 백성일 눈에 양정도가 들어왔다.

"출근이 여유롭네, 여기. 커피 진짜 맛있어요."

백성일의 후배들에게 커피까지 얻어먹고, 그 맛까지 칭찬하며 여유만만한 양정도였다. 그사이 어떤 사기를 쳤을지 걱정에 머리가 아파왔다.

"대충 얘긴 들으셨을 거고. 밖에 카메라 기다리니까 일단 나가시죠. 나가면서 제가 말씀드릴게요."

현기증이 일어나는 백성일에게 양정도는 태연하게 말을 걸었다.

"인터뷰하러 가셔야죠."

백성일이 머뭇거리는 사이, 양정도는 후배들에게 다음에 만나면 인터뷰 부탁한다며 여유를 부렸다. 그러고는 백성일에게 활짝 웃어 보였다. 긴장이라는 감정을 원래 안 갖고 태어난 사람 같았다. 백성일은 우선 빠르게 그 자리를 피했다. 그리고 양정도에게 속삭였다.

"야, 너 뭐야. 갑자기 이렇게 오면 어떡해?"

당연한 걱정이었지만 양정도는 모든 게 장난인 듯 굴었다.

"재밌는데, 뭐. 근데 아까 보니까 아저씨 엄청 쫄았던데? 그렇죠?"

"쫄긴 누가 쫄아. 너 말도 안 하고 이렇게 자꾸 여기 오면 안 돼. 알았어?"

양정도와 백성일은 티격태격하며 사무실을 나왔다. 천성희가 그들을 발견한 건 그때였다.

"10프로? 57억7천에 10프로면 5억7천700인데 그 돈을 달라고?"

"예. 나도 인건비 정도는 챙겨야죠."

"누가 인건비로 5억7천을 받아?"

백성일을 태우고 차를 몰던 양정도의 말에 깜짝 놀라 물었다. 백성일은 평생 만져보기도 힘든 거액을 인건비로 달라니 입이 안 다물어졌다.

"아저씨. 나 믿어요?"

양정도는 뜬금없는 말을 했다.

"못 믿지! 사기꾼을 어떻게 믿어!"

"나도 아저씨 안 믿어. 그러니까 돈만 보고 가자고요. 아저씬 세금, 난 인건비."

생각해보니 맞는 말이었다. 둘 다 목적이 분명하고 목표도 같았다. 깔끔하게 서로 원하는 걸 얻은 뒤 헤어지면 되는 계약이었다. 말하자면 용병 같은 거였다. 그래도 백성일은 확실하게 다짐을 받고 싶었다.

"너 딴생각하지 마라. 너 이상한 짓 하면 다시 감방에 처넣을 거야. 평생 콩밥만 먹게!"

"콩값 올라서 콩밥 안 나온 지가 언젠데…… 요즘 찐 밥 줘요. 영화도 안 봐요?"

양정도는 백성일이 하는 말에는 대답도 안 하면서 잘도 화제를 돌렸다. 이 사기꾼은 아무리 생각해도 영 미덥지 않았다. 백성일은 말문이 막히니 그제야 어디로 가는지 궁금해졌다. 양정도는 귀찮다는 듯

편잔을 섞어 말했다.

"코 묻은 잔돈 몇 푼 뺏어오는 것도 아니고, 60억 구찌(몫, 자리)면요. 혼자서 절대 못 해요. 일단 팀부터 꾸려야죠."

어디로 가는지, 누구를 만나는지 아무것도 모른 채 양정도를 따라갔다. 가만 생각하니 슬쩍 화가 나기 시작했다. 사기꾼이 시키는 대로 하자니 자존심도 조금 상했다.

"나한테 말도 없이 뭔 팀을 꾸려. 그런 거 할 거면 나한테 허락을 맡아야지."

투덜거리는 백성일을 보고 답답하다는 티를 팍팍 내며 양정도가 말했다.

"아저씨. 사기 쳐봤어요? 이쪽 일이 쉬울 거 같죠? 사람들이 생각대로 속아줄 거 같죠? 꿈 깨요. 아저씨 생각대로 몸이 안 따라준다니까요?"

"아니 그럼 네 맘대로 팀 꾸리고 사기 치고 뭐, 다 해? 그럼 난 뭐 바보처럼 끌려만 다니냐, 너한테?"

"그렇게 하세요. 그게 서로한테 좋아."

말로는 당할 방법이 없었다. 이번에는 말을 바꿔 물었다.

"지금 누구 만나러 가는 건데?"

"대포 만나러 가요."

양정도는 요즘 대포폰 업자들의 문제로 창의력이 없는 점을 뽑았다. 이놈 저놈 명의 훔쳐다가 수백 개씩 만들 줄만 알지, 뒤처리를 할 줄 모르는 놈들이 태반이라 했다.

"근데 이 형은 좀 달라요. 창의력이 좋아, 이큐."

백성일이 이해를 하든 말든 양정도는 말을 이었다.

"근데 이 형이 단점이 하나 있네? 이큐는 좋은데 아이큐가 딸려. 멍청해, 사람이."

양정도가 설명하는 사이 반지하 냉동 창고에 도착했다. 백성일에게 낯익은 곳이었다. 박덕배가 손봐줬던 깡패가 알려준 주소로 찾아가 난동을 부린 그 마장동 축산시장 냉동 창고, 이곳을 이렇게 빨리 다시 찾게 될 줄은 꿈에도 몰랐다. 양정도가 소개하자 심드렁한 얼굴로 '대포' 장학주가 먼저 인사를 했다.

"잘 알지. 잘 지내셨어유? 형사님?"

하필이면 이놈일 줄이야. 경찰로 신분을 속이고 협박해 대포폰 번호 목록을 뺏어낸, 그 충청도 사투리의 남자가 앉아 있었다. 백성일은 얼굴이 화끈거려 장학주의 눈을 피해버렸다.

다음은 '키보드'였다. 피싱 사이트를 만들어 상대를 속이기 위한 인력. 백성일은 그가 팀의 브레인 역할을 하며 이지적이고 냉철한 IT 전문가일 거라 예상했다. 양정도의 말이 있기 전까지 말이다.

"저 빵에 있을 때 알게 된 놈인데요, 정자왕이라고. 피싱 사이트 만지는 놈이에요. 걔가 생긴 건 안 예쁜데, 사이트가 예뻐."

이름부터 예사롭지 않았다. 최첨단 IT업계에서 종사하는 이름으로 과연 가당하기나 한 이름인지 의심스러웠다. 아니 그보다 본명인지도 의심스러웠다.

"정자왕?"

"이름 웃기죠?"

백성일의 걱정과 달리 양정도는 한 치 의심도 없는, 밝은 얼굴이었다. 건물 지하 보일러실에 차려진 정자왕의 작업실에는 포르노 DVD가 가득했다. 친한 사이인 듯 양정도가 격 없이 인사하자, 컴퓨터 앞에 앉아 있던 퉁퉁한 남자도 반갑게 인사했다. 떡두꺼비 같은 인상이었지만, 복이나 재물과는 거리가 있어 보였다. 육수 뽑듯 땀을 흘리며 연신 음란물을 감추는 꼴을 보니, 일은 고사하고 정상적인 생활이 가능한지도 의심스러웠다. 정말 이런 사람들과 일할 수 있을까? 백성일이 그러거나 말거나, 양정도는 설명 없이 하고 싶은 말만 남겼다. 정자왕과 이야기를 끝낸 양정도가 백성일을 다른 곳으로 이끌었다.

"자, 이제 우리 꽃 만나러 가야죠."

양정도가 꺼낸 '꽃'이라는 말에 미인계일 거라는 짐작이 갔다. 사기 수법 가운데 미인계가 있다는 건 시사고발 프로그램에서 몇 번이본 적이 있었다. 그때마다 뻔한 수법에 왜 그렇게 당하는지 이해되지 않았고, 이런 일에도 진짜 미인계가 필요한지 백성일은 잘 이해가 되지 않았지만 일단 따라갔다.

그렇게 양정도가 이끈 곳은 어느 오피스텔 건물 옥상이었다. 당최 멀쩡한 곳에서 만나는 사람이 없었다. 도시가 한눈에 보이는 곳에 젊은 여자가 의자에 앉아 휴대전화 화면을 보고 있었다. 여자와 백성일 눈이 마주치자 양정도가 서로를 소개했다.

"이번에 같이 일할 사람. 서로 인사해."

"반갑습니다. 상당히 미인이시네. 잘 부탁드립니다."

백성일은 왜 다들 그 뻔한 수법에 넘어가는지, 그제야 이해가 되었다. 눈앞에 앉은 여자를 보자 바보처럼 실실 웃음을 흘리며 인사하고 있는 자신을 발견할 수 있었으니까. 꾸벅 인사하는 백성일을 보던 여자가 눈살을 찌푸렸다. 상당한 미인이지만 거리감이 드는 성격이었다.

"오빠. 나 찌꺼기랑 일 안 하는 거 몰라?"

코앞에 서 있는 백성일에게 당연히 다 들리는 소리였다. 자기가 아무리 돈이 없고 해도 그렇지. 이렇게 무례할 수가 있나? 나이도 자기가 훨씬 많은 거 같은데. 안 되겠다 싶어 한마디해주러 조용히 입을 열었다.

"아니, 저기요. 다 들리는데……."

"나 모르는 사람이랑 일 못 한다고."

조미주가 툴툴대자 양정도는 설명하기도 귀찮다는 듯 대꾸했다.

"아, 뭐 그렇게 됐어."

어이가 없었다. 이런 버르장머리 없는 젊은이에게 사회정의를 위해서라도 반드시 충고를 해줘야 했다. 목소리를 조금 높였다.

"어른보고 찌꺼기라니. 나이 어린 사람이 말을 그렇게 함부로 하시면 안 되지."

백성일이 위엄을 갖추고 말했지만, 여자의 눈썹이 올라갔다.

"뭐라고요?"

백성일의 말에 여자가 도끼눈을 뜨고 노려보며 말했다. 백성일은 아내 탓인지, 예전부터 화내는 여자를 보면 본능적으로 겁을 집어먹었다. 충고를 해주겠다던 조금 전의 위엄과 결심이 산산이 흩어지고, 백성일의 입에서 소심한 변명만 밖으로 튀어나갔다.

"별 얘기 아니에요……."

어른이 이렇게 무시당하는 동안에도 양정도는 백성일을 신경쓰지 않은 채 여전히 여자에게 같이 일하자는 말만 늘어놓고 있었다.

"일 시작할 거야. 생각 있으면 학주 형네 창고로 와. 7시까지."

여자가 돌아서 나가자, 그제야 백성일은 불만이 터져나왔다.

"아니, 저 아가씨 너무 싸가지가 없네."

"상처가 많아서 그래요. 착한 애야, 미주."

이게 무슨 말 같지도 않은 소리인지. 상처 많으면 어른에게 함부로 말하고 톡톡거려도 된다는 법이 있었던가.

"상처는 내가 더 많아, 인마."

그렇게 말하는 백성일의 상처는 관심 없다는 듯 양정도는 여전히 자기 할 말만 계속했다.

"됐고. 지갑은 나 혼자 갈게요."

"왜? 안 되지. 왜?"

"거기 좀 위험할 수 있어서 그래요. 나 혼자 갈게."

아직 양정도를 믿기도 힘들었다. 게다가 버르장머리도 없으면서 사람을 무시하기까지 한다는 생각이 들었다. 어른의 권위와 서열을 여기서 확실히 해야겠다는 생각이었다.

"아니야. 너 혼자 안 보내. 내가 지금 저 아가씨 때문에 기분이 좀 상했거든? 나 이렇게 바보 취급당하고, 이렇게 일하는 건 아닌 거 같

아. 이제부터 내가 주도할 테니까 내 말 따라."

"아니, 거기 진짜 위험할 수도 있다니까 그러네."

"아니, 위험하면 또 그게 얼마나 위험하다고. 그냥 내가 시키는 대로 해. 내가 하라는 대로 해. 알았지? 빨리 움직이자, 이제. 가자!"

냉동 창고와 지하실, 옥상을 넘나들며 만났던 셋과 달리 마지막으로 찾아간 곳은 아주 정상적인 곳이었다. 낮에 일하고 밤에 쉬는 사람들이 모여 있는 곳. 백성일도 이런 정상적인 어른의 세계에서는 자신 있었다. 사무실 앞에서 양정도는 '빌딩도사'를 만나러 왔다며 면담을 요청했다. 답변을 기다리는 사이 양정도는 계속 자기가 알아서 하겠다고 겁을 줬지만, 백성일은 신경 쓰지 않았다.

"아니야, 내가 알아서 한다니까. 왜 자꾸 그래."

양정도에게 나서지 말라고 하는데, 백성일 눈앞에, 정상적인 건물 안에서는 보기 힘든 장면이 펼쳐졌다. 몸부림치는 팔다리가 들려나오는 남자. 심지어 무슨 일을 당했는지, 고통스러운 비명을 지르고 있었다. 눈이 빠질 만큼 놀란 백성일을 두고 양정도는 비웃으며 놀리듯 말했다.

"알아서 하세요. 꼭. 예?"

혼자였다면 아마 도망쳐버렸을 거라고 백성일은 생각했다. 안내를 받아 사무실로 들어가자 겁이 나기 시작했다. 방금 전 남자가 고문을 당해 실려나간 곳이 바로 이곳이었다고 생각하니 간담이 서늘했다. 애써 태연한 척했지만 그 모습이 오히려 더 어색해 보였다.

백성일 눈앞에 중년이라기에는 나이가 많고, 노년이라기에는 아직 젊은 여자가 앉아 있었다. 그리고 그 뒤에 사납다고 해야 할지, 차갑다고 해야 할지 모를 인상의, 비서인 듯한 젊은 여자가 서 있었다. 젊은 여자는 세워두고, 이 귀부인 티가 나는 나이 많은 여자만 응접탁자로 다가와 앉으며 말을 걸었다.

"그래. 뉘신데 내 갱년기 전 별명을 알고 오셨을까?"

잔뜩 겁먹은 백성일을 상대로 여자는 느긋하게 말을 이었다.

"그래. 용건이 뭐?"

백성일이 머뭇거리자 양정도가 눈짓을 했다. 이 여우 같은 녀석이 자신을 놀리려고 일부러 대답을 안 하고 있으니 백성일은 당황했지만 '이런 위기 따위 어른의 기술로 뛰어넘어주겠다'고 생각했다.

"안녕하세요. 반갑습니다."

차근히 말을 시작하려는데 여자가 다그치듯 목소리에 힘을 줘서 단어 하나만 말했다.

"용건."

"아유, 미인이십니다."

기세에 눌려 백성일은 헛소리를 내뱉었다. 어떤 말을 더 해야 할지 생각도 나지 않아 얼른 양정도에게 바통을 넘겼다.

"그거를…… 아, 이 친구가 말할게요."

바통을 넘겨받은 양정도는 단숨에 목적만 말했다.

"저희 지갑 하실래요?"

'지갑'이라니. 백성일은 이런 직설적인 화법을 본 적이 없었다. 이를 테면 강도가 '돈 내놔!' 하는 것과 같은 말이었다. 심히 당황스러운

106

화법인데 여자는 전혀 신경을 쓰지 않고 대답했다.

"음, 공사(계획적으로 남을 속이기 위한 꾸밈수) 치는 분들이구나? 몇 장?"

뭐 이런 경제적인 대화가 다 있을까 싶었다. 뭐라도 하자 싶어 "62억"이라 말하며 껴들어봤지만 양정도와 여자 모두, 백성일을 없는 사람 취급하며 대화를 이어나갔다.

"큰 걸로 육십두 개요."

"아직 젖도 안 떼게 생겼는데 벌써부터 고기에 맛을 들였네. 내가 우리 애기 뭘 믿고?"

"저는 나이가 좀 있습니다!"

백성일이 다시 끼어들어 존재감을 알려도 이미 병풍이나 다름없었다.

"믿음은 교회 가서 찾으시고요. 아이템이 좋아요. 제가 우리 여사님 다시 회춘하게 해드릴 수 있는데. 아이템이 좋아가지고."

"젖 물어야 될 나이에 입에 걸레를 물었구나, 네가. 어디서 건방지게!"

양정도의 말에 기분이 상했는지 여자가 인상을 구기며 말했다. 백성일 머릿속에는 아까 비명을 지르며 끌려가던 남자가 떠올랐다. 제발 좀 예의를 갖추고 이야기하길 바랐건만 양정도는 건방을 멈추지 않았다.

"알았어요. 그냥 갈게요. 범털인 줄 알았더니 개털이시네요. 왕 회장님도 사람 보는 눈 참 없으셔. 그러니까 허구한 날 뒤통수나 맞지."

양정도의 말에 여자 눈이 커졌다. 화가 잔뜩 난 표정이었다.

"너 지금 뭐라 그랬어? 누구?"

"왕 회장님요. 여사님도 잘 알지 않으세요?"

"네가 회장님을 어떻게 알아?"

여자의 낮고 차가운 목소리가 거짓말탐지기보다 무섭게 귀를 찔렀다. 웬만하면 이쯤에서 묻는 말에 대답해주길 바랐지만 백성일의 바람과 다르게 양정도의 오만방자함은 변함이 없었다.

"그냥 오다가다 알았나보다…… 하면 되는 거지, 뭘 또 그렇게 캐물어요. 전 그런 사람 알면 안 돼요? 같은 대한민국 사람인데."

"잔 시바이(연기, 계획적으로 남을 속이려고 하는 짓) 치지 말고 말해. 너 같은 놈이 어떻게 회장님을 아냐고!"

짜증스럽게 화내는 여자한테 양정도는 퉁명스럽게 대답했다.

"빵에서 알았어요. 친해요. 그분이랑."

양정도를 노려보며 여자는 빠르게 명령을 내렸다.

"딸. 김 전무 좀 연결해! 문단속하고."

젊은 여자가 어딘가로 전화를 걸고 있는 사이, 조금 전 남자를 끌어냈던 사내들이 들어왔다. 옷 속에 숨긴 칼자루가 백성일 눈에 들어왔다. 초초함이 극에 달한 백성일과 달리 양정도는 아직도 정신을 못 차리고 있는 것 같았다. 히죽거리며 백성일을 향해 말했다.

"쫄았어요?"

백성일을 놀리려는 건지, 숨겨둔 목숨이 서너 개쯤 더 있어서 그런 건지 양정도는 손바닥으로 탁자를 두드리며 듣기 거북한 소리까지 내기 시작했다. 하지 말라고 눈치를 줘도 듣지 않았다.

"쫄았어요? 쫀 거 맞는데, 무슨."

백성일은 이죽거리는 양정도와 한시라도 빨리 헤어지고 싶은 마음뿐이었다. 여자가 서늘한 눈빛으로 백성일과 양정도를 훑어보는 사이, 휴대전화를 건네받은 여자가 여전히 못마땅하다는 표정으로 입을 열었다.

"김 전무, 나예요. 내가 좀 뭐 물어볼 게 있어서."

휴대전화를 막고 여자가 양정도를 향해 이름을 물었다. 아직 서로 이름도 모른다는 걸 이제야 알았다.

"김 전무. 혹시 양정도라는 애 알아요? 애긴데…… 자꾸만 내 앞에서 회장님 성함을 파네, 이놈이?"

수화기 너머 무슨 이야기가 들리고 있는지 여자의 눈빛이 흔들렸다. 이해하기 힘들다는 표정으로 전화기를 내려놓은 여자가 몸을 기울여 다가온 뒤 물었다.

"너 뭐 하는 놈이야?"

여전히 빙글빙글 웃고 있는 양정도는 아무렇지 않게 대답했다.

"사기꾼이요."

백성일의 불안감이 방향을 바꿔 양정도에게 돌격했다. 아직 어린 이 사기꾼의 정체를 알 수 없었다. 어떤 배경을 갖고, 어떤 목적으로 이러는지 혼란스러웠다.

인터뷰를 핑계로 나간 게 아침이었는데, 사무실로 돌아오니 오후

7시가 넘었다. 백성일은 긴장이 풀려 털썩 주저앉았다. 여기저기 돌아다닌 탓도 있지만 정신적으로 너무나 피곤했다.

원래라면 평생 만날 일이 없을 것 같은 사람들이었다. 대포 장학주, 키보드 정자왕, 꽃 조미주, 지갑 노방실. 앞으로 이들과 함께할 생각을 하니 스트레스가 몰려왔다. 그중에 가장 큰 스트레스는 양정도였다. 땅이 꺼져라 한숨을 내쉬는 사이, 모두 퇴근한 줄 알았던 사무실에 천성희가 다가왔다.

"퇴근하신 거 아니었어요?"

"어? 어…… 퇴근해야지."

천성희 얼굴에 염려의 빛이 감돌았다. 머뭇거리며 천성희가 입을 열었다.

"과장님, 근데 아까 아침에 같이 나갔던 사람 누구예요?"

그냥 아는 사람이라고 둘러댔지만, 천성희는 뭔가 아는 눈치인지 질문이 꼬리를 물었다.

"아는 사람 누구? 혹시 그 사람이 돈 같은 거 달라 그러진 않았죠?"

집요한 질문에 백성일이 불쾌하다는 듯 말했다.

"그게 뭔 소리야."

"아니, 아니 뭐 저도 혹시 아는 사람인가 해서요…… 죄송합니다."

천성희는 백성일의 평소 같지 않은 반응에 머쓱하게 사과했다.

"아니야. 죄송할 거까진 없고. 내가 일이 많아서 그런가 좀 예민해 가지고. 미안해. 나 먼저 갈게."

110

안 그래도 정말 머리가 복잡했다. 생각을 따로 떼어 분리할 수 있다면 그러고 싶은 기분이었다. 이런 백성일의 마음을 알았는지 천성희가 조심스럽게 물었다.

"마진석…… 포기할까요? 그럼 과장님 살 수 있잖아요. 저 과장님 오래 보고 싶어요. 제가 과장님 좋아하는 거 알죠?"

힘이 나는 후배. 그런 후배가 걱정해주고 예쁘게 말하는 모습에 백성일은 실없이 농담을 던졌다.

"나 유부남인데."

"그런 농담만 안 하면 더 좋을 텐데."

마음이 고마웠다.

"마진석 케이스 덮어요, 예? 그리고 다시 시작해요. 폭행에 뇌물, 뭐 그런 거 깨끗이 털어버리고 처음부터 다시 시작하자고요."

천성희가 걱정하는 마음도 알고 있었다. 하지만 백성일은 멈출 수 없었다. 정의롭지는 못해도 비겁해질 수는 없었다.

"성희야. 내가 부탁이 하나 있는데, 벌써부터 그런 생각하지 마라. 변변치 못한 과장 하나 지키자고 벌써 그런 생각하지 말라고. 이게 포기를 계속하다보면, 자꾸 자기를 속이고 순응을 하게 돼. 세상이 그렇더라. 빨리 들어가, 너도."

천성희의 어깨를 툭툭 치고 돌아서는 백성일 뒤로 천성희가 쓸쓸한 미소가 비쳤다. 그 미소가 어떤 뜻인지 짐작되었기에 더 가슴이 아팠다.

장학주의 냉동 창고가 아지트로 정해졌다. 먼저 도착해 앉아 있는 조미주를 발견한 장학주가 추파를 던졌다.

"미주 오랜만이다? 우리 미주 많이 이뻐졌네."

추잡스럽게 어깨에 손을 올려 치근덕대는 장학주를 보며 조미주는 "지랄하고 있네" 한마디로 상황을 정리했다. 서늘한 눈빛에 주눅 든 장학주가 물러서 말했다.

"장난친 겨. 반가워가지구……."

둘이 티격거리는 사이 도착한 사람은 회색 운동복이 흠뻑 젖은 채로 나타난 정자왕이었다.

"정도 형이 불러가지고……."

쭈뼛거리며 말꼬리를 흐리는 정자왕에게 조미주가 물었다.

"밖에 비 와요?"

"아뇨. 날씨 좋아요. 아! 이거 땀입니다, 땀. 길을 헤매가지고."

탈모에 과체중, 비 오듯 땀을 흘리는 정자왕에게 장학주가 놀리듯 말했다.

"넌 뭐여? 중이여? 여기는 정육점이여. 스님이 들어오구, 그런 거 아니여."

그 말을 듣자 화가 난 건지, 아니면 솔직하게 본 느낌을 말한 건지 알 수 없는 말투로 정자왕이 말했다.

"그쪽은…… 불판 닦는 수세미 같아요. 까매가지고."

순간 욱한 장학주가 발끈하고 나섰다.

"디질랴? 어? 가라구!"

"지, 지금요? 정도 형 보고 가야 되는데……."

정자왕이 어리바리하는 사이 노방실이 비서 최지연과 함께 냉동 창고로 들어왔다. 얼굴에는 불편한 기색이 가득했다.

"뭐냐. 아직도 이런 데가 있니, 대한민국에? OECD 가입한 지가 언젠데, 참…… 선진국 되려면 한참 멀었다, 멀었어."

아웅다웅하는 정자왕과 장학주를 본 척도 않고 들어온 노방실은 시종일관 당당하게 이어 말했다. 몸에 밴 태도였다.

"어이, 이봐. 의자 좀 갖고 올래? 앉을 데도 없고. 이렇게 해놓고 일하는 놈들도 참 답이 없겠다."

"저는 여기 처음이에요."

묻지도 않았는데 정자왕이 대답했다. 그제서야 정자왕을 발견한 노방실과 천지연의 눈빛은 낯선 생명체를 대하는 눈빛이었다. 대강의 이야기를 듣고 온 곳이지만, 아무리 봐도 이 인물은 여기 어울리는 사람이 아닌 듯한 생각에 최지연이 물었다.

"스님이야?"

"탈, 탈모예요……."

정자왕이 나사 풀린 대답을 하는 사이, 사람을 부리는 버릇을 풀풀 풍기는 노방실이 불쾌했던 장학주가 한마디하고 나섰다.

"저기유, 아줌마. 마음에 안 들믄 나가유. 왜 남의 업장에 와가지구 헛소리하구 난리여, 자꾸."

장학주의 말에 노방실은 꼴 같지도 않다는 표정을 지으며 최지연에게 물었다.

"쟨 또 뭐냐?"

"여기 대가린가봐요."

둘의 말을 듣던 정자왕도 한마디 거들며 끼었다.

"그렇죠? 수세미 대가리 같죠?"

그들의 대화를 듣자 장학주의 얼굴이 붉어졌다. 이렇게 어수선하게 흐르던 상황을 정리한 건 그때 막 들어온 양정도였다.

"다 모였네요? 미주랑 학주 형은 아는 사이고. 어떻게, 다들 인사는 하셨어요?"

처음 만난 어색함에 눈치만 살피는 사람들을 보고 빠르게 나섰다.

"뭐, 그럼 일 얘기부터 할게요."

사람들을 불러 모은 양정도는 하나씩 상황을 설명하기 시작했다. 총 목표 금액과 상대, 그리고 일의 의미를 정리해 설명했다.

"그걸 말이라고 하는 거야, 지금?"

설명을 다 듣자 경험 많고 노련한 노방실이 가장 먼저 막고 나섰다.

"말이죠. 귀한 분 모셨는데."

"고액 체납자한테 사기를 쳐서 체납세금을 받아내게 도와달라?"

"정도야. 지금 웃으라고 하는 얘기지?"

"나한테 뭐가 떨어지는데? 그 일 하면."

노방실뿐만 아니라 장학주, 조미주 역시 기가 차다는 표정으로 말했다. 상황을 이해한 건지 아니면 관심이 없는지, 정자왕만 휴대전화를 붙잡고 앉아 별다른 말이 없었다. 헛웃음을 짓는 사람들을 보고 양정도가 보수를 꺼냈다.

"공사대금 10프로 받기로 했으니까, 6억."

"나누기 5 하믄 얼마여."

예상보다 큰 액수였는지 호기심을 보이며 장학주가 나눗셈을 하려 하자 조미주가 딴죽을 걸었다.

"1억2천. 계산이 안 돼?"

금액을 들은 노방실은 여전히 표정에 변화가 없었다. 오히려 실망스럽다는 얼굴이었다.

"그깟 잔돈 몇 푼 받자고, 나 같은 국가대표를 불러다놓고 조기 축구에서 뽈 차라 그러는 건 예의가 아니지."

노방실의 말에 심기가 뒤틀렸는지 조미주가 나서서 말했다.

"저기요, 언니. 그 타이틀은 누가 준 건데요? 아무리 봐도 국가대표는 아닌데."

"너 몸 파는 애냐? 몸뚱이는 함부로 놀려도, 내 앞에서 주둥이는 함부로 놀리지 마. 알았어?"

예상치 못한 노방실의 날선 반응에 조미주의 입이 닫혔다가 억지 웃음을 지으며 말을 흐렸다.

"갱년기네……."

"딸. 관두고 가자. 그래, 사기들 잘 쳐봐라."

노방실의 말로 날카로워지는 분위기 속에서 양정도만 조용히 웃고 있었다. 애당초 색이 다른 이들이 함께 어울리는 게 쉽지 않을 거라고 예상했다. 창고에 모인 인원을 둘러보며 '겨우 이 정도냐'는 듯한 얼굴로 한숨을 쉬던 노방실이 자리에서 일어나려 하자 양정도가 나서며 말했다.

"마음에 안 드시죠?"

"네가 나라면 마음에 들겠니?"

당연하다는 듯 대답하는 노방실에게 양정도는 승부를 걸었다.

"60억 다 먹는 거 어떻게 생각하세요?"

지방세 5억2천만 원에 국세 52억5천만 원. 총 57억7천만 원. 거기다가 공사대금 10프로 플러스해서, 63억4천7백만 원. 노방실이 빠르게 셈을 해나갔다. 적지 않은 금액이었다.

"이 금액이 저희가 공사 칠 금액인데, 자신 있으면 다 드세요. 그럼 할 만하시죠? 어떻습니까, 여사님?"

구미가 당기는지 걸음을 멈춘 노방실이 입을 열었다. 입꼬리에 만족스러움이 비쳤다.

"그러니까 할 수만 있으면 혼자 60억을 다 먹어라? 냄새가 좀 나기는 하는데…… 그래, 그 60억 혼자 다 먹으려면 뭐부터 시작하면 되는데?"

팽팽한 긴장감으로 톡 치면 찢어질 것 같은 공기가 흘렀다.

"아이고, 미안합니다. 늦었네요."

그때 큰 소리로 인사하며 들어온 건 백성일이었다. 백성일이 황급히 자리에 앉으려 할 때 양정도가 입을 열었다.

"재활용해야죠. 찌꺼기부터."

백성일은 그날부터 사기 과외를 받기 시작했다. 교육에 앞서 양정도는 백성일에게 다시 한번 다짐을 받았다.

"사기는요. 팀플레이예요. 아저씨가 잘해야 우리가 사는 거라고. 알겠어요?"

"알았어. 내가 명심할게."

한층 고분고분해진 백성일을 보고 양정도가 다소 의외라는 표정을 지었다. 양정도는 재미있다는 느낌을 받았다.

"요즘 희한하게 말을 잘 듣는 거 같네?"

"네가 전문가니까 그렇지."

"아! 노 여사님 건물에서 쫄았던 거, 그거 때문인가보다. 그렇죠?"

"뭔 소리야. 쫄긴 누가 쫄아!"

"에이, 쫄았던데?"

"난 그런 거 쫄고 그런 스타일 아니야. 네가 날 잘 몰라서 그래. 그냥 네가 전문가니까 내가 말을 듣는 거고. 양보를 하는 거지."

"아니, 무슨 쫄아서 땀을 한 바가지 막 흘리더니, 무슨."

"야, 너는 근데 말을 진짜 싸가지 없이 하더라."

"그렇죠. 기술이야, 그거."

"범털인 줄 알았더니 개털이네."

백성일은 양정도의 말투를 흉내 내며 웃었다.

세상일이 다 그렇지만 남을 속이는 기술 배우는 것도 쉽지 않았다. 보이스피싱부터 신분증 위조, 자해공갈까지 하루도 편할 날이 없었다. 보이스피싱을 알려주는 조미주는 얼굴만 봐도 무서웠다. 백성일은 긴장한 탓인지 실수 연발이었다. 열심히 외웠지만 "우리 고객님,

저기, 지금 은행인데요. 은행이 지금 위험해요!"라는 얼토당토하지 않은 말이 나오기도 했다. 조미주는 한심해 죽겠다는 표정으로 노려봤고 그때마다 백성일은 가슴이 오그라드는 느낌이었다.

신분증 위조를 알려주는 정자왕과는 같이 있는 것조차 힘들었다. 무슨 일을 하는 건지 늘 포르노를 틀어놓고 일하는 그와 함께 있는 그 자체로 고문이었다. 신음소리가 넘쳐나는 가운데 섬세한 칼질로 정밀하게 신분증을 베껴내는 건 이미 인간의 한계를 넘은 일이었다.

자해공갈을 알려주는 장학주는 나름 장인의 풍모가 엿보였다. 살짝 스치고도 그로테스크한 표정으로 상대를 압도하는 그의 연기를 보면, 신이 준 재능이 잘못된 방향으로 쓰였을 때 얼마나 소모적인지 알게 해줬다. 애당초 이런 재능을 부여받지 못한 백성일은 할 엄두도 낼 수 없는 일이었다.

사기에 도움이 되기는 되는 건지 이해 못 할 수업도 있었다. 양정도는 길에 보이는 여자 아무에게나 말을 걸어 전화번호를 얻어오라는 숙제를 내렸다. 백방으로 뛰어다녔지만 여자들은 백성일의 덩치만 봐도 기겁을 했다. 어떤 걸 가르쳐도 하나같이 못하는 백성일에게 준 신의 재능은 어떻게 보면 정직이었다.

열심히 수업을 받다보니 정작 본업은 뒷전이었다. 사무실에서는 늘 딴 곳에 정신이 팔려 있거나 외근을 핑계로 자리를 비울 때가 허다했다. 갑자기 변한 백성일을 보고 후배들이 의아해할 무렵 천성희는 불안함을 느꼈다. 천성희가 아는 백성일의 모습이 아니었다. 천성희만이 유독 불안해했던 건 우연히 보게 된 모습 때문이었다. 며칠 전

외근 가는 길에 차 창문 밖으로 백성일을 보았다. 그리고 그 옆에 천성희가 잊을 수 없는 얼굴, 양정도가 함께 서 있었다.

"공사 시작할거니까 창고로 와요, 지금."

이른 아침부터 양정도에게서 전화가 걸려왔다. 피로가 쌓여 힘든 와중에도 백성일은 벌떡 일어났다. 서둘러야 아직 잠들어 있는 아내 몰래 가게 차 열쇠를 챙길 수 있었다. 무사히 차를 몰고 나온 백성일은 우선 천성희한테 전화를 걸었다.

"성희야. 내가 오늘 몸이 좀 안 좋아서 월차를 좀 써야 될 거 같아…… 그래. 나중에 통화해."

시간을 만들고 차에 오른 백성일은 서둘러 냉동 창고로 차를 몰았고, 그사이 양정도는 그동안 수집한 마진석의 정보를 팀원들과 서로 공유하고 있었다.

"마진석, 마흔일곱 살이고, 체납세금 57억7천만 원. 강남에서 유흥 쪽으로는 뭐…… 강남에 이 사람이 가진 룸살롱만 열여덟 개에 클럽이 네 개. 한마디로 마 사장 땀 한 방울 묻히지 않고서는 강남 바닥에서 몸 흔들고 놀긴 힘들다고 보면 되는 거고. 근데 웃긴 건 이 스물두 개 중에 마진석 명의로 된 게 한 개도 없어."

자료를 읽던 양정도가 정자왕에게 신호를 보내자 그동안 정보를 캐온 정자왕이 말을 보탰다.

"예, 스물두 개 전부요. 노숙자 명의 따다가 3개월씩 돌려막기로 명의 바꾸고 간판 바꾸면서 부가세, 개별 소비세, 1년에 두 번 내는 재산세, 그런 거 다 그대로 슈킹(범죄 수익을 중간에서 빼돌리는 수법, 수금)했고요. 그 돈만 다 더해도 50억 정도 되겠는데······."

"그러니까 카드깡으로 소득 누락시키는 놈들은 애 앞에서 명함도 못 내밀어, 후달려서."

정자왕의 설명을 듣고 마저 정리한 양정도가 이번에는 장학주를 바라보며 말했다.

"자 그럼 신변 갈게요. 학주 형!"

한동안 마진석을 미행한 장학주가 설명을 시작했다.

"생각보다는 부지런한 거 같드라구. 아침 7시에 일어나자마자 밥부터 처먹구, 사무실 출근해가지구 부동산 시세 동향만 겁나게 보드라구. 컴퓨터 즐겨찾기에는 죄다 부동산 사이트만 달아놓구. 민원24? 그것두 달아놨드라구. 땅 사기 전에, 그 뭐여. 잉······."

단어가 생각 안 나는 듯 말을 더듬는 장학주를 보고 노방실이 거들었다.

"지적도."

"잉! 지적도. 그것두 맨날 검색해보나벼."

"땅을 좋아한다? 뭐, 다른 건 없어?"

"2G폰만 써가지구, 해킹은 어려울 거 같구. 내기 골프 치는 건 좀 좋아하는 거 같드라구."

장학주가 취미와 관심 분야를 설명했지만, 양정도의 표정이 좋지 않았다. 이어서 정자왕도 말을 보탰다.

"술은 별로 안 좋아해요. 세 시간 넘게 한 잔도 입에 안 대고요. 멸

치만 더럽게 처먹던데요."

쉬운 방법이 없어 보였다. 뭔가 허점이 있어야 할 텐데 마진석은 오로지 돈과 땅에만 정신이 팔려 있었다.

"그럼 여자는?"

양정도가 방법을 찾고자 물었지만 정자왕에게 돌아온 대답은 '전혀 아니다'였다. 세상에 무슨 그런 남자가 있냐며 장학주가 놀라 물었지만, 정자왕은 확실하다고 했다. 그 옆에서 조용히 듣고 있던 노방실이 말했다.

"여자도 싫어하면 땅하고 골프밖에 답이 없겠네."

그러자 혼자 골똘히 생각하던 양정도가 결정을 내린 듯 제안했다.

"골프는 별론데…… 기획 부동산! 그걸로 갈까요?"

양정도의 제안에 분위기를 깬 건 조미주였다.

"안 돼. 가족들 앞으로 명의 세탁하고 수건 돌린 건 다 알 거고. 몇몇 잡기가 더 있는데. 세무사 조상진은 탈세 전문인데 영양가 없고, 그 사람이 문제야."

조미주가 던진 파일에는 마진석과 관련된 사람들의 정보가 담겨 있었다. 파일을 받은 양정도가 서류를 몇 장씩 넘기자 조미주가 지칭한 그 사람, 60대 정도 돼 보이는 남자 사진이 붙어 있었다.

"노덕기. 마진석이 부동산 선생. 땅 냄새를 잘 맡아. 어느 땅이 투자 가치가 있는지, 그린벨트는 언제 풀릴 예정인지 귀신같이 주워들어서 마진석이한테 정보를 넘기면 마진석이 실탄 들고. 땅 팔 때 다운 계약서 쓰고, 임목비 허위로 올려서 양도소득세 20억 해잡수신 적도 있고. 그냥 찌꺼기 아니야, 노덕기 그 사람."

조미주의 말을 듣던 양정도가 정리해서 설명했다.

"그러니까 미주 네 말은 '노덕기 이놈이 마진석 옆에 붙어 있는 한 기획 부동산은 어려울 거다' 이 말인 거지, 지금?"

조미주가 고개를 짧게 끄덕이자 양정도는 생각에 빠졌다. 어떻게 이 늙은 여우를 속일까 고민하다 좋은 생각이 났는지 다시 웃음을 보이며 말했다.

"그러면 우리 편으로 만들지, 뭐. 우리 쪽에 자석 써서 입에 지퍼 채우자고."

양정도의 말에 모두가 어이없는 표정을 지었다. 지금 무슨 말을 하는 건지 잘 알 만한 사람이 그러니 더욱 기가 차는 소리였다.

"말이야 쉽지. 어떻게 할 건데?"

노방실이 현실적인 질문을 했다. 지금 양정도의 말에는 뭘 한다는 건 있어도, 어떻게 하겠다는 말이 없었다. 노방실의 걱정을 꿰뚫어본 양정도가 시원스럽게 대답했다.

"여사님. 사기꾼이 공손히 부탁을 하겠습니까, 아니면 칼 들고 협박을 하겠습니까? 당연히 사기로 가야죠. 미주는 여기 노덕기 부동산 취업 준비하고, 자왕이는 주거래 은행 계좌 정보 좀 모아주고. 자, 그러면 다들 빨리 준비해서 공사 칩시다."

설명을 마치고 나서야 백성일이 들어왔다. 만날 지각하는 것에 대해 핀잔을 주자 무안해했지만 동시에 직장인이라 어쩔 수 없다며 이해해달라고 변명을 했다. 그러고는 허둥대며 자리에 앉아 수첩을 꺼내 "다 적어놓고 연습하려고"라는 가당치도 않은 말을 하자 모두 어처구니없어했다. 그사이, 또 한 명이 냉동 창고 안으로 천천히 걸어 들어왔다. 굳은 얼굴의 천성희였다.

7
후배

사랑하던 사람과 헤어질 때 다른 사람들은 어떤 이유로 헤어질까. 가난하고 장래가 불투명해서? 심각한 도벽이 있어서? 혹은 이성을 너무 좋아한 나머지 사귀는 사람이 있음에도 계속 다른 연인을 만들어서? 상상할 수 있는 여러 이유가 있지만, 천성희가 처음 사랑한 남자에게 들은 이별의 이유는 감당하기 힘든 내용이었다.

아르바이트를 하러 간 자리에서 처음 만난 그는 선한 웃음이 매력적인 남자였다. 자상했고 친절했으며 똑똑했다. 그런 그가 이별을 통보하며 꺼낸 이유는 '사기꾼이라서'였다. 차라리 다른 여자가 생겼다고 했다면 덜 비참했을지 몰랐다.

"나 좀 보라고. 너는 지금 울 게 아니라 화를 내야지. 나 사기꾼이라고. 사기 치려고 너한테 접근한 거라고, 내가."

이런 이별 통보에 천성희는 아무것도 할 수 없었다. 눈물은 계속 나는데, 아직도 이 사람과 함께 있고 싶었다.

"나 너한테 마음 준 적 없어. 그냥 돈 뜯어내려고 만난 거라고."

모질게 말하는 남자의 말을 천성희는 믿을 수 없었다. 진짜 사기꾼이라면 지금껏 한 모든 행동들이 거짓이라는 말이 되어 슬펐고, 사기꾼이라는 핑계로 헤어지려 한다면 얼마나 싫었기에 이런 거짓말을 할까 싶어 아팠다.

"그럼 왜 나한테 돈 달라고 얘기 안 했어? 나한테 돈 요구한 적 없었……."

"있는 줄 알았지. 내가, 씨…… 네가 개털인 줄 알았으면 내가 만났겠냐? 어? 내가 미쳤어? 그만하자."

머리에 벼락이 떨어지는 심정. 눈물범벅인 천성희의 얼굴을 보고도 남자는 매정하게 잘라 말했다.

"야. 네가 착각할까봐 그러는데, 너 상처 같은 것도 받지 마. 나 너한테 한 거, 그거…… 사랑 아니야. 사기지. 알았어?"

혼자 자리를 털고 일어난 남자를 보낸 뒤 천성희는 변했다. 전공하던 미술을 그만두고 공무원 시험을 준비했다. 철학이니 미술이니 하는 것과 다른 안정된 직장, 보장된 월급과 연금, 그리고 성적으로 확연히 구별되는 합격과 불합격. 이제는 확실한 게 좋았다. 그렇게 공무원이 되어 좋은 선배, 동료 들과 즐겁게 살려고 하는데, 그 인간 양정도가 또 천성희의 인생에 끼어들었다.

서원시청에서 우연히 양정도를 본 것 같은 느낌이 틀리길 바랐다. 이런 바람이 무색하게 과장 백성일의 행동이 이상해지는 걸 느낀 천성희는 불안감에 휩싸였다. 동료들이 모르는 외근이 잦아지고, 휴가를 내는 일도 있었다. 이 모든 이상 징후가 양정도로부터 시작되고 있다는 생각이 천성희를 괴롭혔다. 그즈음 미행을 결심하고 백성일의 뒤를 밟았다. 몸이 안 좋다는 핑계로 휴가를 낸 백성일이 집을 나서는 모습을 보며 천성희는 나쁜 예감이 현실이 될 것 같았다. 그런데 수상한 냄새가 나는 냉동 창고에 백성일이 들어갔다. 그 모습을 본 순간 예감은 확신이 됐고, 많은 사람이 모여 앉은 가운데 양정도의 모습이 눈에 들어왔을 때는 분노가 치밀어올랐다.

양정도를 마주한 천성희의 얼굴이 차갑게 얼어붙었다. 당황해하는 백성일을 무시한 채 냉동 창고 안으로 천천히 걸어들어온 천성희가 양정도를 보고 아는 척했다.

"얼굴 좋아졌다?"

대답 못 하는 양정도와 차갑고 무섭게 분노를 뿜어내는 천성희의 얼굴이 대조적이었다. 억지로 화를 삭이며 한숨을 내쉬던 천성희가 백성일을 바라보며 입을 열었다.

"가요, 과장님."

어리둥절한 건 백성일이었다. 어떻게 알고 찾아왔는지, 지금 백성일이 하려는 일을 얼마나 알고 있는지 오히려 백성일은 묻고 싶은 말이 천지였다.

"과장님 여기서 뭘 하시는 건진 모르겠는데, 과장님 지금 사기당하고 있는 거예요. 그러니까 가자고요, 빨리!"

"아니, 성희야. 내가 지금 조금 중요한 일을 하나 하고 있거든."

"그 중요한 일이 사기라니까! 이 사람들이 지금 과장님한테 사기 치고 있는 거라고요!"

천성희는 답답해 견딜 수 없었다. 소중한 사람이 자기처럼 상처 입는 꼴을 두고 볼 수 없었다. 자세한 내용은 몰라도 백성일이 어떤 방식으로든 이용당하고 버려질 게 분명하다고 생각했다.

"사기인 거 나도 아는데, 그게 아니고…… 성희야."

"경찰 부를까요? 그럼 나가실래요?"

한심하다는 표정의 사람들 속에 난감한 표정의 백성일이 섞여 있었다. 부모 몰래 PC방에 갔다가 걸린 초등학생처럼 부끄러워하는 기색을 보였다. 밖에 나와서도 백성일의 변명은 멈추지 않았다.

"잠깐만 좀, 성희야. 지금 이게 어떻게 된 상황이냐면……."

"과장님. 지금은 제 말보다 저 사람들 말을 더 믿는 거 알아요. 사기가 그래요, 원래! 말에 꿀 발라가지고! 온갖 좋은 말로 과장님 꼬드겨서! 결국에는 과장님 돈 뜯어내려고 그러는 거라고요, 저 사람들 지금!"

천성희는 알아듣게 말했다고 생각했는데 백성일은 듣는 척도 하지 않았다.

"내가 뜯길 돈이 어딨니, 성희야!"

"알아요! 아니, 뭐 돈 100만 원, 200만 원은 돈도 아니에요? 과장님도 그 정도 돈은 있잖아요?"

"없어. 통장에 2700원 있어. 2만 원 뽑아가지고."

백성일의 말에 말문이 막혔다. 워낙에 없이 산다는 건 알고 있었지만 설마 다 큰 성인이 통장에 100만 원도 없을 줄은 몰랐다. 당황했지만 천성희는 다시 설득하기 시작했다.

"아무튼요, 과장님. 양정도 저 새끼 저거 사기꾼이에요. 내가 아직도 저 새끼한테 당한 것만 생각하면!"

흥분해서 말하는 천성희를 두고 백성일이 말을 끊었다.

"나 다 알아, 성희야. 다 알아. 네가 양정도 쟤랑 무슨 일 있었는지는, 그건 모르는데. 저 사람들 사기꾼인 거, 내가 다 안다고."

천성희는 귀를 의심했다. 천성희가 알고 있는 백성일 과장이 사기꾼과 함께 있을 이유는 아무리 생각해도 찾을 수 없었다.

"그럼 뭐 하고 있었던 거예요, 안에서?"

"내가 일을 하나 하고 있는데, 저 사람들이 나 도와주고 있는 거야. 나랑 같이 일하고 있다고, 저 사람들이 지금."

백성일의 대답을 듣자 천성희는 확신이 들었다. 무엇인지 몰라도 이용당하고 있는 게 틀림없다고. 차라리 돈이라면 얼마간 힘들고 말테지만 마음에 상처받고 이용당하는 꼴을 두고 볼 수 없었다.

"저 새끼랑 일을 하고 있다고요? 지금?"

당장 냉동 창고 안으로 다시 들어가려는 천성희를 붙잡고 백성일이 변명을 늘어놓았다.

"성희야, 잠깐. 말 좀 들어. 너 이해 못 하지. 그게 당연해, 이해 못하는 거."

천성희는 지금 백성일이 양정도에게 단단히 세뇌당한 게 틀림없다고 생각했다. 때려서 말을 듣게 할 수 있다면 당장이라도 때리고 싶었지만, 이미 그럴 단계는 넘어 보였다. 남은 방법은 백성일에게 조금이나마 이성이 남아 있길 바라며 동정을 구하는 것뿐이었다.

"과장님. 사모님 사랑해요?"

갑작스러운 질문에 백성일이 대답을 못 하고 머뭇거리자 천성희가 다시 물었다.

"사랑하냐고요, 사모님. 지은이도 사랑하죠? 어머님도 마찬가지고?"

"그럼. 당연하지."

"그럼 하지 마세요. 저 새끼랑 무슨 일을 하려고 하든! 하지 마시라고요. 아시겠어요?"

말을 마친 천성희는 돌아섰다. 짜증과 울분, 혈압이 솟구치는 감정에 휩싸였다. 문득 아주 오래전 일이 다시 떠올랐다. 그때 양정도의 그 말, 사랑한 적 없다는 그 말, 사기 치려고 일부러 접근한 거라며 인상을 찡그리고 말하던 그 목소리가 들리는 듯했다. 더불어 돈을 쥐여 줘서라도 붙잡고 싶었던 그 설움이 북받쳐 올라왔다.

다음 날 천성희는 출근하지 못했다. 백성일이 하고 있는 일을 더 알아내 무슨 일에 어떻게 휘말리더라도 반드시 구해야 된다고 생각했다. 설령 경찰서에 가게 돼도 어쩌면 그게 더 나을 거라고 믿었다.

나쁜 예감대로 백성일이 출근하자마자 사무실에서 도로 나왔다. 서두르는 모습이 어딘가 불안해 보였다. 뒤밟아 간 곳은 고급 단독주택단지였다. 무언가 중얼거리는 모습을 보니 참담한 심정이 들었다.

무슨 중요한 일을 핑계로 백성일을 꼬여냈는지 모를 일이지만 결정을 내려야 했다. 천성희는 백성일의 뒷모습을 보며 휴대전화를 꺼냈다.

"경찰서죠? 신고 좀 하려고요."

무슨 일로 신고하냐는 경찰의 물음에 천성희가 말했다.

"사기요."

8
작전

    천성희의 일로 마음이 좋지 않았다. 아끼는 후배에게 상처를 준 미안함과 계획이 틀어질 것만 같은 불안이 순서를 바꿔가며 차례로 백성일을 괴롭혔다. 그런 일을 겪고도 계획대로 진행하자던 양정도의 말을 생각하면 어떻게 천성희의 얼굴을 봐야 할지 걱정이 앞섰다. 한가득 불안만 안고 출근하던 백성일은 후배들과 인사를 하던 사이 천성희의 모습이 안 보이는 걸 알아차렸다. 다른 후배에게 물었다.

    "성희 어디 갔어?"

    "예, 성희 오늘 월차 냈습니다."

    이렇게 기회가 빨리 오리라 생각하지 못한 백성일이었다. 천성희가 또 자신을 미행해 일을 그르치기 전에 서둘러 해결해버려야겠다는 판단이 섰다. 황급히 세금징수국 사무실을 나가 양정도에게 전화를 걸었다. 짧고 간결하게 백성일은 용건만 전했다.

"여보세요? 오늘 하자."

연락을 받은 양정도는 각자 역할을 맡은 팀원에게 일을 진행시켰다. 우선 노덕기의 부동산 사무실로 위장 취업한 조미주에게 작전 시작을 알렸다. 그리고 해킹을 맡은 정자왕에게는 노덕기의 휴대전화로 보낼 문자를 준비시켰다. 모두 준비가 끝난 걸 확인한 양정도는 조용히 시작을 알렸다.

"오케이. 떠."

사무실에서 일을 보던 노덕기는 계속 울리는 휴대전화를 보고 무슨 일이 났음을 깨달았다. 연이어 들어오는 문자메시지는 은행 계좌에서 100원이 출금되고 있다는 알림이었다. 문자메시지 속 계좌 잔액은 정확히 100원씩 줄어들어 찍히고 있었다. 눈을 의심한 노덕기는 새로 뽑은 여직원을 불렀다.

"김 양아. 여 와봐라! 이 뭐꼬, 이기?"

위장 취업한 조미주가 사뭇 진지한 얼굴로 노덕기에게 다가왔다. 평소 모습에서 찾아볼 수 없던 수수한 외모로 성실한 직원의 모습을 완벽하게 연기 중이었다.

"대표님 통장에서 돈 빠져나가는데요? 100원씩 계속! 어떡해! 지금도 계속 나가네. 경찰에 신고해야 될 거 같아요. 잠시만요."

조미주가 경찰에 신고하겠다며 자신의 자리로 달려간 사이 노덕기는 얼굴이 벌겋게 달아올랐다. 무슨 일이 벌어지는지 정확히 알 수도 없었다. 하나 확실한 건, 지금 자신의 돈이 사라지고 있다는 것이었다. 세상에 무슨 이런 일이 다 있나 싶어 계속해서 들어오는 문자메시지를 보고 있는데 전화가 들어왔다.

"노덕기 씨 맞으시죠? 여기 금감원입니다. 노덕기 씨 통장에서 예금이 자동으로 인출되고 있다고 정보가 뜨는데요. 확인되세요, 지금?"

'금감원'이라는 말에 노덕기는 심장이 무릎까지 떨어지는 느낌이었다. 지금, 정말 큰일이 났구나 싶었다.

"예? 예에! 지금 막, 예! 돈 빠져나간다카는 문자가 계속 오고 있심니다!"

"아, 선생님, 진정하시고요. 노덕기 씨 계좌 정보가 유출이 돼서 이런 일이 벌어지는 거 같은데. 일단 제 말 잘 들으시고, 매뉴얼대로 하세요. 안 그럼 이거 문제 커집니다."

나라에서까지 자기 돈이 사라지고 있다는 걸 알았으니 이거 사고가 나도 단단히 난 게 틀림없다고 생각했다. 노덕기는 금방이라도 울 것 같은 얼굴이었다.

"아, 예! 그럼 제가 우짜면 좋겠습니까?"

"일단 무단 출금되는 계좌 있죠? 거기 있는 돈 싹 다 현금으로 뽑아서 집에다 갖다두세요. 일단 그렇게 급한 불부터 끄시면, 저희 쪽에서 사람이 한 명 갈 겁니다. 후속 조치는 그분이 시키는 대로, 무조건 저희 매뉴얼대로! 그렇게 가시는 겁니다. 아시겠죠?"

노덕기는 전화를 끊고 불안한 표정으로 은행을 향해 뛰기 시작했다. 반대로 보이스피싱 역할을 마친 장학주는 대수롭지 않다는 듯 전화를 끊었다.

노덕기가 은행으로 달려가는 사이 양정도와 백성일은 다음 단계를 준비하고 있었다. 세련된 비즈니스맨으로 변신한 양정도는 천천히 노덕기의 집으로 향했다. 고급 단독주택단지에 내려선 양정도가 초인종을 눌렀다.

"안녕하세요. 노덕기 씨? 본인 되세요? 금융조사팀 최상천입니다."

"예. 예예."

"아이고, 이런 일을 당하시고…… 일단 상황이 급박하니까 본론부터 말씀드릴게요."

"아, 예예."

"돈은 다 빼오셨어요?"

"아, 예. 여기 있습니다."

현금이 가득 담긴 가방을 가리키며 노덕기가 말했다. 확인도 안 하고 눈앞에 있는 상대를 철석같이 믿는 모습이었다. 노덕기 귀에는 지금 양정도가 하는 모든 말이 진리였다.

"아, 예. 잘하셨어요. 일단은 계좌 정보라는 게 은행마다 다 연동이 돼 있는 그런 방식이거든요. 혹시 다른 은행 계좌에 돈 더 있으세요?"

"현금은 한 1억 정도……"

"아, 그러시구나. 그 돈도 찾아오셔야 돼요. 지금 당장."

"지, 지금이요?"

"예. 안 그러시면 그 돈까지 다 빠져나가니까."

"아, 예! 알겠십니다!"

양정도의 말에 현금 다발이 든 가방을 거실에 그대로 둔 채 다급히 은행으로 가려는 노덕기와 조미주를 잡아 세웠다.

"저기요. 뭐 하세요?"

겁을 줘서 돈부터 다 찾게 만들 생각이었다. 신뢰는 그다음에 심어 주려 했는데, 노덕기는 이미 양정도에게 무한 신뢰를 보내고 있었다. 그러니 이 정도 액션은 취해줘야 더욱 의심하지 않을 거라는 판단이 들었다. 양정도가 말했다.

"가방 챙기셔야죠."

"아, 금방 갔다올 껍니다. 예!"

그러고는 돈 가방을 그대로 둔 채 빠른 걸음으로 노덕기와 조미주가 나갔다. 이제 조미주는 적당히 바람을 넣은 뒤 사무실로 빠져 알리바이를 만들 것이고, 노덕기가 돈을 가져오면 백성일을 기다렸다가 다음 작전으로 넘어가면 되는 게임이었다.

잠시 뒤 노덕기가 땀을 비 오듯 흘리며 헐레벌떡 달려 들어왔다. 손에 든 돈 가방이 묵직해 보였다.

"돈 빼왔십니다! 전부 몽땅 빼왔십니다! 자, 여기……."

"이걸 왜 절 주세요."

지금은 이 돈에 관심을 보일 때가 아니었다. 노덕기가 건네는 돈다발을 치우고 양정도는 의미 없는 말을 이어가며 백성일을 기다렸다. 개인 정보, 스마트폰 같은 단어를 꺼내 이야기하며 노덕기를 홀리는 사이, 현관문 두드리는 소리가 들렸다. 백성일이었다.

"노덕기 씨 계세요?"

노덕기가 현관문을 열자 바짝 긴장한 백성일이 서 있었다.

"예. 신고받고 왔습니다. 경찰이에요."

"어떻게 오셨습니까?"

노덕기가 묻자 백성일이 대사를 읽듯 말을 쏟아냈다.

"강남서 강력반 김두만입니다. 형사예요. 공무원이죠. 노덕기 씨 보이스피싱 신고하셨죠? 간단한 조사 때문에, 서에 좀 같이 가주셔야 되겠습니다."

"어? 내는 신고한 적 읎는데요?"

노덕기의 말에 백성일의 표정이 변했다. 강력반 형사는커녕 경범 죄로 잡힌 사람처럼 당혹스러워하는 얼굴이었다.

"신고한 적 읎다고요. 내는."

"신고 안 하셨다고요?"

"예. 저는 신고 안 했십니다."

점점 낯빛이 어두워지던 백성일이 나지막하게 한숨을 내뱉었다. 준비했던 대사 가운데 지금 같은 상황에 적용할 말은 없었다. 백성일 자신도 무슨 말인지 모를 말이 입 밖으로 튀어나가는 걸 느꼈다.

"왜죠? 왜 신고를 안 하셨어요? 신고를 하셔야 되는데? 아니, 그럼 저한테 신고하신 분이 누구예요?"

"그길 저한테 물어보면 우짭니까?"

일이 이렇게 풀리면 안 된다고 생각하니 당황스럽고 답답한 마음에 백성일의 언성이 높아졌다.

"그럼 누구한테 물어봐! 그럼…… 아니, 난 분명히 노덕기 씨 신고를 받고 왔는데 신고 안 하셨다 그러면 나는 누구 신고를 받고 왔어요?"

"그러니까네, 그걸 왜 자꾸 내한테 물어보냐꼬요?"

"그…… 같이 일하시는 분이 신고한 거 아닐까요? 부동산에서 전화 받고 오시는 길이시죠, 형사님?"

옆에서 보고 있던 양정도가 말을 가로챘다. 이치에도 맞고 타이밍도 좋았다. 백성일이 보니 옆에 있는 양정도는 답답해 죽겠다는 표정이었다. 잘 좀 하라는 압박이 느껴졌다. 백성일은 다시 정신을 차리고 준비한 대사를 읊었다.

"부동산 전화 받고 왔네! 내가 부동산 신고받고 왔어요. 하하하. 죄송합니다. 아, 너무 일이 바빠가지고. 깜빡깜빡하네요. 여기 금감원 직원 분이 일 다 잘 해결해주셨죠?"

"아, 예. 뭐, 그건 그렇습니다만…… 아니, 가만. 근데 이분이 금감원 직원이라는 건 우예 아셨습니까?"

경황이 없던 노덕기가 정신을 차리고 백성일을 의심스러운 눈초리로 바라봤다. 어이없는 백성일의 행동을 옆에서 보고 있던 양정도는 눈을 질끈 감았다. 노덕기의 질문에 백성일은 당황한 목소리로 말했다.

"형사는 다 알 수 있어요. 형사니까 다 알지. 저기 명찰 있네요, 명찰! 하하. 아무튼 저랑 경찰서에 같이 가주셔야 되겠습니다."

"내가 와요?"

"이유를 묻지 마시고…… 저랑 빨리 경찰서로, 지금 무조건 가야 돼요!"

다급한 마음에 백성일이 앞뒤 없이 노덕기를 붙잡고 끌어내려 했다. 황당한 노덕기만큼이나 당황한 백성일이었다.

"아, 글쎄! 내가 거길 와 가냐, 이 말입니다! 이런 막무가내가 어딨 노! 아, 뭐 이런 경찰이 다 있노! 형사 맞십니까?"

"이 사람이 진짜. 사람을 어떻게 보고! 경찰 맞지, 그럼 당연히! 대 한민국 경찰이 우스워 보여요? 아니, 사람이 가자 그러면 가야지! 빨 리 갑시다, 빨리! 어서 가야 돼요, 지금!"

"아니, 영장도 없이 사람들 데려가는 게 어디 있습니까, 지금?"

돌아가는 꼴이 사납게 변하기 전에 양정도가 나서 정리해야 했다.

"그게 아니고요, 사장님. 일단 얘길 들어보니까 형사님 따라서 경 찰서 가는 게 맞는 거 같고요. 가서서 간단하게 조서 쓰시면 돼요. 근 데 형식적인 절차니까 금방 끝날 거예요."

양정도의 말을 듣고야 겨우 이해됐다는 듯 노덕기가 몸을 움직였 다. 노덕기와 함께 현관문을 열고 나가던 양정도가 멈춰 선 건 그때 였다. 현관 앞에는 실망 가득한 얼굴의 천성희가 서 있었다. 백성일과 양정도 모두 말을 잃었다. 뭐라고 변명해야 할지 갈피가 잡히지 않았 다. 어떻게든 수습하려고 백성일이 나서려던 때 천성희가 먼저 말을 빼앗았다.

"과장님. 이게 뭐 하는 거예요, 진짜!"

지금 눈앞에 보이는 게 전부가 아니라고 말해야 했지만 당최 어디

서부터 어떻게 말해야 할지 몰랐다. 백성일이 말을 다듬는 사이, 울먹이듯 천성희가 소리를 질렀다.

"내가 경찰에 신고했으니까! 감옥 가기 싫으면 가자고요, 빨리!"

백성일과 천성희가 승강이하는 모습을 보던 양정도는 한숨을 내쉬었다. 노덕기는 아직 상황 파악을 하지 못하고 멍하니 서 있었다. 그런 노덕기를 보고 천성희가 말을 붙였다.

"경찰 올 거예요. 이 사람 사기꾼이에요."

양정도를 가리켜 사기꾼이라는 말을 듣자, 아까부터 뭔가 이상하다고 느낀 노덕기가 이제야 눈치챈 듯 양정도의 멱살을 틀어잡으며 고함을 쳤다.

"둘이 한패지!"

멱살을 잡고 추궁하는 노덕기에게 양정도는 아무 말도 하지 않았다. 이러지도 저러지도 못하는 백성일을 보고 조급해진 건 천성희였다.

"경찰 온다고, 지금!"

"성희야, 잠깐, 잠깐만! 서, 선생님. 제가 다 설명드리겠습니다. 제가 책임지고 다 설명드리겠습니다. 성희야, 성희야. 나 이렇게 혼자 못 가…… 이게 다 나 때문에 시작한 일이야."

백성일은 허탈한 듯 힘없이 말을 꺼냈고, 그 말에 노덕기는 붙잡고 있던 양정도의 멱살을 놓았다. 경찰이 오기 전 백성일을 빼내려 한 천성희만 답답해 속을 끓였다.

"과장님, 도대체 무슨 일을 벌인 거예요?"

무슨 까닭인지 듣고 싶지도 않았지만, 천성희가 할 수 있는 말은 이것뿐이었다. 백성일이 대답 없이 어색한 미소만 짓는 사이 형사들이 노덕기의 집으로 들어왔다.

"신고 접수 받고 왔습니다!"

천성희는 심장이 덜컥 떨어지는 느낌이었다. 건장한 체격의 형사 둘은 들어오자마자 신고 접수자를 찾았다.

"사기 신고 접수하신 분이 누구예요?"

천성희는 입을 열 수 없었다. 지금 사기꾼을 고발하면 백성일까지 함께 잡혀갈 수밖에 없는 상황이었다. 하지만 양정도의 복잡한 표정과 백성일의 낙심한 표정을 끝으로 둘의 손목에 수갑이 채워졌다. 막상 백성일이 형사에게 이끌려 잡혀가는 걸 보는 건 괴로웠다. 대기하던 승합차에 둘을 태울 때까지 천성희는 자신이 한 행동에 확신이 서지 않았다. 그때 형사는 천성희를 보더니 이제야 생각났다는 듯 물었다.

"상황은 어떻게 아셨어요?"

"아, 그냥 어쩌다가…… 근데, 저분도 피해자시거든요? 저희 과장님이신데!"

"그건 저희가 조사해보면 다 아는 거고요. 일단 같이 가시죠. 최초 신고자시니까."

천성희가 백성일을 가리키며 더 자세히 결백을 말하려 했지만 형사가 말을 잘랐다. 차에 올라탄 천성희 뒤로 노덕기가 잠시 머뭇거렸다. 피해자 진술을 위해 경찰서로 동행해야 하는데, 집에 가져다 둔 현금을 걱정하는 중이었다. 머뭇거리며 결정을 못 내리는 노덕기를 형사가 이끌었다.

"얼마 안 걸려요. 타세요, 빨리."

밀어넣듯 노덕기를 태우고 차가 출발했다.

"내가 사길 당했다 안 카나! 뭐라꼬? 야, 이 여편네야! 남편 괜찮은질 먼저 물어봐야지! 돈 얼마 날렸는질 그걸 먼저 물어보나? 이놈의 여편네! 니, 그 어데야? 니 또 화투 치재? 이게 또 어디서 거짓말을 해쌌노! 틈만 나면 화투만 쳐쌌고 니 들어오기만 해봐라! 그냥 아주 손모가지를 확 뿌사뿔끼다! 뭐? 찜질방이라꼬? 패 섞는 소리가 여까지 다 들려!"

경찰서로 가는 동안 노덕기의 통화 소리만 요란하게 차 안을 울렸다. 목소리는 커졌어도 냉정과 여유를 되찾은 얼굴이었다. 반면 긴장에 취해 두려움이 젖은 듯한 백성일을 보는 천성희 얼굴에는 미안함이 깃들었다. 경찰서에 들어서자 형사는 뒤따라오는 천성희와 노덕기를 향해 몸을 틀어 말했다.

"천성희 씨, 노덕기 씨. 두 분은 여기서 잠깐 대기하셨다가 저희 애들 오면 간단하게 조서 몇 장 써주시고 귀가하세요."

백성일과 끝까지 가주지 못한 천성희는 안타까움을 느꼈다.

한편, 로비에서 조서 쓰기를 기다리는 노덕기는 여전히 통화를 하고 있었다.

"어, 그래. 사무실 별일 없지? 어, 그래. 좀 있다 갈 테니까 정리 잘해놓고 있어."

자신의 사무실로 확인 전화를 끊자마자 또 다른 곳에 전화를 걸었다. 자신이 아직 건재하다는 걸 알리고 싶어 근질근질한 모습이었다.

"어, 여보세요. 어! 내다, 노덕기. 어, 그래. 아, 여기 경찰서야. 아, 내가 사기를 당해가. 아이, 참말로. 재수가 없을라카네⋯⋯."

노덕기와 조금 떨어져 앉은 천성희 역시 휴대전화를 바라보고 있었다. 별생각 없이 스크롤을 움직이며 휴대전화에 저장된 이름들을 보던 천성희는 문득 이상한 점이 생각났다.

'내 이름 어떻게 알았지?'

천성희는 형사가 찾아와 경찰서로 오기까지의 과정을 복기했다. 아무리 생각해도 형사에게 자신의 이름을 알려준 적은 없었다. 짐작 가는 게 있어 천성희는 조금 전 백성일과 양정도가 끌려간 복도로 달렸다. 혹시나 싶었지만 역시나 양정도와 백성일은 물론, 형사들의 모습도 보이지 않았다. 천성희가 백성일을 뒤밟아 자신들의 일을 망치리라고 계산한 양정도가 또 수를 쓴 거다. 순간 백성일이 무사한 것에 대한 안심, 그리고 양정도를 경찰 손에 넘기지 못한 분함이 어지럽게 뒤섞여 감정을 흔들었다.

잠시 전 양정도, 백성일, 그리고 노덕기와 천성희가 경찰과 함께 떠나는 모습을 먼발치에서 보고 있던 조미주는 장학주에게 전화를 걸었고, 전화를 받은 장학주는 모두가 떠난 노덕기의 집에 몰래 들어갔다. 그리고 집에 들어가자마자 집에서만 입을 법한 편한 옷으로 갈아입고 텔레비전을 켰다. 장학주가 소파에 앉아 편하게 쉬는 자세를 잡고 얼마 뒤 누군가 현관을 향해 다가오는 소리가 들렸다. 천성희가 신고를 받고 찾아온 경찰들이었다.

"안녕하십니까. 사기 사건 접수돼서 왔습니다."

의아한 표정으로 문을 열어주는 장학주의 모습은 누가 봐도 집에서 휴식을 즐기는 중년 남성이었다. 안쓰럽다는 듯 말을 붙였다.

"사기유? 그런 일 없는디? 아이구, 이거 장난전화 받으셨나보네그려."

누가 봐도 당연한 집주인의 모습이었으니 경찰은 장학주의 말을 의심하지 않았다. 황당해하며 돌아가는 경찰의 뒷모습을 보던 장학주 얼굴에 웃음꽃이 피었다. 멀리 경찰이 사라진 후, 노덕기의 집에서 나서는 장학주의 손에는 노덕기가 인출한 돈이 든 가방이 그대로 들려 있었다. 밖에서 자신을 위해 차를 대기해놓고 기다리는 조미주를 발견한 장학주가 히죽히죽 웃어 보였다. 돈 가방 안을 확인한 둘은 서둘러 그곳을 빠져나갔다.

한편 형사들과 경찰서 강력반 복도를 걷는 백성일은 공포에 질린 얼굴이었다. 형사들에게 이끌려 고개를 숙이고 걷는 다른 피의자의 모습이 자신과 겹쳐 보였다. 양정도는 지금 상황이 단지 귀찮은 일이 생겼다는 듯 대수롭지 않게 말했다.

"무서워요? 그냥 아까 도망가시지. 왜 도망 안 가셨대?"

"쪽팔리잖아. 나만 쏙 빠지면."

이제 와서 뭘 어쩔 수 있는 노릇도 없고, 낙담한 백성일이 말했다. 그런 백성일을 보며 양정도는 이 상황에서도 옅은 웃음을 지어 보이며 말했다.

"이야, 사람 괜찮네."

백성일과 양정도는 형사들에게 이끌려 뒷문으로 향했다. 강력반 조사실이 아닌 야외 주차장으로 나올 때까지 상황 파악을 못 한 백성일은 여전히 초조한 모습이었다. 피곤한 표정의 백성일과 달리 산뜻한 미소를 머금은 양정도가 형사들을 향해 가벼운 말투로 말했다.

　"술 살게. 들어가."

　"됐어, 인마. 전화해."

　느닷없이 형사들과 서로 반말로 대화하는 양정도를 보자 백성일은 혼란스러웠다. 이게 무슨 일인지 가늠을 못 할 때 고급 승용차 한 대가 그들 앞으로 다가와 섰다. 운전석에서 내린 사람은 천지연이었다.

　"타요. 시간 없으니까."

　백성일과 양정도가 올라타자 차는 가볍게 달리기 시작했다. 차 뒷좌석에는 뭔가 대단히 마음에 안 든다는 얼굴을 한 노방실이 앉아 있었고, 그런 노방실을 보고도 양정도는 실룩대며 수갑이 채워진 손을 내밀었다. 노방실이 노기 어린 한숨을 내쉬며 양정도에게 열쇠를 건넸다. 영문을 알 수 없는 백성일만 답답해했다. 백성일이 물었다.

　"이게 도대체 어떻게 된 거야, 지금?"

　"어떻게 되긴요, 사기 친 거지."

　대답하는 양정도의 얼굴에 미소가 번졌다. 하나둘 퍼즐을 맞춘 백성일 입가에도 미소가 번졌다.

　"야, 야…… 깜짝 놀랐네. 진작 얘기를 해줘야지!"

　"재밌죠? 이게 사기야."

　들뜬 양정도가 빙글빙글 웃으며 말했지만 노방실은 여간 불편한

144

게 아니었다. 마진석을 엮으려고 꾸린 팀 외에 외부인이 많이 끼는 건 조짐이 좋지 않았다. 심기가 불편한 노방실만 눈살을 찌푸렸다.

경찰서까지 갔다 돌아온 노덕기가 캔맥주를 뒤엎듯 종이컵에 따랐다. 자신이 마진석의 부동산 선생이라는 이유로 빌미를 잡아 함께 마진석을 속이기 위해 같은 편으로 끌어 들여 이런 일을 꾸몄다는 사실을 알고는 감정 조절을 못 하는 모습이었다. 맥주를 들이켜는 노덕기 앞에 노방실과 조미주, 장학주, 정자왕, 최지연, 백성일 그리고 양정도가 앉아 있었다.

"돈 돌려받고 싶으모 조용히 입 닥치고 있으라 이기가, 지금?"

돈의 행방을 들은 노덕기는 열심히 머리를 굴렸다. 지금 상황이 어떤지 대강 파악된다는 얼굴이었다. 그런 생각을 알았는지 양정도가 말했다.

"저흰 증거를 안 남기니까 형사는 어려울 거고, 민사는 우리 사모님 화투 끊게 하는 게 더 빠를걸요? 쉽게 가시죠. 돈 나고 사람 났지, 사람 나고 돈 났습니까? 안 그래요?"

대답하지는 않았지만, 씁쓸한 노덕기의 얼굴에서 어떤 결정을 내렸는지 짐작할 수 있었다. 마진석을 털어낼 첫 단계가 순조롭게 끝난 거다. 작은 성공을 나누며 앞으로 진행할 일을 점검하고자 냉동 창고에 모였을 때, 또다시 초대하지 않은 사람이 들어왔다.

"저랑 얘기 좀 해요."

성난 표정의 천성희가 백성일을 똑바로 바라보며 말했다. 당황한 백성일이 쭈뼛대며 자리에서 일어섰다. 둘을 바라보는 노방실의 표정이 좋지 않았다. 노덕기를 끼워 판을 짤 때도, 형사 역할을 맡길 사람이 필요했을 때도 드러났던 불편함이었다. 노방실은 근심을 그대로 말로 뱉었다.

"이 판에는 왜 이렇게 잡상인이 많이 껴드니. 어디 불안해서 일하겠나."

9
각자의 방법

천성희와 백성일은 작은 식당에 마주하고 앉았다. 지금까지 있었던 일을 모두 털어놓은 백성일은 사탕을 훔치다 엄마에게 걸린 아이처럼 천성희의 눈치를 살폈다. 천성희는 말없이 불판에 익어가는 고기만 가만히 뒤집었다. 못 참고 백성일이 먼저 입을 열었다.

"왜 말이 없어…… 내가 전후 상황을 다 얘기했잖아. 그럼 네가 뭔가 반응을 보여야지."

"하지 마세요. 그거 하지 마시라고요, 절대."

"그래, 뭐. 사기 쳐서 체납세금을 받는다는 게 말이 안 되지. 네가 그렇게 반응하는 게 당연해. 공무원이 그러면 안 되지…… 근데, 성희야."

변명이라도 하려는 백성일의 말을 천성희는 단칼에 끊고 말했다.

"공무원 본분이다 뭐다, 법에 어긋난다, 제가 지금 그런 말 하려는 거 아니고요. 과장님 다치실까봐 그래요. 그러니까 하지 마시라고요. 예? 마진석이 과장님 인생을 걸 만큼 중요한 사람 아니잖아요!"

백성일이 사기꾼 양정도와 어울리는 게 불안한 천성희가 백성일을 어르기도 하고 달래기도 했다. 하지만 꿈쩍도 않는 백성일의 대답은 한결같았다. 더 이상 지켜볼 수가 없었다. 천성희는 백성일에게 약속을 걸었다.

"과장님, 만약에…… 제가 마진석 체납세금, 57억7천만 원. 그거 다 받아오면 과장님 어떡하실 거예요? 여기서 그만할 수 있어요?"

"성희야. 그거 안 국장이 대놓고 커버 쳐주고 있잖아. 그거 다 못 받아. 그걸 네가 어떻게 받아? 말도 안 되는 소리 좀 하지 마."

천성희는 시작도 하기 전에 안 된다고 하는 백성일에게 화가 났다. 하지만 백성일을 위해서라도 반드시 마진석의 체납세금을 받아내고 말겠다고 큰소리를 쳤다.

"제가 한번 해볼게요. 57억7천만 원. 싹 다 받아 온다고요, 내가."

천성희는 그 한마디를 남기고 자리를 일어서 나왔다. 밖은 벌써 어둑어둑했다. 식당 앞에는 기다리고 있었던 게 분명한 양정도가 쪼그리고 앉아 있었다. 천성희를 발견한 양정도는 어색한 미소를 지으며 다가왔다.

"술 하네?"

"배웠어."

말이 겉돌았다. 양정도는 정작 하려던 이야기를 꺼내지 못했고, 둘의 빙빙 도는 대화가 계속 이어졌다.

"언제 공무원 된 거야? 원래 미술 했잖아."

"너랑 그런 일 겪고 나니까 추상적인 게 싫어지더라. 확실하잖아, 공무원은."

"백성일, 저 아저씨랑은 많이 친한가봐?"

"솔직한 분이거든, 우리 과장님은. 너랑은 좀 달라, 많이. 그래서 좋아해."

대답하는 천성희의 얼굴은 차갑게 웃고 있었다. 그러고는 양정도를 향해 거친 말을 뱉었다.

"우리, 앞으로는 어디서 우연히 마주쳐도 말 섞지 말자. 비위 상한다."

다음 날, 천성희는 단단히 마음을 먹고 강노승에게 다가갔다. 백성일을 자신의 힘으로 구하겠다는 결심을 다시 한번 다짐하며 강노승에게 도움을 청했다. 자신이 알고 있는 걸 모두 말할 수는 없었지만, 폭행과 뇌물을 받았다는 혐의를 받고 있는 백성일을 구해야 한다는 말에는 동감했다. 결국 강노승은 세금징수 2과와 3과 조사관들을 모아 마진석의 자료를 함께 살폈다.

"집중해봐. 마진석이. 지방세 5억2천, 국세 52억5천. 총 57억 7천짜리 고액 체납잔데 우리 지금부터 이놈 털러 간다. 이놈 보통 놈 아니니까. 아주 독종이라고, 그니까 다들 마음 단단히 먹고. 권리는 누리면서 의무는 쌩까는 이런 버러지 같은 인간! 우리가 한번, 제대로 한번 밟아주자! 알았지?"

강노승의 말이 끝나고 세금징수국 직원들은 바로 행동에 들어갔다. 마진석의 건물 입구에 도착하자마자 마진석 소유로 알려진 차에 족쇄를 채웠다. 그사이 다른 인원은 건물 안에 들어가기 위해 몸싸움을 벌였다. 마진석의 건물은 이미 검은 양복을 입은 수많은 보안 요원들이 입구를 막고 있었다. 굳게 닫힌 유리문을 있는 힘껏 밀어봤지만 소용 없었고, 공무집행 방해라며 협박도 해봤지만 들은 척도 하지 않는 사람들이었다.

심지어 마진석의 부모형제를 찾아가도 모두 마찬가지였다. 온 가족이 뻔뻔함으로 철갑을 두르고 있었고, 오히려 경멸의 눈빛으로 천성희를 바라봤다. 명의 돌리고 재산 빼돌린 사실을 추궁했지만 공허했다. 뻔뻔하다 못해 당당한 그들의 모습에 분노가 치밀었다. 밀쳐지고 떠밀리고, 결국 아무것도 징수하지 못한 천성희의 표정에 독이 올랐다. 그들의 행동은 불법 행위가 틀림없는데 자신이 할 수 있는 건 아무것도 없다는 게 참기 힘들었다. 대뜸 휴대전화를 꺼내 마진석에게 전화를 걸었다.

"마진석 씨? 시청 세금징수3과 천성…… 아니, 됐고. 내 말 잘 들어요."

마진석이 대답을 하는지 안 하는지 중요하지 않았다. 천성희는 정리되지 않는 감정이 폭발해 막말을 토해냈다.

"내가 너 검찰에 고발할 거야. 평생 감방에서 썩고 싶지 않으면 세금 내, 이 새끼야!"

천성희의 통화 내용에 놀란 세금징수국 직원들은 어찌할지를 모르고 우두커니 자리에 멈춰 서버렸다. 마진석에게 주먹을 날린 백성일과 달리 천성희 눈빛에는 후회가 없었다. 이 정도로 포기할 일이라면 시작도 안 했을 일이었다. 과장 선에서 처리할 수 없다면 더 윗선의 도움을 받아야 한다고 생각했다. 천성희는 국장 안태욱에게 찾아가 도움을 요청했다.

"도와주세요. 국장님. 마진석 그 사람 검찰 고발하면요, 체납세금 다 한 번에 징수할 수……."

"모든 일엔 절차라는 게 있어. 너처럼 그렇게 절차 무시하고 일 진행했다간 될 일도 안 돼요."

천성희 말이 끝나기 전에 말을 자르고 안태욱이 말했다. 의자에 기대 빙빙 돌며 말하는 안태욱의 모습에서 진지함이라고는 찾을 수 없었다. 천성희는 다시 한번 간절함을 담아 이야기했다.

"저 아시잖아요, 국장님. 절차 지키겠습니다."

"벌써 절차 다 어겼으면서 또 무슨 절차? 마진석 그 사람하곤 상관도 없는 사람들 찾아가서 차에 족쇄 채우고! 난동 피우고! 영업 방해하고! 그러고 다녔으면서 또 무슨 절차?"

"국장님. 저요, 마진석 체납세금 꼭 받아야 되거든요? 도와주세요, 국장님. 부탁드리겠습니다."

"천성희. 네가 지금 이 상황에서 나한테 해야 될 말은 '도와주세요, 부탁드립니다'가 아니라, '잘못했습니다. 다신 그러지 않겠습니다'야. 알았어?"

원망의 눈빛이 서린 천성희를 보면서도 안태욱의 표정에는 변화가 없었다. 천성희는 감정을 누르고 다시 생각을 정리하기 시작했다. 이 정도에서 물러서지 않겠다고 다짐하며 국장실을 나왔다. 반드시 마진석의 체납세금을 받아내겠다는 의지는 조금도 변화가 없었다.

그사이 냉동 창고에서는 마진석의 자료를 잔뜩 쌓아놓은 채 양정도의 브리핑이 한창 진행되고 있었다.

"기획 부동산! 한마디로 부동산을 기획하여 이윤을 추구한다! 뭐 이런 건데. 일단 저희 기획부터 말씀드릴게요. 단순해요. 뭐, 복잡하게 갈 필요 있나? 사건데. 화성시 봉평읍 우정면 화도리 23-1번지. 이 땅 팝시다. 마진석이 그놈한테."

지도를 보며 설명을 시작하자 모두 귀를 쫑긋 세웠다.

"공시지가 10,200원짜리 화도리 땅 2만 평. 예를 들어서 내가 아들을 낳고, 그 아들이 아들을 낳고, 아들이 아들을 낳고, 또 아들을 낳아도! 한 500년, 600년? 아무튼, 그 긴 세월이 흘러도 절대 재개발 될 일 없는 화도리 땅 2만 평! 우린 이 땅을 마진석 님에게 매매할 겁니다. 기획 부동산."

양정도는 재미있는 장난을 꾸미는 것처럼 천진난만한 얼굴을 하고 있었다. 실패할 걱정은 조금도 없다는 얼굴로 말을 이었다.

"시공비, 판공비, 업무추진비 뭐, 견적으로 봐선 크게 한두 장 정도면 될 거 같고. 매매가는 내가 말한 60억. 첫 삽부터 제대로 뜨려면 우리 여사님 역할이 중요한데. 그 바닥에서 우리 빌딩 도사님 한마디면

중풍 걸린 할아버지도 벌떡 일어나서 땅을 산다던데. 맞아요?"

애초부터 양정도가 가지고 있던 자신감의 근본은 노방실과 함께 계획을 짜고 있다는 점이었다. 한때 빌딩도사로 불렸던 노방실의 입김이라면 제아무리 의심이 많은 마진석이라고 해도 흘려듣고 넘길 수 없을 거라는 계산이었다.

"노 여사님이 이 땅 매입하시고 마진석한테 미끼 던지세요."

노방실은 대답을 안 했다. 자신에게 책임이 집중되는 이 계획이 썩 마땅치 않았다. 노방실의 표정을 알면서도 양정도는 미소를 띠며 말을 이었다.

"이 땅이 금싸라기 땅이다, 이번에 재개발되는 화도리 뉴타운 부지에 땅만 잘 사두면 삼대가 먹고 산다, 이런 소문 흘리시라고. 그럼 마진석이 여사님 찾아갈 거고, 우린 그때부터 공사 시작. 어때요?"

양정도의 계획을 곰곰이 고민하며 자신의 사무실로 돌아가는 길에서도 여전히 감이 좋지 않던 노방실이었다. 오랜 세월 일군 부동산 안목에 대한 자신의 명성을 이제 겨우 애송이 티를 벗은 사기꾼 계획 때문에 버려야 하는지도 고민이었다. 고민하다보니 사무실에 도착했다. 그리고 때마침 자신을 기다리는 손님을 보자 노방실은 결심했다. 이제 여기서 끝내야 한다고.

다음 날 화도리에서 양정도와 노방실이 만났다. 아무리 세월이 지나도 오를 가능성이 없는 황무지, 그곳에서 최지연은 땅 2만 평을 여덟 개의 명의로 쪼개 양정도에게 건넸다. 빠른 일 처리에 감탄한 양정도는 최지연에게 감사를 건넸다. 싱글벙글한 양정도에게 노방실이 조용히 말했다.

"난 이쯤에서 손 털려고. 형사 왔다 갔어. 네가 노덕기한테 공사 친 거 다 아는 눈치던데?"

'손 턴다'는 노방실의 말은 양정도에게 청천벽력과도 같았다. 여기서 노방실이 없으면 이 땅은 아무 쓸모없는 땅이었다. 노방실의 권위를 빌려 마진석에게 믿음을 준다는 계획이 근간부터 무너지는 일이었다.

"아무리 그래도 그렇지, 여기서 여사님이 빠지면 마진석한테 미끼를 누가 던져요? 마진석 코는 누가 꿰어서 오냐고요, 노 여사님 아니면."

"노덕기. 마진석 부동산 선생이잖아."

"아니, 연기도 안 되는 사람 데려다가 뭘 해요. 그리고 프락치한테 일 많이 주면 안 된다니까. 배 갈아타요."

"그럼 이쯤에서 판 접자. 냄새가 너무 구리다."

"안 돼요. 끝까지 갈 거예요, 저는."

양정도와 대화하던 노방실의 눈빛이 변했다. 각본이 찜찜한 것도 있지만, 무엇보다도 이 일을 추진하는 양정도에 대한 의심이 처음보다 몇 배나 더 증폭돼 물었다.

"너, 이 일 하는 진짜 다른 이유 있지? 왕 회장님 같은 분이 너 같은 양아치 뒷배 봐주는 것도 그렇고, 수상한 게 한두 가지가 아니야. 뭐니, 이 판 설계한 진짜 이유가?"

속을 알 수 없는 놈이었다. 양정도를 처음 봤을 때 수화기 너머에서 왕 회장의 생명의 은인이라고 말했던 김 전무의 목소리가 떠올랐다. 두 번이나 생명을 구한 은인이라며 물심양면으로 도와주라는 부탁이 있긴 했지만, 노방실은 이 찝찝한 판에서 같이 춤추고 싶지 않았다.

　　"우리 전남편이 그러더라. 한 번 갔다 온 놈이랑은 만나도 노총각이랑은 만나지 말라고. 노총각은 속을 알 수가 없대. 네가 딱 그래. 속을 알 수가 없어. 이 땅은 너 가져. 작별 선물이라 치지, 뭐. 닭살 돋지만."

　　그 자리에서 망연자실한 양정도를 두고 노방실과 최지연은 차를 타고 떠나버렸다. 양정도는 노방실의 말을 곱씹으며 생각해봤다. 형사라고 하니 짐작 가는 인물이 있기는 했다. 출소하고 아버지 면회를 간 날 연락왔었던 사람, 아버지의 옛 동료면서도 가장 먼저 아버지 손목에 수갑을 채운 사재성이 뭔가 쑤시고 다니는 느낌이 들었다. 한방 얻어맞은 기분으로 돌아온 집에 마침 그 사재성이 찾아왔다. 양정도의 뒷조사를 했는지 지금 진행되고 있는 작업의 윤곽을 짚어내는 것으로 봐서 이대로 진행하는 건 어려우리라 판단했다.

　　판을 다시 짜야 했다. 남은 사람들에게 연락해 다시 장학주의 냉동창고로 모였다. 노방실의 도움으로 엮는 게 안 된다면 마진석의 다른 관심사인 골프로라도 먼저 엮어내야 했다. 대강의 설계를 마친 양정도는 조미주에게 마진석의 단골 스크린 골프장에 취업을, 정자왕에게는 스크린 골프 기기를 해킹해 결과를 조작할 수 있는 USB장치와 리모컨을 준비시켰다. 그리고 장학주에게 수리기사인 척해 USB장치를 컴퓨터에 연결하는 일을 맡겼다.

"캐디 준비됐고, 리모컨 준비됐고. 남은 건 선순데……."

그때 양정도는 열심히 뭔가를 적고 있는 백성일을 바라봤다. 양정
도의 시선을 따라 조미주와 장학주, 정자왕의 눈길까지 백성일에 모
아지자 그제야 무언가를 느낀 백성일이 고개를 들었다. '왜 날 보냐'는
표정이었지만 암묵적으로 이미 모두가 같은 생각을 하는 듯했다. 백
성일은 골프 특별 훈련에 들어갔다.

10
체납자

안 좋은 전화가 왔다. 아니, 안 좋은 일을 미리 알려주며 조심하라는 전화이니 좋은 전화라고 해야 할까. 서원시청 세금징수국에서 자신의 집에 압류 스티커를 붙이러 출발했다는 전화에 마진석은 기분이 상했다. 일단 모든 일정을 미루고 잡고 있던 자동차 핸들을 집 방향으로 틀었다. 그리고 아내에게 전화를 걸었으나, 어디서 뭘 하는지 연락이 되지 않았다. 몇 번이나 신호만 가고 받지 않던 전화가 겨우 연결되자 화부터 냈다.

"야! 너 왜 전화 안 받아. 너는 내가 몇 번을 전화했는데. 시청 애들 오고 있다고, 지금! 세금 받으러!"

마진석은 아내에게 앞으로 해야 할 일들을 설명해줬다. 아파트 보안실에 연락해 일단 입구를 막고, 돈 될 만한 물건을 숨기라고 시켰다. 이런 마진석의 말에 아내는 불안해했다. 찾아내서 가져가면 어떻게 하냐고 걱정하는 말에 버럭 소리를 지르며 단단히 일렀다.

"걱정하지 말고 시키는 거나 해봐. 좀 있음 해 질 거 아니야! 해 지면 현행법상 가택수색 못한다고! 오케이? 잘 짱박아놓고 해 질 때까지만 버티고 있어! 금방 갈 거니까!"

마음이 급해지자 운전이 거칠어졌다. 급히 도착한 집에서는 이미 세금징수국 직원들이 압류 스티커를 붙이고 있었다. 어디 이런 거지 같은 것들이 함부로 남의 집에 와서 행패를 벌이나 싶었다. 열불이 났지만 침착하게 대응했다. 이 주제 파악 못 하는 놈들에게 한마디해주려는데 고릴라 같은 몸에 멧돼지처럼 사나운 놈이 끼어들었다. 그리고 말이 몇 마디 오고 가는 사이 마진석 눈앞에 불꽃이 튀었다. 순식간에 일어난 일이라 마진석은 저 거지같은 놈이 자신에게 주먹질까지 했다는 걸 잠시 뒤에야 깨달았다. 본인 앞에는 주먹질을 해놓고 당황해서 어쩔 줄 모르는 놈의 모습이 보였다. 그 모습을 보니 어처구니가 없어 실소가 흘렀다. 일을 저질러놓을 줄만 알지, 책임질 줄 모르는 것들. 마진석 눈에 비친 백성일은 딱 그런 종류의 인간이었다.

세금징수국이 한바탕 소란을 피우고 돌아간 뒤 곰곰이 생각하니, 마진석 입장에서는 오히려 폭행당한 게 더 유리했다. 약점을 잡은 거였다. 덕분에 일이 쉽게 풀릴 거라는 생각이 들었다. 심지어 늦게 학교를 마친 딸 마중을 갔다 돌아오던 때, 우연히 백성일을 다시 만난 것도 행운이었다. 그리고 가만 생각하면 백성일을 군이 적으로 만들 이유가 없었다. 마진석이 일을 맡기는 세무사 조상진과 백성일이 선

후배 사이라니 잘 구슬려 자기 편으로 만든다면 더없이 든든한 아군을 얻는 셈이었다.

비록 집까지 찾아와 소란을 피우고 주먹을 휘두른 백성일이지만, 마진석은 통 크게 용서하고 잘 지내볼 생각으로 식사 자리를 마련했다. 하지만 선물로 자동차까지 준비한 성의를 무시하는 백성일을 보면서 마진석은 생각을 고쳤다. 정의니 윤리니 하면서 온갖 착한 척을 다 하는 백성일에게 진짜 세상이 어떤 곳인지 똑똑히 알려주겠다고 마음먹었다.

마진석은 세금징수국 안태욱 국장에게 부탁해 백성일을 골프장으로 불러냈다. 그저 사과나 받아낼 생각이었고, 더하자면 어디 또 마음대로 까불며 덤벼보라는 조롱을 날릴 셈이었다. 얌전히 꼬리를 말고 사과하리라 기대했던 것과 달리, 백성일은 오히려 다시 덤벼들었다. 마진석은 백성일을 이해할 수 없었다. 더 좋은 결과가 보장된 꽃길을 두고 왜 힘든 길을 택하는지 아무리 생각해도 이해할 수 없었다. 계속 그렇게 똥통에서 뒹굴다 죽을 인간이라고, 마진석은 그렇게 생각했다. 폭행한 것을 빌미로 징계받게 해서 옷을 벗기면 끝날 인생, 가만히 앉아 기다리다보면 제풀에 꺾여 쓰러질 인생이었다. 그러면 더 이상 자기 인생에 끼어들 일도 없고 자신은 지금처럼 계속 행복하게 살면 될 일이었다.

그렇게 자신과 다른 세상에 살기에 다시는 볼 일이 없을 줄 알았던 백성일을 또다시 마주친 건 스크린 골프장에서였다. 자리 잡고 공을 칠 준비하는 사이 장내에 웅성거림이 들렸다. 누군가 '알바트로스'를 첬다며 우르르 몰려가 구경하고 있었다. 무슨 일인가 살피자 눈에 들어온 건 골프와 참 안 어울리게 생긴 백성일이었다. 마진석과 눈이 마주친 백성일이 먼저 알은체했다.

"아아…… 여기서 이렇게 만나네. 신기하네. 내가 눈이 잘 안 보여가지고…… 아, 깜짝 놀랐네, 아주."

"뭘 그렇게 어색하게 놀라요. 볼도 치시나봐? 볼링공으로 당구 치게 생겨가지고."

"예. 중년 남성들의 작은 취미죠, 뭐."

"작은 취미는 얼어죽을…… 됐고. 볼이나 쳐요."

마진석은 백성일이 싫었다. 주제넘게 같은 공간에 함께 있다는 것도 마음에 들지 않았다. 백성일이 공 치는 모습은 꼴불견에 가까웠다. 엉성한 자세처럼 성적도 형편없었다. 백성일의 화면에서 '더블 보기, 트리플 보기, 페일, 페일, 페일!'만 연달아 올라왔다. 민망한 실력을 보고 있자니, 조롱이 뒤섞여 말이 나왔다.

"애는 잘 커요? 세상 참 평등해졌어. 그렇죠? 이젠 개나 소나 다 골프 친다고 깝치고. 잘사는 애들이나 못사는 애새끼들이나, 같은 선생 밑에서 교육받고. 평등…… 이게 좋은 게 아닌 건데, 정말. 멍청한 사람들이 진짜. 격 떨어지게, 정말."

마진석의 말을 듣고 화가 났는지 백성일의 손이 멈췄다. 마진석은 이러지도 저러지도 못한 채 부들부들 분노를 삭이는 백성일의 모습을 힐끔 훔쳐보고는, 그러거나 말거나 일부러 혼잣말을 계속했다.

"사람이 분수를 알아야지, 분수를…… 꼭 못사는 것들이 와가지고

160

잘사는 사람들 다 따라한다고 난리야. 거지 새끼들이. 거지 근성을 못 버려요."

백성일의 눈빛이 사나워졌다. 마진석은 자신을 노려보는 백성일의 눈빛이 느껴졌지만, 그렇게 쳐다봐서 뭘 어쩌려는 거냐는 마음이 들었다. 마진석 눈에 백성일 같은 사람은 마음껏 조롱하고 비아냥거려도 어쩌지 못할 비루한 인생이었다.

"어떻게 공을 못 쳐. 딸내미나 아빠나 뭐 하나 잘하는 게 없나봐, 그쪽 집안은. 사람이 분수에 맞게 살아야지."

이어진 마진석의 말에 결국 백성일이 다가왔다. 벌겋게 달아오른 얼굴로 마진석을 도발하기 시작했다.

"야, 마진석! 뭘 이렇게 남자가 주절주절 말이 많아. 너 나랑 내기 골프 한판 치자."

무슨 큰 결심이라도 한 것처럼 도전하는 백성일의 모습에 마진석은 가소로움을 느꼈다. 이런 핑계, 저런 핑계로 하루 벌어 하루 사는 주제에 자존심은 또 강해서 이렇게 무턱대고 덤비는 인간은 피곤했다.

"내가 너랑 왜 쳐야 되는데? 너 내기할 돈은 있니? 돈도 없는 거지 새끼가 어디서 깝치고 있어."

"어, 나 돈 없는데 내가 차가 좀 필요해. 공무원이라 뇌물은 못 받겠고 돈 따서 차 좀 사자. 할 거야, 말 거야?"

백성일의 말에 웃음이 나왔다. 애당초 성립이 안 되는 게임을 말하고 있었다. 지면 차를 빼앗기고 이기면 아무 보상도 없는 게임을 마진석이 할 이유가 없었다. 말 같지도 않은 소리라 무시하려던 차에 백성일은 거부하기 힘든 조건을 내세웠다.

"내가 지면 너 포기할게. 너 놔줄게. 어때?"

그 말을 듣는 순간 마진석의 눈이 반짝 빛났다. 충분히 매력적인 제안이었다. 게다가 옆에서 지켜본 백성일의 볼 치는 꼬락서니를 생각하면, 자신이 질 확률은 없었다. 다시 한번 백성일에게 확언을 받아 낸 뒤 게임을 승낙했다. 쓸모는커녕 거추장스럽기만 한 자존심 때문에 망하는 건 이런 사람들이 특징이라고 생각했다. 마진석은 한 홀당 100만 원을 걸고 게임을 시작했다.

결과에 자신만만했던 마진석의 기대와 달리 게임을 시작하자 백성일이 발군의 실력을 발휘했다. 힘만 잔뜩 준 엉성한 자세는 조금 전 그대로인데 신기하게도 공은 시원하게 뻗었다. 적어도 마진석의 눈에는 그렇게 보였다. 돈이 걸린 게임을 할 때 필사적인 사람들이 간혹 있긴 하지만, 이렇게 실력이 늘어나는 경우는 본 적이 없었다. 게다가 더 이상한 건 컨디션이 나쁜 것도 아닌데 자신이 치는 공은 계속 엉뚱한 곳으로 빠지고 있다는 거다. 두 판을 내리 진 뒤 냉정히 생각하니 뭔가 수상한 게 느껴졌다. 혹시나 싶어 카운터 쪽을 쳐다봤는데 새로 온 직원이 자신과 눈을 마주치고는 당황하는 모습을 보였다.

"야, 스톱. 너 가만 있어봐."

혹시나 싶어 카운터로 달려가 이들이 짜고 기계 조작하는 걸 의심해 살펴봤지만 증거를 잡을 수 없었다. 더 이상의 게임은 속만 더 쓰리게 할 뿐이었고, 결국 마진석은 게임을 포기했다. 집에 가기 전 화장실에서 손을 씻는데, 백성일이 말을 걸었다.

"쓰려요?"

"적선했다고 치지, 뭐. 몇 푼 된다고."

편한 마음은 아니었지만, 그렇다고 큰돈을 잃은 것도 아니었다. 다시 각자 원래의 세계로 돌아가면 금방 잊을 돈이라고, 그렇게 생각하고 있던 마진석에게 백성일이 은근히 친한 척을 하며 자꾸 말을 붙였다.

"그래요. 국가에 적선했다 쳐. 오늘 저녁에 스케줄 어떻게 되세요? 술이나 한잔합시다. 돈 딴 기념으로다가."

"술 안 좋아하는데."

"그럼 식사하시든가. 내가 돈 돌려드릴 테니까."

"뭐?"

"나 공무원이잖아. 재미로 친 거 죽자고 받기도 그렇고. 식사나 합시다, 같이. 미운 정도 정인데. 내가 밥도 사고 돈 돌려드릴게. 진짜. 가요, 갑시다."

감히 누가 누굴 동정하는지 어이가 없었는지 마진석은 혼잣말이 나왔다.

"저 거지 새끼 봐라."

불판 위에 놓인 소고기의 육즙이 보기 좋게 올라왔다. 마진석과 마주 앉은 백성일은 술을 들이켠 뒤 쌈을 크게 싸 입에 넣었다.

"고기 맛있네. 고기는 핏기만 가시면 바로 먹으면 돼, 이거. 왜 안 드셔? 맛있는데."

만족스러워하는 백성일과 달리 마진석은 표정이 좋지 않았다. 식사를 핑계로 무슨 할 말이 있는 것처럼 부르더니 열심히 고기만 먹고 있는 백성일의 모습도 보기 싫었다.

"사람도 불편하고, 냄새도 나고. 좀 그렇네……."

"고기 먹으면 냄새도 배고 그러는 거지. 사람 불편한 건 어쩔 수 없지만. 좀 드셔보세요. 예?"

탐탁하지 않은 마진석은 수저도 들지 않고 말꼬리를 늘려 심드렁하게 대답했다.

"그래요…… 많이 드세요."

마진석은 이 자리가 묘하게 불편했다. 빨리 이 자리를 정리하고 돌아가고 싶은 마음뿐이었다. 불만에 차서 용건만 말하라고 닦달하려는 찰나 백성일의 휴대전화벨이 울렸다.

"뭔 할 얘기 있는 것처럼 부르더니……."

"잠깐, 잠깐만. 중요한 전화라……."

"아, 저 돼지 새끼 정말."

볼수록 불쾌해 자신도 모르게 욕설이 튀어나왔다. 매너 없이 사람을 고깃집까지 끌고 와놓고 전화를 받으러 나간 백성일이 마진석은 마음에 들지 않았다. 통화를 시작한 백성일의 목소리가 발자국을 따라 문지방을 넘어 들어왔다.

"어, 김 계장! 얘기해, 얘기해. 아…… 돈 구하기가 너무 힘들더라고. 난 화성 뉴타운, 그거 진짜 너무 하고 싶지."

예의도 없고 체면도 없는 백성일이 통화하는 중에 마진석의 귀가 번쩍 트이는 단어가 들렸다.

'뉴타운?'

마진석은 자기도 모르게 백성일의 말에 귀를 기울였다. 집중해서 인지 백성일의 목소리가 점점 더 커지는 기분이었다.

"근데 여윳돈도 없고, 돈 구하기도 너무 힘들고. 맥시멈으로 해야 한 장인데, 그거 갖고 뭐 하겠어. 그래, 화성 뉴타운 그거! 그거 진짜 좋은 기횐 거, 나 잘 알지. 거기 돈 담그면 벤츠, 그거 몇 십 대 버는 거 아냐. 그렇지?"

'이놈 봐라?'

마진석은 자다가도 벌떡 일어날 만큼 부동산을 좋아했다. 수도 없이 보고 거래해왔으니 지금 들리는 이야기가 부분부분 들려도 지금 어떤 일이 벌어지는 건지 마진석은 단박에 알 수 있었다. 통화를 끝내고 들어오는 백성일의 얼굴 근육이 어색하게 굳어 있는 것이 마진석의 눈치를 보는 듯했다. 마진석 역시 마찬가지였다. 둘은 서로 처음 만난 사이처럼 어색하게 눈치만 살폈다. 먼저 말문을 연 건 마진석이었다.

"제가 본의 아니게 들었는데, 뭐 좋은 정보 있으신가봐?"

"아니, 아니에요. 신경 쓰지 마세요."

어쭙잖게 손까지 흔들며 부정하는 걸 보니 뭔가 있는 게 틀림없었다. 이런 쪽으로 발달한 마진석의 동물적 감각이 확실한 신호를 보내고 있었다. 마진석은 활짝 웃음을 머금고 다시 한번 물었다.

"좋은 거 있음 서로 공유하고 그럽시다. 내가 궁금해서 그래요."

백성일은 머뭇거리며 조금씩 말을 풀었다. 화성시에 일하는 후배가 있다며 이미 전화로 다 들은 내용만 감질나게 오물거렸다. 답답한 마진석이 추궁하듯 물었다.

"과장님. 나 사업가야. 비밀 유지가 생명! 알잖아. 화성시청 후배가 뭐?"

갈등하던 백성일이 조금씩 이야기를 풀기 시작했다. 마진석이 예상한 바로 그것이었다. 화성시청 도시개발과에서 일하는 후배가 내부 정보로 재개발 지역을 미리 알게 됐고, 재개발 발표 나기 전 땅을 미리 사둔 뒤 발표가 나면 되팔아 차액을 거두자는 내용이었다. 이야기를 다 들은 마진석이 가장 중요한 내용을 물었다.

"그래? 수익은 몇 프로까지 본다는데?"

"수익 다섯 배."

마진석은 웃음이 터졌다. 손가락 다섯 개를 펴며 큰 비밀을 말해준다는 듯한 백성일의 진지한 얼굴에 웃음을 참을 수 없었다. 이런 어처구니없는 수익률을 있는 그대로 믿는 백성일을 보니 애잔한 마음까지 생길 지경이었다.

"다섯 배? 개소리하고 있네. 요즘 다섯 배가 어디 있어?"

"아이, 참. 아님 마는 거지. 내가 얘기 안 한다고 했잖아요. 친한 동생인데…… 공무원인데 그걸 모를까."

자신만만한 백성일을 보면서 마진석은 생각했다. 해당 지역 도시개발과 직원이라면 정말 극비리에 이런 정보를 유통할 수 있을지도 모를 일이라고, 그러니 확인해볼 가치는 있는 일이라고 여겨졌다. 화장실을 핑계로 자리를 피한 마진석은 노덕기에게 전화를 걸었다. 얼마간 수신음이 들린 뒤 노덕기의 목소리가 들렸다.

"진숙아! 안 그래도 내가 전화할라 캤는데."

"혹시 화성 뉴타운 찌라시 들은 거 있어요? 아니, 수익률이 다섯 배라는데. 말이 되나 싶어서."

"그길 네가 우예 아노? 내도 지금 큰 거 한 장에 넘겨받은 정본데!"

노덕기의 말에 마진석은 가슴이 뛰기 시작했다. 백성일이 한 말이 전혀 근거 없는 소리는 아닌 모양이었다. 이상하다는 생각이 들면서도 이어지는 노덕기의 호언장담에 계속 관심이 생겼다.

"그기 노다지란다! 황금알을 낳는 거위 아나? 바로 그기다 돈 쎄리 박으라! 그라기마 하모 인마야! 니캉 내캉 돈 베개 비고! 돈 이불 덮고! 돈 츤장 보믄서, 그리 잘기다. 땅 무라! 빙다리 아들 눈탱이 맞춰가, 그 땅 다 처묵꼬! 팔자 함 펴보자!"

노덕기와 통화를 마친 마진석은 다시 자리로 돌아왔다. 그러고는 여전히 고기를 집어먹는 백성일에게 사람 좋아 보이는 미소를 보이며 말했다.

"과장님, 그거 내가 투자 한번 해볼까?"

백성일이 망설이자 마진석이 쐐기를 박듯 말했다.

"내가 실탄 대드릴 테니까! 투자합시다. 수익금 5프로 떼드릴게. 나가서 시청 후배 한번 만나게 해주라, 어?"

곤란한 표정을 짓던 백성일이 마지못해 승낙했다. 마진석은 이틀 뒤 화성시청에서 백성일과 그의 후배를 만나기로 기어코 약속을 받아 냈다.

11
함정

산뜻한 출근길이다. 백성일 스스로도 본인이 이렇게 일을 잘해낼
줄 꿈에도 몰랐다. 아찔했던 순간을 생각하면 아드레날린이 솟구쳐
심장이 벌렁거렸다. 조미주가 스크린 골프 기기를 조작하다 의심을
받는 순간, 그리고 제 딴에는 보탬이 될까 꺼낸 말에 "그 쓸데없는 말
좀 하지 마요. 벤츠 몇 십 대가 왜 나와요!"라고 양정도에게 혼나던 순
간들이 벌써 추억으로 치환돼 재미있었던 기억으로 다가왔다. 양정도
가 시키는 대로 마진석을 끌어들였고, 이제 곧 사회정의를 실현할 수
있을 것만 같았다.

하지만 이 좋은 기분은 오전을 넘기지 못했다. 백성일의 기분은 서
원시청 복도에서 안태욱을 만나는 순간 찬물을 끼얹은 것처럼 싸늘하
게 식었다. 못 본 척 지나가려는 백성일에게 안태욱이 말을 던졌다.

"백 과장님. 징계위 잡히셨던데요. 다음 달 5일로. 한 2주 정도 시간 남았으니까, 그때까지 월차 내고 좀 쉬세요. 오랫동안 못 쉬셨잖아, 우리 백 과장님."

"무슨 말이야. 내가 왜 쉬어."

"뇌물 사건 제보자 만나서 진술 확보되면, 이게 정직 선에서 끝날 거 같진 않더라고. 해직까지 갈 수도 있을 거 같던데?"

걱정해주는 척하며 협박하는 안태욱을 보니 백성일은 분노가 끓어올랐다.

"마진석이가 꼰지른 거 내가 다 아는데, 무슨 제보자 진술?"

"누가 마진석 씨가 제보했대요? 난 그런 말 한 적 없는데?"

잡아떼는 모습이 더 수상했다. 가만 생각하니 안태욱과 엮인 일들은 하나같이 이상한 점이 있었다. 점심도 제대로 못 먹고 마진석 재산을 압류하러 갔을 때도 그랬다. 사전에 통보한 것도 아닌데 대응이 너무 빨랐다. 이 모든 일이 이 사마귀 같은 안태욱이 만들어낸 일이라는 의심이 들었다.

"마진석이 집 가택수색할 때 미리 정보 흘린 것도 너냐?"

정곡을 찔렀는지 안태욱은 대답을 못 했다. 얼굴에 동요하는 빛이 스치는 걸 보니 혐오가 밀려왔다.

"그때 보니까 골프장에서 아주 둘이 죽고 못 사는 사이 같던데. 내가 보기엔 아무래도 네가 그런 거 같아."

"소설을 쓰시네, 아주."

"그렇게 살면 자식한테 부끄럽지도 않냐?"

"응. 안 부끄러워. 내 아들 나 좋아해. 지가 하고 싶은 거 다 시켜주는 아빤데, 지가 나 싫어하면 안 되지."

양심을 버리고도 수치를 모르고, 잘못을 저질러도 창피를 모르는 사람을 보니 마침내 백성일은 분노보다 연민이 더 커졌다.

"태욱아. 너 어쩌다 그렇게 됐냐."

백성일은 진심으로 걱정을 담아 말했지만, 안태욱은 미동도 하지 않았다. 오히려 돌아온 대답은 조롱이었다.

"당신 어떻게 될 건지나 걱정해. 이번에 뇌물 사건 제대로 한번 캐서 다시는 시청 바닥에 발 못 들이게 할 거니까. 오늘부터 그냥 쉬세요. 잘리고 나서 뭐 먹고 살 건지 고민도 좀 해보시고. 작가도 괜찮을 거 같아."

안태욱은 비웃는 얼굴로 자신의 집무실로 돌아갔다. 백성일이 엉망진창으로 더러워진 기분을 추스르지도 못하던 그때, 시청 로비에서 서성이는 마진석의 모습이 보였다. 그가 휴대전화를 꺼내 전화를 거니 곧 백성일의 휴대전화벨이 울렸다. 놀란 백성일은 얼른 휴대전화를 꺼내 받아 말했다.

"제가 봤어요. 지금 내려갈게요."

지금 이 모습을 혹시 안태욱에게 들키기라도 한다면 지금까지 해온 모든 계획은 물거품이 되는 거였다. 백성일은 서둘러 내려가 마진석을 구석으로 이끌었다. 남들 눈에서 피하고 나자 백성일은 마진석에게 버럭 화부터 냈다. 화를 낸다기보다 불안한 마음이 반영된 투정이었다.

"이런 데 찾아오면 어떡해요! 일하는데 사람 곤란해지게."

"제가 너무 급해서 그래요, 과장님. 그 화성시청 후배라는 분, 그분 오늘 만나러 가면 안 될까?"

초조한 낯빛의 백성일과 달리 마진석은 재미있다는 듯 능청스럽게 말했다. 웃으며 말하고 있지만 진짜 웃는 게 아니라는 걸 알 수 있었다. 당황한 백성일이 말을 막았다.

"오, 오늘? 무슨 소릴 하는 거예요. 지금 업무 시간인데."

"아니, 내가 어젯밤에 곰곰이 생각을 좀 해봤는데. 일이 이렇게 일사천리로 진행돼도 되는 건가? 너무 짝짝 맞아 떨어지는 게, 이건 뭐…… 왜, 그런 거 있잖아요!"

마진석 얼굴에서 웃음기가 천천히 말라갔다. 듣고 있는 백성일 역시 천천히 피가 마르는 기분이었다. 의심을 살까 두려워 짐짓 센 척을 하고 말했다.

"아니 뭐! 그래서 사람 의심하는 거예요, 지금?"

"의심하는 게 아니라 제 주변에 돈 냄새 맡고 달려드는 놈들이 한두 명이겠어요? 사기 치려는 놈들도 있고, 콩고물 주워 먹으려는 놈들도 있고. 암튼 뭐 그런 놈들이 태반인데, 내가 그런 놈들 정리할 때 어떻게 하는지 알아요?"

말을 잇던 마진석의 얼굴이 조각조각 나누어져 따로 노는 듯 바뀌고 있었다. 눈과 입이 같이 웃던 얼굴에서 입은 웃고 있지만 눈이 사나워졌다. 말투 역시 조금씩 거칠어지기 시작했다. 슬금슬금 다가오는 마진석을 보던 백성일은 뱀과 마주친 생쥐처럼 몸이 굳었다. 마진석의 목소리는 점점 커졌다.

"약속을 바꿔. 왜? 될 일은 약속을 바꿔도 되고, 안 될 일은 약속을 바꾸면 안 되거든! 또 왜? 사기 치는 놈들은 약속 날 맞춰서 세팅 쫙 해놓는다는 거예요. 덫 만들어놓고, 날 기다리는 거지."

마진석은 손바닥을 뱀 아가리처럼 오므리면서 백성일 눈앞에 천천히 들이댔다.

"쫙…… 그냥 잡아먹으려고."

뱀이 혓바닥을 날름거리듯 바람 빠지는 소리를 내며 말하는 모습에 백성일은 마른침이 꿀꺽 넘어갔다. 당장이라도 저 손이 자신의 목젖을 잡고 뜯어낼 듯한 기분이었다. 계획한 작전에 들어가기로 양정도와 입을 맞춘 날은 이틀 뒤였다. 그러니 지금 마진석이 화성시청에 찾아간다면 백성일의 거짓말이 들통날 게 뻔했다. 그렇다고 지금 가지 않는다면 사기를 치고 있다고 인정하는 꼴이었다.

"그 화성시청 후배 분. 오늘 가면 없고, 약속 날 가면 있고, 그런 사람 아니죠?"

양정도와 백성일의 작전을 이미 알고 있는 사람처럼 가장 아픈 곳을 파고 물어왔다.

"아, 당연하지. 무슨 소리야. 아니, 왜 그렇게 사람 말을 못 믿고 그래요. 있다니까."

"그럼 지금 내려가요. 과장님. 그럼 내가 과장님 말 믿을게. 하느님처럼 막 믿고 따를게, 내가!"

장난감 사달라고 조르는 꼬마처럼 마진석이 어리광까지 부렸다.

당장 화성시청에 가자고 졸랐지만 어떤 핑계를 대서라도 고집을 꺾어야 했다. 말을 빙빙 돌리며 변명했다.

"그, 그니까…… 지금 가도 되는데. 업무 시간이고, 내가 지금 나갈 수도 없는 상태고……"

"에이, 어차피 징수팀은 외근 많은 거 내가 뻔히 알고 있는데 상관 없잖아! 그러지 말고 내려갑시다. 오는 길에 바람도 쐬고, 회도 한 접시 먹고! 그럼 좋잖아. 응? 가요, 과장님."

머뭇거리는 백성일을 보며 마진석이 다시 정색을 하고 말했다.

"아, 자꾸 의심스러워."

"에이, 무슨. 사람 참…… 그럼 뭐, 가죠. 가시죠. 가는데, 지금은 좀…… 오늘은 차가 많으니까…… 여기 업무 정리해야 되는……"

"에이, 짬밥도 있으면서 왜 그래."

결국 마진석의 채근에 못 이겨 그 자리에서 바로 화성시청으로 출발하게 되었다. 마진석 차를 얻어 타고 떠나는 심정은 마치 유배당하는 기분이었다. 사정이 이렇다 한들 아무도 없는 화성시청에 무작정 갈 순 없었다. 백성일은 양정도에게 전화를 걸었다.

"어, 김 계장! 나, 백 과장인데! 지금 내가 화성시청 가고 있거든? 우리가 가고 있어, 지금. 잠깐 볼 수 있나?"

백성일의 말에 잠이 아직 안 깬 목소리로 웅얼거리는 양정도의 목소리가 들렸다. 다급한 백성일만 목소리가 커졌다. 지금으로서는 손발을 맞출 시간이 없으니 제발 양정도가 눈치채주길 바랄 뿐이었다. 긴장한 백성일은 운전 중인 마진석을 눈치를 살폈다. 통화를 뻔히 들고 있는 마진석을 살펴며 눈동자만 바쁘게 움직였다.

"그럼 지금 간다? 지금 그, 마 사장님 모시고 내가 지금 간다고. 어, 안 들려? 김 계장 일하는 화성시청! 지금 간다고! 마 사장님이랑 나랑!"

다행히 눈치챘는지 수화기 너머 공사가 들어진 것을 확인하는 양정도의 목소리도 덩달아 커지고 있었다. 백성일이 넌지시 알아차리게 말했다.

"어…… 맞아, 맞아. 마 사장님이 그러고 싶으시다네? 그게 좋을 거 같으시대, 마 사장님께서. 아무튼 지금 출발하니까 한 시간 반 정도면 도착할 거야."

양정도와 통화하면서 백성일은 '이것 보라'는 얼굴로 마진석을 쳐다봤다.

"우리 얼굴 보고 오랜만에, 그럽시다? 어, 김 계장. 어, 오케이."

백성일이 통화를 마치자 그제서야 마진석은 얼굴에서 의심을 걷으며 다시 미소를 떠올린 표정으로 물었다.

"된대요?"

"뭐…… 허허. 가면 있는 건데, 뭐."

일단 출발은 했으니 어떻게든 양정도가 일을 수습해주길 간절히 바랐다. 하지만 화성으로 향하는 도로는 마진석의 밝은 표정처럼 시원하게 뚫려 있었다. 백성일은 볼멘소리가 튀어나왔다.

"길이 하나도 안 막히네. 여기 좀 막히는 길 아니에요?"

"그러게요. 오늘따라 뻥 뚫리네? 화성까지 한 시간도 안 걸리겠다."

"그, 속도를 좀 지키고 가요. 여기 60킬로 구간인데. 아, 너무 빨리 달리는 거 같아. 멀미 나."

마음 같아서는 멱살을 잡아서라도 차를 멈추고 싶었다. 이 와중에 양정도는 시간 좀 끌어달라는 문자메시지까지 보내왔다. 초조함이 견딜 수 있는 한계를 넘나들었다. 백성일은 고민 끝에 마진석에게 말했다.

"화장실을 좀 갔다가 가면 안 돼요? 아, 좀 급해가지고. 쌀 거 같아. 화장실…… 잠깐만……."

백성일을 보는 마진석 얼굴에 다시 의심과 불편함이 흘렀다. 주유소에 차를 세우자 백성일이 급하게 화장실로 뛰어 들어갔다. 잠깐 시간을 벌었지만 그래봤자 겨우 1, 2분의 시간을 버는 걸로는 부족했다. 다급한 백성일은 고민 끝에 박덕배에게 전화를 걸었다. 앞뒤 사정을 아는, 형사 박덕배라면 어떻게 도움을 받을 수 있지 않을까 하는 기대였다.

통화를 마치고 다시 차에 올랐다. 조용히 도로를 달리던 중 마진석이 싸늘하게 물었다.

"저기요. 시간 끌려고 그러는 거 아니죠? 점점 믿음이 사라지려고 그러네, 우리 백 과장님한테."

백성일은 온몸에 소름이 돋아올랐다. 슬쩍 돌아보는 마진석의 눈빛이 다시 사나워져 있었다.

"만약에, 아주 만약에 말예요. 백 과장님이 나한테 장난질 치는 거면, 나 가만 안 있어요. 나 눈알 돌게 만들면 백 과장님 큰일 나요. 아셨죠?"

백성일은 마른침을 넘기며 대답을 피했다. 좁은 우리 안에 야생동물과 함께 갇힌 기분이었다. 갑자기 고장이 나거나 앞 차가 끼어들어 사고라도 났으면 좋겠다고 생각했지만, 백성일의 바람과 달리 차는 아무 문제 없이 달렸다. 곧 고속도로로 진입하려는데 끔찍한 적막을 깨는 사이렌 소리가 멀리서 들려왔다. 점점 다가오는 사이렌에 맞춰 경찰차 외부 스피커로 차를 세우라는 경고가 울렸다. 둘이 탄 차 뒤를 바짝 쫓아오는 경찰의 스피커 소리에 마진석이 인상을 쓰며 차를 멈춰 세웠다. 경찰이 다가와 운전석에 앉은 마진석을 향해 말했다.

"실례하겠습니다. 신분증 좀 주시죠."

"뭐 때문에 그러시는데?"

"도난 접수된 차량이거든요, 선생님께서 타고 계신 차가."

경찰의 말에 마진석이 기가 막히다는 표정을 지었다. 백성일 역시 다른 이유로 기가 막힌 표정이었다. 박덕배에게 어떻게든 방법을 찾아달라고 한 건 백성일이었지만, 이렇게 순식간에 마진석의 차를 절도 차량으로 수배 내려 멈춰 세울 줄은 몰랐다. 마진석은 어이없는 웃음을 터뜨리면서 목소리에 짜증을 섞었다.

"뭐라고? 이게 도난됐다고요? 미쳐버리겠네, 진짜."

"신분증 주시죠, 선생님."

마진석은 한숨을 뱉었다. 어디 한군데 둥글둥글한 모습이 없는 마진석이 성질을 내며 경찰을 닦달했다.

"만약에 아니면 어떡할 건데? 어떡할 거냐고?"

다행히 경찰은 조금도 동요하지 않고 다른 말 없이 신분증을 요구했다. 당찬 경찰의 요구에 마진석은 신분증을 창문으로 던졌다. 예의나 범절 따위는 아무리 뒤져도 나오지 않을 사람이었다. 마진석의 주민등록번호를 검색한 경찰은 마진석에게 다가와 내릴 것을 요청했다. 신원을 검색하면 당연히 오해가 풀릴 것이라 생각했던 마진석은 뜻밖의 요구에 불같이 화를 냈다. 제대로 알아본 것이 맞는지 채근하며 경찰과 승강이를 벌였다. 그사이 백성일은 마진석 눈을 피해 양정도에게 전화를 걸었다. 수화기 너머 양정도가 5분 뒤면 고속도로에 진입한다고 하니 조금이나마 안심이 되었다. 적어도 없는 사람을 찾는 연기는 이제 그만해도 됐다. 백성일이 안도하는 사이 마진석은 점점 더 언성을 높이고 있었다.

"내가 이 차를 몇 년을 몰았는데, 무슨 도난 신고야?"

"지금 공무집행 방해하시는 거예요. 형사 처벌……."

"내가 왜 공무집행 방해야. 내리래서 내렸고! 신분증 줬고!"

"아니, 선생님, 지금 선생님 차가 도난 접수된 차량이니까 일단 서에 같이 가시죠!"

"왜 가냐고, 서를!"

마진석을 보니 흥분해 사고를 칠 것만 같았다. 여전히 아무한테나 함부로 반말하며 목소리를 높이는데, 또 다른 차 한 대가 마진석 옆에 멈췄다. 창문을 열어 "무슨 일이야?"라고 묻는 운전자의 말에 경찰이 거수경례를 하자, 모두가 그쪽으로 시선을 옮겼다. 백성일 눈에 보인 사람은 박덕배였다. 너무 놀라서 하마터면 이름을 부르며 반갑게 알은척을 할 뻔했다.

차에서 내린 박덕배는 상황을 수습하려는 듯 어딘가로 전화를 걸어 차량 번호를 확인했다. 저것도 다 진짜인지 연기인지, 백성일은 구분할 수 없었다.

"진짜? 6745가 아니고 6475야? 아, 새끼들…… 무슨 일을 그 따위로 하냐! 알았어."

통화를 마친 박덕배가 마진석에게 고개를 숙이며 말했다.

"아우, 죄송합니다. 이거 저희 쪽에서 착오가 좀 있었나본데, 죄송하게 됐습니다. 가시던 길 가셔도 되겠습니다."

착오라는 말에 짜증이 폭발한 마진석은 잘리기 싫으면 똑바로 일하라며 성질을 부렸지만, 다행히도 그것뿐이었다. 그리고 차는 계속 달려 화성시청에 도착했다. 백성일은 다시 걱정되기 시작했다. 양정도가 조금 먼저 도착은 했지만, 어떻게 이 상황을 모면할 수 있을지 불안해서 견딜 수가 없었다. 조마조마한 심정으로 끌려가듯 천천히 마진석의 뒤를 따라 걸었다. 계단을 올라 복도를 걸을 때는 심장이 폭발할 것만 같았다. 드디어 도시개발과 사무실 앞까지 다다르자 마진석은 아무렇지도 않게 사무실에 들어가려 했다. 백성일의 불안은 극에 달했다.

"아니, 그렇게 막 들어가면……."

마진석보다는 먼저 들어가 상황을 파악하려 했지만 이미 엎질러진 물이었다. 대뜸 사무실 안으로 들어간 마진석을 따라가자 백성일 눈앞에 믿을 수 없는 광경이 펼쳐졌다. 도시개발팀 직원들에게 업무를 지시하며 호통을 치고 있는 양정도가 있었다. 게다가 그사이 무슨 마법을 부렸는지, 다들 양정도가 하는 말에 바짝 겁을 집어먹고 있었다. 놀랍고 신기해서 백성일까지 덩달아 귀신에 홀린 기분이었다. 조심스럽게 손을 들어 보이며 양정도를 불렀다.

"김 계장! 나 왔어!"

12
임기응변

"어, 김 계장! 나 백 과장인데! 지금 내가 화성시청 가고 있거든? 우리가 가고 있어, 지금. 잠깐 볼 수 있나?"

마른하늘에 날벼락이 떨어지는 것 같은 백성일의 전화로 잠에서 깼다. 하는 말을 잘 들어보니 공사를 틀었다는 이야기였다. 이틀 뒤 약속을 오늘로 옮기겠다고 하면 무슨 수를 써서라도 막아야지, 그걸 덜컥 들어준 백성일이 원망스러웠다. 부리나케 일어나 차로 달렸다.

단순히 화성시청에 먼저 도착해 만난다고 전부 해결되는 게 아니었다. 마진석에게 땅을 보여주면 당연히 지적도부터 검색할 테고, 그러니 그 전에 피싱 사이트를 만들어놔야 했다. 피싱 사이트를 만들어놓는다고 끝이 아니다. 피싱 사이트로 연결되게 마진석 컴퓨터까지 만져놔야 한다. 해야 할 일들이 동시에 손을 들고 '저요! 저요!' 소리를 지르고 있었다. 일단 화성시청으로 이동하면서 당장 급한 피싱 사이트부터 준비시켰다.

"자왕아. 마진석이 공사 틀었으니까! 한 시간 내로 사이트 터!"

양정도 본인이 백성일에게 그랬던 것처럼 정자왕도 불만을 쏟아내며 시간이 부족하다고 했다.

"그냥 하라면 해! 시간 없다는 말 그만 좀, 씨!"

조급한 양정도는 감정이 널을 뛰는 바람에 내지 않아도 될 화를 내버렸다. 이내 마음을 가라앉히고 다시 차근히 정자왕에게 상황을 설명했다.

"자왕아. 우리 못 하면 다 끝나. 공사 엎어지게 생겼다고! 이거 엎어지면, 이거 못 하면 그냥 다 죽는 거라고. 그러니까……."

가뜩이나 신경 쓸 일도 많은데 갑자기 변경된 일정에 불만인 동료를 설득해야 했다. 그리고 불행하게도 운전까지 하고 있었다. 정자왕을 달래며 사거리를 지나는 순간 신호를 잘못 봤는지 달려온 차와 부딪히는 사고가 터졌다. 엎친 데 덮친 격이었다.

머리가 깨질 듯이 아픈 와중에 왜 그랬는지는 모르겠지만 천성희가 떠올랐다. 아마도 후회스러운 일들 때문일 거다. 처음 천성희를 만나고, 줄곧 거짓말을 해야 했던 과거의 기억이 죽기 직전인 양 주마등처럼 스쳤다. 아직 학생 티를 벗지 못한 천성희를 처음 만났을 때, 그때 느낀 두근거림까지 어지러움 속에 일렁였다.

양정도는 몽롱해지는 정신을 붙잡기 위해 안간힘을 썼다. 이대로 일을 망칠 수 없다는 마음으로 휘청거리는 무릎에 힘을 써서 일어났다. 차가 충돌하는 소리를 듣고 몰려온 사람들에게 자신보다 용달차 운전자부터 챙겨달라고 부탁했다. 그리고 차로 돌아와 차 안의 글로브 박스를 열고 보험 들어놓은 예비 차의 열쇠를 찾았다. 이대로 일을 망칠 수 없다는 생각을 되새김하며 다른 차를 세워둔 공영 주차장으로 이를 악물고 달렸다.

차를 갈아탄 양정도는 백성일에게 '시간 좀 끌어요'라고 짧은 문자 메시지를 보냈다. 제발 이것만이라도 잘해주길 바랐다. 이마에서 흐르는 피를 계속 훔쳐내면서도 속력을 높여 화성시청으로 달렸다.

백성일보다 조금 더 일찍 화성시청에 도착한 양정도는 화장실에서 피를 닦아낸 뒤 도시개발과 사무실부터 찾았다. 그리고 입구에 배치해둔 조직도를 빠르게 외웠다. 이제부터는 기억력과 관찰력의 싸움이었다. 조직도에 적힌 전화번호를 외워 주차장으로 내려갔다. 먼저 자신이 연기할 진짜 김상필 계장이 자리를 비우게 만들어야 했으니까. 외운 김상필의 번호로 전화를 걸어 차를 빼달라고 요구했다. 시간을 끌기 위해 전화번호를 보고 찾아낸 김상필의 차 앞에 자신의 차를 주차해 막아 시간을 벌었다.

그사이 백성일이 도착했다는 전화를 받았다. 지금대로라면 시간이 딱 맞게 떨어지겠다는 계산이 섰다. 도시개발과 사무실에 들어가면서 김상필 계장이 소속된 도시개발팀 직원들의 이름과 책상에 놓인 소지품을 살폈다. 책상 위에 놓인 청첩장, 숙취 해소제, 벽에 붙은 지도와 서류의 제목을 빠르게 외웠다.

"김 계장님께서는 자리까지 비우시고…… 도시개발팀 잘 돌아가네."

처음 보는 양정도의 등장에 직원들이 의아한 얼굴로 바라봤다. 사기를 치려면 지금이었다. 양정도는 기세를 멈추지 않고 당당하게 입을 열었다.

"장미영 씨, 결혼 준비하느라 힘드시죠? 결혼 준비 신나는 건 알겠는데! 정신 바짝 차리십시다, 예? 보기 안 좋아요."

사적인 내용까지 알고 있다고 착각한 도시개발팀 직원들의 얼굴에 공포가 서렸다. 양정도는 그 표정을 놓치지 않고 고삐를 바짝 당겼다.

"민창기 씨, 점심시간마다 맨날 술 마시러 다닌다면서요?"

직원들이 무슨 상황인지 의심하고 파악하기 전에 질책을 마구 쏟아내는데, 그때 마침 마진석과 백성일이 들어오는 모습이 보였다. 양정도는 이쯤에서 쐐기를 한 번 더 박았다.

"이야, 도시개발팀 참 기강이 많이 해이해졌네! 유태수 씨, 그 봉당 뉴타운 수정 계획서 언제 마무리 지을 거예요? 세월아 네월아 잡지 말고 빨리 마무리해서 보고하세요, 예?"

양정도는 진땀 나는 연기를 하며 도시개발팀 직원들 사이를 빠져나왔다. 그리고 인사하는 백성일에게 다가가 핀잔을 줬다.

"아, 형님. 연락한 지가 언젠데, 왜 이제 와요."

"미안, 미안해."

"그리고 이렇게 불쑥 찾아오고 그러면 어떡해요? 요즘 업무 폭탄 맞아가지고 밤잠 없이 일하는데 진짜!"

양정도는 뒤를 살피며 이야기를 서둘렀고, 백성일은 양정도가 대견해 실실 웃음을 흘렸다. 양정도는 부러 모르는 척 마진석을 바라보며 백성일에게 물었다.

"암튼, 이분이 마 사장님?"

"응. 맞아. 이번에 우리 투자 유치!"

"에헤! 형님! 그런 얘길 그렇게 쉽게 꺼내면 어떡해요, 직원들 보는 앞에서!"

"아, 그렇지. 아이고, 참."

"그러면 일단 나가서 얘기하시죠. 조용히."

"어, 그래! 그러자. 우리 먼저 나가있을 테니까 정리하고 와."

양정도와 백성일이 주거니 받거니 호흡을 맞추는 동안 의심이 풀린 마진석 얼굴에 기분 좋은 웃음이 떠올랐다. 잠시 후 양정도가 이끌고 간 곳은 눈앞에 바로 도심이 보이는 넓은 공터였다. 호수와 어우러진 평지로, 접근성도 좋은 땅이었다. 차에서 내린 양정도가 설명을 시작했다.

"쭉 둘러보세요. 저기부터 저쪽까지가 이번 화성 뉴타운 부지로 선정될 거 같고요. 이쪽 중간 열두 필지는 저희 과장 라인 타고 들어올 거 같고. 이쪽이 제 선에서 손볼 수 있는 라인이거든요?"

설명을 듣는 마진석도 마음에 드는 눈치였다. 그러면서도 조심스러운 성격을 다시 한번 드러냈다.

"백 과장님 말로는 수익률이 다섯 배라는데 확실해요? 요즘 같은 불경기에 다섯 배 건지는 게, 이게 어려운 건데……."

백성일이 왜 그러냐는 투로 말했다.

"아이, 또 의심병 도지셨네. 왜 사람 말을 못 믿어요. 그러려면 뭐

하러 따라왔어, 여기까지."

"아니, 제 말은! 난 확실히 가자는 거지. 한두 푼도 아니고. 그렇잖아요?"

양정도는 가만히 웃으며 마진석을 물끄러미 바라봤다. 그러다 백성일을 보며 물었다.

"형님. 몇 프로 받기로 했어요, 커미션?"

"5프로."

"5프로? 제가 10프로 줄 사람 물어올 테니까 이 사람 뺍시다."

양정도의 말에 백성일이 깜짝 놀라 말렸지만 짐짓 화난 척하며 마진석을 쏘아붙였다. 이런 사람을 다루는 방법쯤은 얼마든지 있었다.

"사장님. 확실한 게 좋으시면 절 찾아오지 마셨어야죠. 예? 확실한 게 그렇게 좋으시면요. 은행을 가서 저축을 하세요. 돈 꼬박꼬박 넣으면서, 이자 먹으면서 사시라고요. 어차피 푼돈 넣고 목돈 만지려고 이 판에 낀 거 뻔히 아는데 그렇게 사람 야지(야유, 놀림, 빈정댐) 놓고 간 볼 거예요, 자꾸 불편하게?"

양정도의 말에 마진석이 인상을 구기기 시작했다. 중간에서 백성일만 갑갑해 죽겠다는 얼굴이었다. 웃으며 마진석을 달래려 했지만 양정도가 도발을 멈추지 않았다.

"그냥요. 시골 와서 바람 쐬러 왔다 생각하시고 손 터세요. 사장님 말고도 돈 박겠다는 사람 줄 섰으니까. 여기 맛집 많아요."

마진석이 양정도를 노려보는 모습에 백성일만 초조해졌다. 둘 사이에서 이저리도 저러지도 못하며 안절부절못할 때 마진석이 얼굴에 슬쩍 웃음을 스치며 말했다.

"내 과네. 김 계장 내 과야. 사람이 화끈하네, 아주! 야, 이거 눈빛 봐. 살아 있어. 응? 그래서 제가 얼마 박으면 될까? 하하하."

곧 호탕하게 껄껄 웃는 마진석을 보고서야 백성일 얼굴에도 화색이 돌았다. 무슨 일인지 이해할 수는 없지만 마진석의 기분이 누그러졌다는 건 알았다. 양정도 역시 화끈하게 대답했다.

"음…… 여덟 필지에 40억. 40억 박고 200억 건집시다. 화끈하게."

땅을 다 둘러본 뒤 만족한 마진석과 다시 화성시청으로 돌아왔다. 그리고 인사를 나누며 양정도가 이후 일정을 알렸다.

"그럼 다음 주에 뵙도록 하고요. 그동안 공인중개사 한 명 껴서 땅 정리해놓겠습니다. 따로 연락드릴 거예요, 그분이."

"아이고, 고맙습니다. 보면 볼수록 내 스타일이셔."

마진석은 일도 사람도 마음에 들었는지 입가에 웃음이 떠나지 않았다. 그렇게 인사한 뒤 양정도는 백성일을 따로 불렀다. 걸음을 옮겨 마진석과 적당히 떨어진 곳에서 양정도가 백성일에게 해야 할 일들을 설명했다.

"다음부턴 이런 일 만들지 마요. 알겠어요? 내 말 잘 들어요. 마진석이 땅 살 때 지적도 검색하는 거 알죠? 민원24로. 자왕이가 지금 민원24 피싱 사이트 만들고 있어요. 그러니까 마진석이 집이랑 사무실 컴퓨터에 사이트 심을 시간 끌어요."

"뭘 시간을 또 끌어. 지적도 검색하면 아까 그 땅 나오는 거 아니야?"

이해 못하는 백성일을 보고 양정도가 답답해하며 말했다.

"좀 전에 보여준 땅 아니에요. 좀 전에 보여준 땅, 그 땅 아니라고."

"그게 뭔 소리야, 지금."

아직도 맹한 얼굴로 전혀 이해를 못하는 백성일을 위해 양정도는 다시 하나하나 설명해야만 했다.

"화도리 23-1! 그 땅 아니라고요! 마진석한테 다른 땅 보여준 거라고요! 땅 냄새 귀신같이 맡는 인간한테 다 죽은 땅 보여주면서 이 땅 재개발될 거라고, 그렇게 할까요? 예? 픽도 믿겠다, 저 인간이!"

이제야 이해한 백성일이 느닷없이 양정도를 힐난했다.

"야, 인마. 그런 거면 미리미리 준비를 해야지!"

"내가 공사 틀었어요? 그쪽이 잘못한 거 아니에요? 그러니까 내가 2, 3일 뒤에 보자 그랬잖아! 무조건 시간 끌어요. 예? 안 그럼 우리 다 죽어요."

백성일과 헤어진 뒤 양정도는 정자왕과 조미주, 그리고 장학주에게 정자왕이 완성시킨 피싱 사이트를 마진석의 집과 사무실 컴퓨터에 저장하기 위한 다음 작전을 지시했다.

양정도는 서둘러 장학주를 마진석의 집으로 보냈다. 택배 기사를 가장해 마진석의 아내에게 전화를 걸자 다행스럽게도 집에 아무도 없으니 두고 가라는 대답을 들었으니 마진석의 집은 강제로 침입하면 됐다. 공구로 잠금장치를 부수고 들어간 뒤, 똑같은 제품으로 달아놓았다. 그리고 집 안으로 들어가 마진석 개인 컴퓨터에 즐겨찾기로 저장된 민원24 사이트를 지운 뒤 정자왕이 만들어놓은 피싱 사이트로 바꿔치기 했다. 장학주는 빠르고 깔끔하게 처리했다.

동시에 마진석의 사무실에는 정자왕과 조미주를 보냈다. 건물 안전검사를 핑계로 사무실에 잠입해 사무실 컴퓨터에도 피싱 사이트를 저장해놔야 했다. 그러나 충분히 시간이 지났음에도 연락이 없는 조미주가 걱정스러워 전화를 걸었다. 전화를 받은 조미주는 엉뚱한 소리를 해댔다.

"예, 과장님. 아, 받으셨다고요? 아…… 정말요? 아, 과장님은 빨리 좀 말씀을! 예, 알겠습니다. 바로 들어갈게요."

양정도는 단박에 상황이 파악됐다. 문제가 생긴 거였다. 열심히 고민했지만 방법이 떠오르지 않았다. 그저 백성일이 무슨 수를 써서라도 마진석을 붙잡고 시간을 더 끌어줘야만 어떻게라도 할 수 있을 것 같았다. 양정도의 전화를 받은 백성일은 한숨을 내쉬며 말했다.

"어, 그래서 방법이 없다는 거야?"

"현재로서는요. 어떻게든 내가 해볼 테니까, 아저씨는 시간만 더 끌어요!"

양정도의 말을 듣던 백성일이 생각 못 한 말을 꺼냈다.

"내가 어떻게든 한번 해볼게."

말 같지도 않은 소리에 양정도가 버럭 화를 냈다. 눈치도 없고 행동도 느린 백성일에게 뭔가를 기대하기는 힘들었다.

"아, 뭔 소리야! 뭘 어떻게 하겠다고요!"

그러거나 말거나 백성일이 말했다.

"아니야, 내가 한번 해볼게. 나한테 맡겨봐."

양정도는 불안은 점점 더 커졌다. 이제 겨우 걸음마 뗀 사람이 뭔가를 해보겠다고 하니 초조해서 견딜 수 없었다. 양정도는 급히 차를 몰아 마진석의 사무실로 향했다. 제발 아무 일도 일어나지 않길 빌며 속도를 높였다. 답답해서 숨이 거칠어졌다.

급하게 달려간 마진석 사무실 건물에 들어선 순간 양정도는 눈을 의심했다. 백성일이 무슨 마법을 부렸는지 건물 입구에서 국세청 직원들이 건물 보안 요원들과 몸싸움을 벌이고 있었다. 혼란 중에 국세청 승합차에서 조끼 하나를 훔쳐 입은 양정도는 그들 옆에 자연스럽게 지나가 마진석의 사무실까지 계단으로 몰래 올랐다. 시간이 촉박했다. 마진석의 사무실에 들어가 컴퓨터를 켜니 비밀번호가 걸려 있었다. 장학주에게 전화를 걸어 물었다.

"락 걸렸어. 비밀번호 뭐야."

"그거? 그거 분명히 봤는디…… 아, 그게 뭐였더라…… 잠깐, 잠깐만…… 아, 그게…….."

장학주는 기억이 잘 안 나는 듯 버벅거렸다. 혀가 타는지 말을 잘 잇지 못하던 장학주가 기억을 더듬다 겨우 생각난 듯 외쳤다.

"그거여, 그거! 0000!"

세상에 둘도 없을 만큼 의심 많은 사람의 비밀번호라고는 믿기 어려웠지만 놀랍게도 컴퓨터 바탕화면이 열렸다. 양정도는 컴퓨터에 즐겨찾기로 등록된 민원24 사이트를 피싱 사이트로 바꿔 저장했다.

뇌가 바싹바싹하게 타버릴 것만큼 긴장된 하루였다. 어렵게 진행됐지만 어떻게 됐든 마진석을 엮어내는 건 성공이었다. 홀가분한 마음으로 모두 냉동 창고에 모였다.

"자, 호구 앉혔고. 레이스 시작할게요. 학주 형은 나랑 마진석 도킹 준비하자. 사투리가 좀 더 셌으면 좋겠는데 어디가 세지?"

"충북?"

"오케이, 그쪽으로 가고. 미주는 땅 주인 여덟 명 섭외하고. 메소드 연기되는 감정 풍부한 애들 있지?"

이제부터 차근차근 땅 값을 올려 마진석을 벗길 계획을 세웠다. 판은 다 짰고, 예전 백성일이 그랬던 것처럼 마진석이 알아서 무대에서 북 치고 장구 치는 꼴을 돕기만 하면 됐다.

레이스는 시작됐지만 누구도 '콜'을 부르지 않는 포커 게임 같았다. 판돈이 오르자 조미주가 섭외한 배우들은 마진석과 밀고 당기며 값을 올렸다.

"안 돼요. 농사 안 지으면 우리 뭐 먹고 살아요."

"농사 안 지어도 괜찮아요. 팔 생각이 없으니까."

"주말에 가족들하고 농장하려고요."

게임을 시작조차 못 하니 답답한 마진석은 판돈을 올릴 수밖에 없었다. 판돈은 평당 21만2천 원까지 빠르게 올랐다. 모두 계획한 대로였다. 양정도가 다음으로 해야 할 행동을 전했다.

"평당 21만2천 원 공시지가에서 2만 원 덤핑시킨 다음에 오케이 사인 한 번 던지고……"

양정도의 지시대로 막 계약이 성사될 것 같은 분위기를 만들자 마진석은 한껏 고무됐다. 지금부터가 본격적인 레이스의 시작이었다. 하프(판돈의 절반 액수를 더 올려 베팅하는 것)를 칠 역할은 백성일이 맡았다.

"땅 주인들이 그 땅 재개발 된단 걸 알아가지고! 그거 땅을 안 판대요. 때려 죽여도 못 팔겠대, 그 땅을!"

"그럼 이제 와서 어떡하자고? 돈 다 끌어모았는데 어떡할 거냐고!"

"돈 더 태웁시다. 돈 더 태워서, 그 땅 먹자고요. 이거 200억짜리 판이야. 40억이든 60억이든 그게 중요한 게 아니라. 우리가 먹을 돈만 생각하자고요. 200억."

자신도 모르는 사이 게임 판 한가운데 선 마진석에게 선택은 하나뿐이었다. 백성일이 부른 하프를 받아 콜을 외치든가, 모두 포기하고 죽든가. 당연히 콜을 외칠 수밖에 없었다.

경쟁적으로 치고받던 흥정은 결국 100퍼센트 가까이 올랐고, 마진석은 최후통첩을 외쳤다.

"10만 원 더! 평당 31만2천 원! 더는 안 돼! 절대 안 돼!"

양정도를 비롯한 냉동 창고에 모인 모두의 얼굴에 웃음꽃이 피었다. 이제 남은 일은 장학주와 마진석이 만나 계약서에 도장을 찍는 것뿐이었다.

모든 준비가 끝난 날, 장학주는 마무리 계획도 점검할 겸 식당으로 양정도를 불렀다.

"낼모레 12시에 도장 찍기루 혔어. 부동산 피 아낄라구 별수를 다

쓰드라구, 그 쪼잔한 새끼가."

"변덕 심한 사람이니까 끝까지 마무리할 때까진 정신 차려야 돼. 도장 찍을 때까지."

양정도와 장학주가 만난 식당은 노인 혼자 운영하고 있었다. 작고 허름한 식당에 손님이라곤 찾아볼 수 없었고, 노인이 인상을 잔뜩 쓰고 수육을 던져놓고 가는 모습은 입맛도 사라질 만큼 불친절했다. 깜짝 놀란 양정도가 물었다.

"형. 왜 이렇게 불친절해?"

"보통 맛집 주인들이 저러자녀? 막 손님들 개무시하구. 근데 여긴 맛집두 아닌데 저랴. 맨날 인상만 드럽게 쓰구 말여."

"근데 왜 일로 왔어?"

"손님이 없자녀. 너랑 나랑 이렇게 비밀 얘기하기두 좋구."

장학주의 말을 듣고 식당 안쪽을 보니 노인은 일곱 살 정도로 보이는 여자아이와 정답게 이야기를 나누고 있었다. 노인과 아이를 보던 양정도는 다시 장학주와 대화를 이어갔다.

"그래도 자기 피는 예쁜가보네. 그거, 내가 부탁한 건?"

"그거…… 아, 그거? 다 해놨지. 돈두 너놓구. 2억. 너 그거 나중에 확실히 채워줘야?"

"그거, 형이 알아서 잘하겠지만…… 잘 엮은 거 맞지? 확실히 엮어야 돼, 그거."

양정도가 조심스럽게 말을 건넸다. 장학주 역시 양정도의 말을 듣고 고개를 끄덕이던 중에 백성일이 들어왔다. 하는 말을 들었는지 양정도가 마지막으로 한 말을 물으며 들어왔다.

"누굴 엮어? 뭔 소리야."

"마진석이요. 마진석. 여기까지 왔는데 공사 잘못해가지고 다 엎어지면, 우리 싹 다⋯⋯."

양정도가 잠깐 말을 멈추더니 자리에 일어서며 다시 말했다.

"형 내일 마무리 잘하고. 나 먼저 일어날게. 도장 찍으면 연락 주고."

양정도가 나간 뒤 백성일과 장학주만 덩그러니 남았다. 백성일이 아무렇지 않게 국밥을 먹는 장학주를 보던 그때, 징계위원회 소집을 알리는 문자메시지가 전달되었다. 백성일은 얼굴이 굳었다.

13
고민들

노방실은 처음부터 양정도를 믿을 수 없었다. 왕 회장 이름을 팔아 접근한 것도 그렇지만, 무엇보다도 어린 녀석이 너무 겁이 없었다. 마진석을 엮는 계획이 나빴던 건 아니었다. 아귀가 딱딱 들어맞고 실패할 위험도 적었다. 문제는 그 일이 노방실 자신을 팔아야 가능한 일이었다는 점이다. 찜찜한 계획을 듣고 고민하며 사무실에 돌아왔을 때 불편한 손님까지 찾아와 있었다. 뒷모습만 봐도 누군지 알 수 있었다. 형사 사재성이었다.

"어쩐 일이야."

"얼마 전에 공사 쳤다며. 정도, 그놈이랑 같이."

아무래도 이번 게임은 좋지 않다고, 시작부터 마음에 안 들었던 자신의 예감이 확신이 되었다. 양정도와 헤어져야 할 때였다. 말 섞기도 싫은 저 인간, 사재성을 보는 순간 노방실은 단단히 결심했다. 대답이 없는 노방실 대신 사재성이 계속 물었다.

"너희들 뭔 일을 꾸미고 다니는 거냐."

얼마 뒤 노방실은 양정도가 말한 땅 2만 평을 최지연에게 시켜 모두 매입했다. 이 정도는 왕 회장을 봐서 해줄 수 있는 일이었다. 해야 할 의무 마치고 양정도에게 이 일에서 손 떼겠다는 말을 전했다. 예상대로 양정도는 절대 있을 수 없는 일이라고 버텼지만, 노방실이 이런 칭얼거림까지 들어줄 필요는 없었다고 생각했다.

다음 날, 노방실은 진행하고 있는 일을 상의하러 교도소로 향했다.

"한미유통 합병 건은 회장님께 정확하게 말씀드려요. 와꾸(범위, 스케일)가 커요, 꽤."

"알았으. 그건 글코. 노 여사, 정도 금마한테서 손 털웃다카데?"

중요한 이야기를 하는 와중에 김 전무가 양정도 이야기를 꺼냈다. 이상해도 보통 이상한 게 아니었다. 김 전무가 왕 회장이 일이 아닌 사적인 이야기 때문에 말 끊는 일이 있었던가? 양정도가 그렇게 중요한 인물이었나? 의심스러운 게 한두 가지가 아니었다. 이왕 이야기가 나왔으니 노방실은 솔직한 심정을 그대로 이야기했다.

"어차피 내가 원해서 한 일도 아니고…… 어린놈이 너무 냄새를 풍겨. 경찰 붙었어요."

"하이고, 천하의 노 여사님이 경찰 무서버가 회장님 말씀도 어기고. 나이가 죄다. 그죠?"

"김 전무. 전에 얘기했던 거, 양정도 걔가 회장님 살렸다는 거. 그게 무슨!"

"노 여사. 내가 그기 얘기해주모는, 우짤 깁니까? 다시 정도 금마한테 힘 실어줄 깁니까?"

이야기할수록 점점 더 미궁에 빠지는 기분이었다. 왕 회장도 그렇고, 김 전무까지 이렇게 한 목소리로 양정도를 돕는 모습이 의아했다. 대답을 못 하는 노방실에게 김 전무는 확답을 받겠다는 듯 힘을 줘서 이야기했다.

"정도 금마가 회장님 살린 거 맞습니다. 두 번이나, 두 번이나 회장님 살릿다꼬요. 정도 금마가."

노방실은 다시 고민에 빠졌다. 김 전무는 이런 말을 아무 근거 없이 할 사람이 아니었다. 그렇다면 왕 회장과 자신의 관계를 위해서도 다시 생각해야 했다. 위험한 냄새를 펄펄 풍기는 이 애송이를 어떻게 해야 할지 생각하니 머리가 아파왔다.

그사이 천성희는 안태욱과 만나고 있었다. 백성일을 구하기 위해 동분서주하던 천성희는 마지막이라는 각오로 안태욱을 찾아가 조건을 제시했다. 마진석이 안태욱의 역린이라면 인정하겠다는 뜻을 전했다. 좋은 게 좋은 걸로, 여기서 끝내겠다는 말에 안태욱이 물었다.

"그거 진심으로 하는 얘기야? 마진석 씨 사건 덮겠다고?"

"예."

천성희의 짧은 대답을 들은 안태욱은 미소를 띠었다. 기묘한 표정이었다. 천성희가 왜 이렇게 나오는지 모를 리 없으면서 굳이 이유를 물었다. 대답을 못 하는 천성희를 대신해 안태욱이 다시 입을 열었다.

"백 과장님 살려보겠다고 그래?"

"부탁드리겠습니다, 국장님."

"너희 과장이 그러더라. 뇌물 사건 제보자가 마진석 씨 아니냐고. 너도 그렇게 생각해?"

"저희 과장님이 뇌물 받을 분이 아니라는 건 확실히 압니다."

"징계위 변동 없을 거고, 백 과장님은 해직당할 거야. 그러니까 사건 덮든 말든 너희들 마음대로 하고. 나가봐."

천성희는 억장이 무너지는 듯했다. 자신이 헛다리를 짚은 건지, 고민도 안 하는 안태욱을 보며 거대한 벽을 느꼈다. 낙심하고 국장실을 나오는 천성희에게 강노승이 다가와 솔깃한 이야기를 던졌다.

"성희야. 저기…… 성일이 징계위 그거, 해결할 방법이 하나 있긴 있거든? 야로(수작, 속임수)이기는 한데……."

눈이 번쩍 뜨이는 말이었다. 사무실에서 할 이야기가 아니라는 판단이 든 천성희와 강노승은 주위를 살피더니 옥상으로 올라갔다.

"마진석이, 걔가 우리 2과 담당이었어서 잘 아는데……."

강노승이 작게 접힌 종이 쪽지를 꺼내 천성희 앞에 내밀었다. 종이에는 우향그룹 우향개발 사장 방필규라는 사람의 신상 정보와 체납세금, 그리고 마진석의 이름이 적혀 있었다.

"봐봐. 마진석이 걔가 이 방필규라는 놈이랑 엮여 있어. 마진석이가 쟁여놓고 불려놓은 돈 중에 일부가 방필규 아들놈이 하는 회사, 이 UN커뮤니케이션이라는 회사로 다시 들어가거든."

강노승의 설명을 천성희는 빠르게 이해했다.

"방필규가 마진석한테 투자를 하고 마진석이 그 돈을 불려서 다시 방필규한테 넘긴다?"

"그렇지. 근데 이 방필규라는 놈은 또 누구랑 엮여 있느냐. 최철우! 전 우향그룹 회장."

"몇 년 전에 불법 다단계, 그 우향이요?"

"어. 국세 포함해서 최철우 체납세금이 천억 가까이 되고, 방필규는 최철우 오른팔이었으니까 한 500억? 그 정도 될 걸? 암튼 얘네 둘이 우리 체납 리스트 1, 2위인데…… 성희야! 내가 하고 싶은 얘기는, 방필규를 치면 성일이 정직 문제도 해결될 수 있을 거 같다, 이거지."

체납세금은 동그라미 숫자를 세는 것만도 시간이 꽤 걸릴, 아득한 금액이었다. 이런 거물을 상대할 수 있을지도 고민이었고, 무엇보다 이들의 체납세금과 백성일의 해직이 어떻게 연관되어 있는지도 몰랐다. 정말 이 돈을 받아내면 백성일을 구할 수 있는지 궁금해 물었다.

"어떻게요?"

"다 방법이 있지. 왜 없겠냐, 대한민국에서."

강노승이 개구쟁이 같은 미소를 보이며 자신만만해했다. 의문이 들면서도 지금 천성희가 기대를 걸 곳은 강노승의 제안뿐이었다.

사재성은 양정도가 출소했을 때부터 주시하고 있었다. 수감된 형사 선배의 외아들이 걱정돼서 그런다고 말하지만 그 걱정의 방향은 자신이었다. 양정도뿐만 아니라 양정도의 부모 손목에까지 수갑을 채운 사람이 바로 사재성이었다. 죄지은 사람 손목에 수갑을 채우는 게 직업인 건 맞지만, 그 둘의 죄에 대해서는 양정도가 알 필요 없는 것들이 너무 많았다. 게다가 자신을 보는 양정도의 눈빛에서 기묘한 분노를 읽은 건 형사의 직감이었다.

그런 양정도가 출소했으니 무슨 형태로든 자신에게 복수하려는 건 아닐까 걱정되었다. 양정도에게 미행을 붙여 행동을 주시하던 가운데 부동산업자 노덕기와 함께 있는 모습을 보면서 이상한 움직임이 감지됐다. 사재성은 우선 양정도의 오피스텔을 찾아갔다.

"집에 있었네. 이야, 야경 죽이네. 집을 구했으면 아저씨 불러서 밥 한 끼라도 대접하고 그래야지. 기본이 덜됐어. 월세냐, 전세냐? 설마, 샀어?"

양정도의 겁먹은 얼굴을 보는 게 좋았다. 밟을 수 있을 때 확실하게 밟아야 기어오를 생각을 포기하는 법이라고 생각했다. 대답을 못 하는 양정도를 더 밀어붙였다.

"말을 안 해, 이 새끼가. 너 부동산 할배 하나 호구 물고 공사 쳤다며? 그 돈으로 구입한 거야, 이 집?"

"무슨 말을……."

"뭘 그렇게 당황해. 큰 거 몇 장 땡겼어?"

"땡기긴 뭘 땡겨요, 제가."

사재성이 조금만 자극해도 바로 반응을 보이며 튀어올랐다. 사재성은 그런 양정도의 볼을 한 손으로 두껍게 꼬집어 흔들었다.

"내가…… 나한테 빌미주고 살지 말라 그랬어, 안 그랬어? 어?"

사재성은 아직 참고 있는 양정도를 보고 손바닥으로 뺨을 때리며 계속 말했다.

"야, 너. 네 아버지처럼 되고 싶어? 씨는 못 속인다 이거냐고. 새끼야. 어?"

이제야 기분 나쁜 표정을 지으며 양정도가 손을 뿌리쳤다. 이놈이 이제야 반응을 하나 싶어 조금 더 자극했다.

"그래. 아빠는 비리 형사에 아들내미는 출소하자마자 사기나 치고 돌아다니고. 그게 집안 꼴이냐? 응? 그게 집안 꼴이냐고, 정도야……."

"아저씨. 그게 아니고요, 제가!"

사재성은 양정도의 말이 끝나기 전에 양정도의 뺨을 세차게 올려쳤다. 겁을 집어먹어 아무 생각도 못 하도록, 조급한 마음에 실수가 생기게 하려고 사재성은 양정도를 계속 밀어붙였다.

"사내새끼가 사기를 칠거면 좀 세게 치든가. 지금 너 집어넣어도 점수도 얼마 안 줘, 액수가 작아서. 에이, 쓸머리 없는 새끼 진짜. 다음에 할 땐 좀 큰 걸로 해라. 환갑까지 감옥에서 썩게 만들어줄게, 너희 아빠처럼."

잔뜩 겁을 준 뒤 사재성은 돌아서다 말을 보탰다.

"나는 빌라 사는데 젊은 놈의 새끼가 좋은 데 사네. 얼마야, 이런 데는……."

그런 뒤에도 사재성은 양정도의 움직임을 놓치지 않고 주시했다. 무슨 일을 꾸미는 건 확실한데 도무지 누구를 노리는지 알 수가 없었다. 한 번만 실수하면 다 밝혀질 것 같은데 꼬리가 쉽게 보이지 않았다. 고민이 생길 무렵 사재성에게 한 통의 전화가 걸려오면서 조각난 퍼즐이 맞춰졌다.

"사재성 형사님 맞습니까?"

말을 하기도 전에 입맛을 다실 이야기가 들려왔다.

"제가 사기 사건 제보를 하나 할라카는데요. 양정도라꼬예. 혹시 아십니까, 형사님?"

14
결전

고민이 한가득인 천성희는 외근 뒤 저녁 늦게 세금징수국 사무실로 돌아왔다. 그 시간 아무도 없는 사무실에서 혼자 서성이는 건 백성일이었다. 부스럭거리며 짐을 챙기는 백성일을 보자 천성희는 한숨이 나왔다.

"짐은 또 왜 챙겨요. 아직 해직 결정된 것도 아닌데."

짐을 챙기던 백성일이 천성희를 보며 미안한 표정을 지었다. 그런 모습이 천성희를 더 아프게 했다.

"월차는 신청하셨어요? 징계위 열릴 때까지 쉬라고 했다면서요, 안 국장님이."

"월차는 네가 좀 신청해줘. 안 국장이랑 얼굴 마주치기도 좀 그렇고……."

커다란 덩치와 안 어울리는 모습이었다. 겁 많은 물소 같은 백성일을 보자 천성희는 더 화가 났다.

"이렇게 당하는 거 분하지도 않으세요?"

백성일은 고개도 들지 못한 채 풀이 죽어 기어들어가는 목소리로 대답했다.

"분해도 뭐, 어쩔 수 없지."

숙제 검사 받는 초등학생처럼 잘못한 것도 없는데 잔뜩 움츠러든 모습이었다. 천성희가 말했다.

"과장님. 과장님은요, 지금 사기꾼들이랑 어울려 다니면서 마진석 사기 칠 생각이나 할 때가 아니에요. 일단 사셔야죠. 살아남으셔야죠!"

"나도 아는데, 살아남으려고 사니까 내가 너무 힘드네. 징계위에서 어떤 결정이 내릴지 모르겠는데, 살아남으려고 비굴해지진 않으려고. 몇 년 동안 그렇게 살아보니까 사람이 너무 추해지더라, 성희야."

백성일의 말에 천성희는 안타까워 더 이상 받아치지 못했다. 백성일의 짐을 보니 8년이나 근무한 사람의 짐이라고는 믿을 수 없을 만큼 별것이 없었다. 몇 개의 파일과 영어학습서, 간단한 세면도구와 주전부리들, 그리고 가끔 속상할 때면 한 모금 마시곤 하던 소주가 전부였다. 남은 흔적조차 간단하니 더 속이 상해 천성희는 툴툴대며 말을 돌렸다.

"짐, 이게 다예요? 뭐 별로 있지도 않구만. 결정되면 챙겨요."

천성희는 자리에서 백성일의 흔적이 사라지는 모습을 보고 싶지 않았다. 조금이라도 더 말려보려고 한 말이지만 백성일은 또 엉뚱한 지점에서 고집을 부렸다.

"캐비닛에 넣어놓으려고."

훔쳐갈 사람도 없고, 훔치고 싶지도 않은 물건을 애지중지 챙기는 백성일의 모습이 또다시 천성희의 마음을 후볐다. 이제 남은 방법은 강노승이 말한 방법 하나뿐이라고 생각했다. 지푸라기라도 잡는 심정으로 강노승에게 전화를 걸었다.

다음 날 세금징수 2과와 3과 조사관들이 한자리에 모였다. 천성희는 그들에게 방필규에 대한 브리핑을 시작했다.

"방필규. 쉰여덟이고요. 그, 왜 몇 년 전에 소비생활 공유 마케팅이니 뭐니, 수당률 250퍼센트로 직원들 꾀어서 불법 다단계 사기 친 우향그룹이라고 다들 아시죠? 그 밑에 우향개발이라고 계열사 하나 물고 사장 하던 사람인데요, 최철우 회장 고향 후배예요. 2002년 우향이 그룹 체제로 전환할 때부터 최 회장 오른팔 역할을 했고요. 우향 망하고 지금까지 방필규가 체납한 세금은 국세 452억5천. 지방세 45억2천. 총 497억7천만 원."

여기까지 듣던 세금징수3과 김 조사관이 이해가 안 간다는 얼굴로 물었다.

"근데 갑자기 저 냥반은 와 건드는 긴데? 이 정도 와꾸라면 하루 이틀에 쇼부 안 나지. 적어도 반년은 공들여야……."

"백 과장님 구하려고요."

누구나 궁금해할 법한 질문이었지만, 천성희는 중간에 말을 자르며 단호하게 말했다. 그 말을 듣고 다들 놀라는 눈치였다. 모두들 똑같은 생각이 맴돌고 있는 게 보였다. 천성희가 하는 말에는 아직 '어떻게'가 빠져 있었다.

겁먹은 표정의 조사관들을 보며 천성희는 강노승과 나눴던 대화를 떠올렸다. "방송국 카메라! 방송국 카메라 몇 대 달고 방필규 치면, 어떤 기사가 뜰까?" 그렇게 물으며 웃던 강노승의 모습. 생각을 정리하던 천성희가 똑 부러지게 말했다.

"국민 정서를 이용할 거예요. 우리 차압 딱지보다 더 무서운 게 그거잖아요, 국민 정서. 마진석이랑 직접적인 연결고리가 있는 방필규를 쳐서 '수십만 실직자를 양산시킨 기업주가 자식한테 재산 다 돌리고, 몇 백억 되는 세금도 안 내고. 아직도 비싼 집에서 비싼 밥 먹으면서, 그렇게 잘살고 있다' 이런 여론만 만들어주면 여론에 등 떠밀려서라도 국세청이 알아서 적극적으로 움직일 거고, 방필규랑 돈줄이 얽혀 있는 마진석까지 타격을 받는 거죠."

방필규를 건드려 여론몰이를 하고, 이 사태에 마진석이 겁을 먹으면 '백성일의 폭행과 뇌물수수를 다시 접는다'는 약속을 받은 뒤 방필규 세무조사를 그만둔다는 작전이었다. 천성희의 설명을 이해한 조사관들의 표정이 변했다. 방금 전까지 불안해하던 조사관들이 이제는 한번 해볼 만하겠다는 얼굴을 했다.

"확실히 말씀드리면요. 이번 일 우리가 여태까지 하던 일이랑은 좀 다르죠. 상대방 약점 파내서 거래 제안하는 게 우리 목적이고요. 마진석은 어차피 때려죽여도 세금 안 낼 거 뻔하니까 여론몰이로 마진석

먹살 잡고 백 과장님 살리자고요."

조사관들을 설득한 천성희가 세부 진행을 확인했다.

"강 과장님. 카메라는 몇 대나 온대요?"

"공중파 3사랑 종편, 케이블 보도 채널, 지역 민방까지 싹 다 연락 돌렸어. 우향 친다니까 침 질질 흘리더라. 현장에서 지금 다들 대기하고 있어."

여전히 개구쟁이 같은 표정의 강노승이 신이 나서 대답했다. 스스로 뿌듯해한다는 건 누구라도 알아챌 수 있었다.

강노승의 말을 듣고 천성희가 신호를 내렸다. 이제 백성일을 구하기 위해 큰 전쟁을 치르러 갈 순간이었다. 세금징수 2과와 3과 조사관들이 복장을 갖추고 나갈 무렵 언제부터 와 있었는지 거지 같은 박상호가 또 백성일 자리 옆에 앉아 있었다. 한결같은 박상호를 보며 천성희가 답답해 한마디 남겼다.

"박상호 씨. 이럴 시간에 나가서 일을 하세요."

모두 서둘러 나가는 통에 세금징수국 사무실은 적막에 젖었다. 그곳에 홀로 남은 박상호의 눈에는 원망과 답답함이 스몄지만 아무도 보지 못했다.

방필규의 집으로 향하는 승합차 안에서도 천성희는 세금징수국 직원들에게 그의 저택 설계도를 펼쳐 보이며 브리핑을 이어갔다. 2층짜리 건물이라 1층은 세금징수2과가, 2층은 세금징수3과가 맡기로 했다. 집 내부 각 방에 대한 설명도 빠뜨리지 않았다. 방마다 숫자를 붙여 구분하기 좋게 나눠 설명을 시작했다. 방필규의 서재는 1번 방, 가정부가 숙소로 쓰는 방은 2번 방, 마지막 남은 3번 방은 드레스 룸이었다. 천성희가 살짝 미소를 보이며 말했다.

"2과 남은 인력은 3번 방에 화력 집중해주세요. 명품 가방, 옷, 시계 가릴 거 없이 닥치는 대로 쓸어 담으시고, 가능하면 여기서 그림 한 번만 만들어주세요."

"무슨 그림이요?"

"몸싸움이요. 사람들이 다 알 만한 명품 가방 들고 '주네, 안 주네' 승강이 한 번만 벌여주세요. 그 장면이 방송을 타면! 여론, 완벽히 우리 쪽으로 기울 거 같아요."

여론을 움직이겠다고 세운 천성희의 작전은 꽹장히 치밀했다. 다음으로 2층을 설명하면서도 집중할 방과 장소를 되짚었다. 4번 안방과 마지막으로 방필규가 직접 관리한다고 알려진 5번 방을 지목했다.

"항상 잠겨 있어서 열쇠가 없으면 들어갈 수도 없을뿐더러 와이프 김숙영도 이 방에 들어가본 적이 없다고 하는걸 보면, 이 방에 그게 있을 가능성이 커요. 금고. 그 금고에 뭐가 들었는지, 그걸 어떻게 꺼내는지가 이번 프로젝트 결과를 좌우할 거 같으니까. 여기는 김 조사관님이랑 저랑 마킹할게요."

말을 잠시 쉰 천성희가 다짐하듯 이어 말했다.

"상대는 우향그룹 사장이에요. 우리 오늘 일 한번 내봅시다."

모두 파이팅을 외치며 기세 좋게 도로를 달렸다. 세금징수국 직원들을 태운 승합차가 방필규의 저택에 도착하자 수많은 기자들이 달려

들었다. 모든 계획이 예정대로 착착 진행되고 있었다. 모인 기자들을 향해 강노승이 인사를 했다.

"기자 여러분. 여기까지 이렇게 와주시느라 감사합니다. 저희 오늘 서원시청 세금징수국에서 방필규 씨의 체납세금에 대해서 공무집행을 하기로 했습니다. 아무쪼록 있는 그대로, 사실대로 잘 보도해주시길 바랍니다. 부탁드립니다."

방필규의 저택은 높게 솟은 외벽과 굳은 철문으로 탄탄한 성처럼 보였다. 안쪽에는 나무를 빼곡히 심어 어디를 어떻게 봐도 내부를 볼 수 없었다. 전형적인 재벌가 저택의 모습, 이런 모습도 모두 세금징수국에게 유리한 장면이었다.

대문 초인종을 아무리 눌러도 대답이 없자, 세금징수국 직원들은 사다리를 가져와 담을 넘어 안으로 들어가려 시도했다. 놀라는 기자들을 향해 강노승은 계속 상황을 설명했다.

"이것도 엄연히 공무집행 과정 중에 하나고요. 법적으로 아무 문제 없으니까 너무 놀라지들 마시고요!"

담을 넘어 들어가도 저택 안은 아무 반응이 없었다. 문을 두드리며 외쳐도 대답이 없자 이젠 세금징수국 직원들마저 동요하기 시작했다. 이렇게 많은 카메라를 불러놓고 아무도 없는 집을 뒤지는 모습을 내보낸다면 이건 수습하기 힘든 사고가 될 터였다. 불안해하는 직원들을 다독여 천성희가 쇠 지렛대를 준비시켰다. 힘으로 문고리를 박살내고 들어가니 소파에는 50대 후반의 남자가 태연히 앉아 있었다. 집에서 입는 평상복 차림으로 가만히 앉아 먼 곳을 응시하던 남자는 세금징수국 직원들을 보고는 천천히 고개를 돌렸다. 이내 남자는 강노승을 알아보더니 천천히 다가와 인사를 건넸다.

"아이고, 오래간만입니다. 이게 얼마 만입니까."

만면에 웃음과 여유가 흘러넘치는 얼굴, 다들 누군지 짐작하고 있는 남자였다. 선뜻 나서는 사람이 없는 와중에 천성희가 용감하게 나섰다.

"서원시청 세금징수국에서 나왔습니다. 방필규 씨 되세요?"

카메라 플래시가 온 집을 밝히는 중에도 방필규는 눈빛 하나 흔들리지 않았다.

"징수국에서 오신다는 거 알고 있었어요. 식사는 하셨어요? 밥은 먹고 일하셔야지. 좋은 일 하시는 분들인데."

"저희가 오늘 이렇게 찾아뵌 건 방필규 씨께서 체납하신 국세 452억 5천. 지방세……"

천성희가 세금징수국에서 온 이유를 고지하는 것을 낚아채 방필규가 말을 이었다.

"45억2천. 총 497억7천만 원. 그중에 지방세 45억2천 때문에 오신 거지요? 가택수색하러."

천성희는 방필규의 뻔뻔함에 기가 질릴 지경이었다. 냉정하고 사무적으로 대꾸했다.

"예, 잘 알고 계셔서 다행이고요. 그럼 지금부터 지방세 기본법……"

주도권을 잡으려는 듯 방필규는 다시 천성희의 말을 뺏었다.

"131조에 의거해서, 가택수색 및 동산 압류. 실행하세요."

상황이 우습게 돌아가고 있었다. 미안해하고 숨어야 할 사람이 오히려 당당하게 나서 압류하라고 명령을 내린 꼴이었다. 세금징수국이 아닌 방필규의 요청으로 압류하는 모양새가 되자 긴장이 흘렀다. 차가운 공기를 뚫고 방필규가 기자들을 향해 입을 열었다.

"일 시작하시기 전에 하나만 말씀드리면, 제가 세금을 안 낸 이유가 바로 이거 때문이었어요. 기자분들한테 할 말이 있어서. 이 기회가 아니면 누가 제 말을 들어주겠습니까? 다단계 사기꾼으로 몰려서 회사 날려 먹고 무일푼에 세금 한 푼 못 내는 사람의 말을요. 그렇죠?"

카메라 플래시가 사정없이 터졌다. 눈이 부셔 앞을 똑바로 못 볼 만큼 방필규에게 이목이 집중되고 있었다. 천성희는 심장이 철렁 내려앉는 기분이었다. 이렇게 정치적으로 흘러가선 안 되는 문제였다. 저 불빛에 체납세금이 가려지면 이 모든 게 허사였다. 천성희의 바람과 달리 방필규의 연설은 힘 있게 언론의 입맛을 훔쳐나갔다.

"저희 우향은, 지난 정부와 검찰, 경찰의 조직적인 표적 수사에 희생됐습니다. 저희 우향이 지향하는 소비생활 공유 마케팅은 관련법상 하등의 문제가 없는 합법적 다단계 사업이었습니다. 헌데! 연 2조 원의 매출을 올리는 그룹이 단 한 푼의 뇌물을 주지 않는다는 이유로! 우리 우향을, 불법 다단계 사기 기업으로 매도하여! 공중분해 되었습니다. 저희는! 회사를 끝까지 지키려고 노력했습니다. 20만 우향 가족의 목숨을, 끝까지 지키려 노력했습니다만…… 죄송합니다. 20만 우향 가족을 향한 마음의 빚! 평생 짊어지고 죄인의 마음으로, 그렇게 살아가겠습니다. 정말 죄송합니다."

기자들의 웅성거림에 천성희는 어지러움마저 느꼈다. 연설을 마친 방필규가 지친 얼굴로 세금징수국 직원들을 향해 말했다.

"그럼 시작하시죠, 가택수색."

최악의 조건과 여론을 등에 업고 가택수색이 시작되었다. 방필규는 세 치 혀를 놀려 단박에 기자들의 동정표를 끌어냈다. 기운 빠지는 시작이었지만 그렇다고 여기서 멈출 수도 없는 노릇이었다. 조사관들이 방필규의 서재를 뒤지던 중 시계와 귀금속이 나왔다. 방필규의 아내가 달려와 손을 붙잡고 애원했다.

"저기요, 좀 봐주세요…… 이거 우리 며느리가 선물한 거예요. 봐주세요. 죄송합니다, 한 번만……."

천성희가 원했던 그림과 가장 비슷했지만 악착같이 달려들지도 않았고, 못 준다며 생떼를 쓰지도 않았다. 이를 지켜보던 방필규가 나타나 상황을 싸구려 신파로 바꿔놓았다.

"그냥 드려요. 이렇게라도 애국해야죠. 우리가 지은 죄도 갚고."

말을 멈추고 기자들을 둘러본 뒤 신파에 양념까지 발랐다.

"작년 생일 때 며늘아이가 사준 건데…… 제가 변변치 못해가지고. 이 나이에 아들집에 얹혀살고 미안할 뿐입니다, 집사람한테."

방필규가 아내에게 짧게 "가자"라고 말하며 어깨를 부축해 서재를 나가자 모든 카메라가 그 뒤를 따랐다. 악덕 채무자의 재산을 들추는 성실한 공무원보다 전 재산을 잃고 자식에게 노년을 맡긴 지친 노인의 모습이 더 좋은 그림이었다. 방필규에게 던져진 "지금 심정이 어떻습니까?"라는 기자의 질문이 지금 상황을 말해주고 있었다. 히어로

역할은 방필규에게 완전히 넘어간 분위기였고, 천성희를 비롯한 세금징수국 직원들은 빌런이 되어 선량한 국민의 집을 유린하는 꼴이었다. 게다가 유린을 하려고 해도 벌써 다 빼돌렸는지, 체납한 세금을 대신할 귀중품은 하나도 보이지 않았다. 이대로 끌려갈 수 없었기에 천성희가 독한 마음을 먹고 말했다.

"분위기 반전 한번 해줘야겠네."

천성희는 기자들을 헤치고 방필규 앞에 섰다. 저 얼굴에 남아 있는 여유를 벗겨버리겠다는 각오로 말했다.

"2층 작은 방 문이 잠겨 있던데, 문 좀 열어주시겠어요?"

"그 방엔 아무것도 없는데요."

대답하는 방필규의 목소리에 힘이 빠져 있었다. 이제야 꼬리를 잡을 수 있겠다는 기대감에 찬 천성희는 더 강하게 밀어붙였다.

"그건 저희가 확인해볼 문제고요. 문 좀 열어주시죠."

한동안 말없이 천성희를 보던 방필규가 할 수 없다는 듯 말했다.

"그럽시다."

다시 모든 카메라의 눈길이 방필규의 손으로 쏠렸다. 잠긴 방을 따라 들어가는 동안 무거운 긴장이 흘렀다. 방 안에는 천성희가 예상한 대로 육중한 금고만 한쪽에 놓여 있었다. 금고를 본 순간 낮은 탄성과 웅성거림이 들렸다. 이럴 줄 알았다는 듯 천성희가 살짝 웃음을 보이며 방필규에게 말했다.

"금고네요? 열어주시죠."

"개인적인 물건밖에 없습니다."

"그 개인적인 물건이 뭔지 정말 궁금하네요. 열어주시죠."

"이렇게까지 해야겠습니까?"

천성희가 몰아붙이자 방필규 얼굴에 성난 기색이 엿보였다. 시종일관 미소와 함께 사죄의 말만 하던 방필규가 처음 보이는 반응이었다. 아랑곳하지 않고 천성희가 계속 말했다.

"예. 이렇게까지 하는 게 저희 일입니다. 기술자 불러서 강제 개방이라도 할까요? 그럼 저것도 상할 수 있는데. 몇 억 할 거 아니에요, 저 금고도."

천성희의 말에 방필규의 얼굴에 굵은 분노가 스쳤다. 열쇠를 돌려 손잡이를 잡은 방필규가 금고 문을 열기 전 잠깐 멈춰 물었다.

"조사관님 성함이 어떻게 되시죠?"

느닷없는 질문이었다. 천성희는 알 수 없는 불안을 느끼며 소속과 이름을 이야기했다.

"서원시청 세금징수국 징수3과. 천성희 조사관입니다."

가만히 이름을 들은 방필규는 무섭게 천성희에게 대꾸를 했다.

"기억할게요, 그 이름."

그러고는 손잡이를 돌려 천천히 금고 문을 연 방필규 뒤로 다시 카메라 플래시가 쏟아졌다. 금은보화가 무게를 이기지 못하고 쏟아지는 모습을 기대한 건 아니었지만, 그렇다 해도 금고 안의 모습은 너무나 초라했다. 서류 봉투 하나, 그것도 무엇이 들었는지 얇디얇은 봉투 하나뿐이었다. 천성희는 봉투를 열어 내용물을 확인했다. 그 순간 천성희는 '이 교활한 인간을 과연 이길 수 있을까' 하는 절망을 느꼈다. 천성희 손에 들린 건 낡고 바랜 방필규 아버지의 영정 사진이었다.

"부모 돼봐야 부모 맘 안다고, 나이 먹을수록 아버지 생각이 더하네요. 그 사진 하납니다. 돌아가신 우리 아버지 얼굴을 볼 수 있는 게."

다시 터지는 카메라 플래시 속으로 방필규가 사라졌다. 지금 언론에 기억될 사람은 효심 지극한 황혼의 남성이었다. 낭패였다. 더 이상 세금징수국이 할 수 있는 일은 없었다. 악질 자본을 응징하는 정의로운 공무원에서, 모든 걸 잃고도 효심만큼은 잃지 않는 늙은 남자를 괴롭히는 공권력이 되어버렸다.

모두가 떠나고 천성희가 마지막으로 힘 빠진 걸음을 옮기는 천성희를 방필규가 불러 세웠다.

"천 조사관님. 오늘 여기요, 저희 집. 왜 오신 겁니까? 진짜 세금을 걷으러 오신 거예요, 쇼 하러 오신 거예요?"

천성희가 대답하지 않자 방필규가 계속 말을 이었다.

"이 난리를 피운 게 쇼, 단지 쇼 때문이라면 내가 대승적인 차원에서 웃어 넘겨드릴게. 그런데! '진짜 세금을 걷어보겠다' 이런 마음으론 오신 거라면, 허허…… 천 조사관 많이 곤란해질 거야. 내가 다시 한번 물어볼게. 세금을 걷으러 온 거야, 쇼를 하러 온 거야?"

조금 전 싸구려 신파를 찍던 방필규의 눈이 아니었다. 심장에 손을 뻗어 움켜질 것 같은 강한 눈빛이었다. 대답이 없던 천성희가 방필규의 마지막 물음을 듣고 바라봤다. 천성희는 경직된 얼굴로 방필규를 똑바로 보면서 너무나 당연하다는 듯 질문에 답했다.

"일하러 왔습니다."

천성희 등 뒤로 정적이 남았다.

"알았어요. 들어가봐요."

그 자리에는 방필규의 여유로움과 천성희의 분노가 서로 엉켜 폭발할 것처럼 휘몰아쳤다.

안 그래도 무슨 일을 꾸미는 듯한 양정도를 어떻게 다시 잡아넣을까 고민 중이던 사재성이었다. 그러던 며칠 전 부동산업자 노덕기의 제보 전화 이후 확실한 실마리가 보였다. 사재성은 양정도의 뒤를 적극적으로 밟기 시작했다. 마진석을 엮기 위해 화성시청으로 가는 모습, 마진석 사무실에 잠입하는 모습. 조미주, 정자왕, 장학주 그리고 백성일과 어울리는 모습을 모두 파악해뒀다. 그들이 사기 치려는 화도리 땅 2만 평과 연기자들의 모습까지 모두 지켜보았다.

지켜보기만 할 뿐, 나서지 않은 것은 양정도를 확실히 엮기 위해서였다. 증거는 충분하지만 무작정 사기 미수로 잡아넣을 수는 없었다. 마진석이 계약서에 도장을 찍는 순간을 노리고 있었다. 사재성과 형사들이 양정도 일행을 지켜보던 가운데 장학주가 계약서를 가지고 있는 모습이 발견됐다. 사재성이 비웃음을 지으며 말했다.

"수건 다 돌렸나보네, 저놈들 저거."

사재성은 양정도를 아주 어릴 때부터 알고 있었기에 그가 어떤 생각을 하고 어떻게 행동할지 짐작할 수 있다고 자신했다. 일단 양정도를 확실하게 궁지로 몰기 위해 손발부터 잘라내기로 마음먹었다.

가장 먼저 백성일의 집을 찾았다. 늦은 시간 돌아온 백성일을 보고 사재성이 입꼬리를 말아올리며 웃어 보였다. 무슨 일인지 눈치채지 못하는 백성일에게 슬쩍 수갑을 보이자 표정이 굳었다. 그러고는 긴급체포로 백성일을 연행했다. 백성일뿐만이 아니었다. 장학주와 조미주, 정자왕 모두 비슷한 시간에 긴급체포되어 유치장에 갇힌 신세가 되었다. 영장 없는 긴급체포는 48시간 뒤에 풀어줘야 했지만, 그건 문제가 아니었다. 사재성의 목표는 오직 양정도였다.

모두를 긴급체포한 다음 날 사재성은 양정도의 오피스텔을 찾아갔다. 초인종을 눌렀고, 양정도가 문을 열어주자 사재성이 성큼성큼 집 안으로 들어갔다. 놀란 양정도가 물었다.

"어쩐 일로 오셨어요?"

"뭐 좀 물어볼 게 있어서. 내가 며칠 동안 너 찐(미행, 감시) 붙었던 거 몰랐지? 노덕기가 다 불었어."

사재성의 말에 양정도 눈빛이 변했다.

"마진석이라는 놈한테 60억짜리 사기 치려고 그런다며, 너?"

오해인 것 같다며 양정도가 부인을 하자, 사재성이 서류 뭉치 하나를 던졌다. 많이 본 서류였다. 화도리 23-1번지. 마진석을 엮어 팔려고 한 기획 부동산의 매매계약서였다. 서류를 보며 입을 다문 양정도에게 사재성이 말했다.

"정도야. 잔대가리 굴리지 마라. 네 대가리 굴리는 소리, 다 들려. 발바닥에 땀나도록 뛰어댕기지도 마라. 네 땀 냄새, 내가 다 맡아. 눈깔에 쌍심지 켜고, 호구 찾아댕기지도 마. 내 눈에는 다 보여. 그래서 형삿밥 먹고 사는 거야, 아저씨가."

대답 없는 양정도를 향해 사재성은 자신만만하게 말을 이었다.

"학주 그 새끼, 미주 그년, 돼지 새끼, 그 시청 새끼까지 다 긴급체포로 유치장 집어넣었다. 이거 어떡하냐? 너 나한테 빌미 줬어."

사재성 앞에 긴장한 기색이 역력한 양정도가 말했다.

"어차피 돈이 오고 간 것도 없어서 사기죄 성립이 안 될 텐데……."

"아니."

양정도의 말이 끝나기도 전에 그렇게 나올 줄 알았다는 듯 사재성이 말을 가로막았다. 애당초 사재성의 목표는 양정도뿐이었다.

"걔들은 48시간 지나면 풀어줄 거고. 너 내일 마진석이랑 도장 꽝찍을 거잖아? 그 계약서 갖고 네가 직접 가. 네가 거기에 도장을 받는 순간 바로 걸어버리게."

아무 말 못 하고 시시각각 변하는 양정도의 얼굴을 보는 재미가 있었다. 외통을 걸었으니 그만 포기하라고 충고까지 해줬다.

"된통 걸렸지? 그렇지? 그러니까 이쯤에서 그만둬, 인마. 아저씨가 다 너 생각해서 하는 소리야. 친아들내미한테도 이러진 않아, 귀찮아서."

충분히 알아듣게 이야기했다고 생각했다. 궁지에 몰아넣어 더 이상 빠져나갈 구멍이 없다는 것도 충분히 말해줬다. 하지만 그럴수록 양정도의 눈빛이 단단해지는 게 느껴졌다. 사재성이 뭔가 이상하다고 생각할 무렵 천천히 고개를 든 양정도가 선언하듯 말했다.

"알겠어요. 제가 직접 갈게요. 마진석한테 직접 도장 받겠다고요. 열심히 잡아보세요. 열심히 도망칠게요."

이 상황에서 도리어 당황한 건 사재성이었다. 궁지에 몰린 쥐가 진짜 고양이에게 덤벼든 꼴이었다.

"개가 똥 못 끊지. 내일 나 만나면 네가 직접 차라, 그거. 나이를 먹어서 그런지 수갑 채울 힘도 없다, 요즘."

양정도의 말이 도무지 어이가 없던 사재성은 수갑을 던져주고 나왔다. 이미 양정도의 팔다리는 다 잘라낸 상태였으니 혼자 할 수 있는 건 아무것도 없다고 생각했다. 그런데도 정면으로 도전하는 양정도가 어떤 꿍꿍이속인지 궁금할 지경이었다. 사재성의 짐작이 맞다면 이대로 주저앉을 양정도가 아니었다.

밤새 양정도의 집 앞에서 잠복하던 사재성은 날이 밝자 서둘러 준비하고 나가는 양정도의 모습을 발견했다. 사재성과 함께 대기하던 후배 형사가 감탄하며 말했다.

"진짜 오늘 움직이네요."

"뛰어봤자 부처님 손바닥이지."

사재성이 이죽거리며 잘난 척을 했다. 무전기로 주변에 매복하던 형사들에게 양정도의 움직임을 주시하라고 지시 내리며 뒤를 밟았다.

"미꾸리 움직인다. 동선 확실히 따고 계약서에 도장 찍을 때, 인주 마르기 전에 바로 걸어. 알았냐들!"

15
낚시

사재성이 으름장을 놓고 떠난 오피스텔에 홀로 남은 양정도는 밤새 생각을 멈추지 않았다. 아버지와 함께 일하던 형사. 아버지와 오랜 시간 함께한 동료였으며, 그러면서 아버지와 양정도를 누구보다 가혹하게 추적해 교도소로 보낸 사람. 양정도만큼이나 아버지가 청렴하다는 걸 알고 있었으면서, 누구보다 혹독하게 아버지를 비난한 사람이 사재성이었다.

양정도는 앞으로 해야 할 일들의 순서부터 정해나갔다. 가장 급한 건 마진석이었다. 더 틀어지기 전에 마진석부터 불러냈다.

"마 사장님. 저예요, 김 계장. 박 사장님이 급한 일이 생기셨다네요. 그래서 그 도장, 제가 받아야 될 거 같은데. 혹시 오늘 시간 어떠세요?"

서둘러 준비하고 집을 나서야 자기 주변에 흐르는 미묘한 기운을 느낄 수 있었다. 양정도의 빠른 눈썰미는 그들 귀에 꽂힌 인이어 무전기를 놓치지 않았고, 알알이 박히는 눈길은 모른 척하는 것이 더 힘들었다. 자신의 움직임에 맞춰 일정한 거리를 두고 움직이는 형사들이었다. 양정도는 휴대전화를 들어 미행하는 형사와 사재성의 모습을 비춰 상황을 판단하고, 상대가 슬쩍 몸을 숨기려 하자마자 화살처럼 튀어 내달렸다.

양정도의 움직임을 시작으로 형사들 역시 일제히 뒤쫓기 시작했고, 사이렌 소리가 순식간에 조용하던 거리를 메웠다. 빌딩을 지나 좁은 골목으로 정신없이 달렸다. 차로 따라붙기 어려운 곳으로 거칠게 숨을 몰아쉬며 달렸지만, 형사들 역시 만만치 않았다. 숨이 턱까지 붙어 지쳐 쓰러질 때쯤, 익숙한 동네가 아닌 탓인지 양정도는 삼거리 구석으로 몰렸다. 더 이상 숨을 곳이 없어 포기할 마음까지 생겼다. 꺾인 무릎을 쥐고 거친 숨을 몰아쉬는데 검은 세단 한 대가 다가왔다. 뒷좌석 창문이 열리며 보인 얼굴은 노방실이었다.

몇 시간 전 김 전무와 만나고 온 노방실은 마음이 편치 않았다. 왕회장의 목숨을 두 번이나 구해줬다는 말은 여전히 믿기 힘들었지만, 그런 아이를 그대로 놔두자니 계속 마음이 쓰였다. 그런 노방실의 마음을 움직인 건 한 통의 전화였다. 양정도의 상황을 설명하는 정체 모를 남자의 전화는 의심보다 걱정을 더 부추겼다. 전화를 끊자마자 노방실은 양정도를 구하기로 마음먹고 차를 움직였다.

위기의 순간에 자신을 보고 차에 탄 양정도가 엄지손가락을 치켜

세웠다. 그런 양정도를 보니 노방실은 묘한 기분이 들었다. 여전히 세상 무서운 거 모르며 날뛰는 천둥벌거숭이였지만, 그런 모습이 싫지 않았다.

추격하는 형사들의 차를 보고도 노방실은 전혀 개의치 않았다. 노방실의 여유로운 모습 뒤로 지금 달리고 있는 차와 같은 모델, 같은 번호의 차가 한 대가 늘어났다. 그리고 교차로를 지날 때, 신호에 걸릴 때마다 차는 하나둘씩 계속 늘었다. 플라나리아처럼 계속 늘어나는 차들 중 한 차만을 뒤쫓을 방법은 없었다. 결국 형사들을 모두 따돌린, 양정도를 태운 차는 자동 세차장으로 자연스럽게 들어갔다. 기계 속으로 빨려 들어갈 때 노방실이 입을 열었다.

"돈 많으면 뭐가 좋은 줄 아니?"

빙긋 웃으며 말을 이었다.

"이런 차 여러 개 살 수 있다."

숨이 진정된 양정도 역시 노방실의 재주에 놀라 물었다. 마침 적당한 시간에 적당한 장소에 이렇게 철저하게 준비해서 나타나 도와줄 줄은 꿈에도 몰랐다.

"어떻게 알고 연락하셨어요?"

"누가 우리 사무실로 연락을 했데, 다른 애들은 다 잡혀 있는데 너 혼자 경찰에 쫓기고 있다고. 나한테 연락한 사람이 누굴까?"

"글쎄요?"

양정도가 능청스러운 표정을 지으며 모르겠다는 눈치를 보였다.

"몰라? 누군지?"

"당연히 저도 모르죠."

재차 물었지만 정말 모르는 눈치였다. 역시 의심스러운 것 천지였지만 노방실은 더 이상 캐묻지 않았다.

"그래? 난 또 너는 아나 했지. 나중에라도 알게 되면 꼭 연락 줘."

한편 양정도를 놓친 사재성의 분노는 하늘을 찌를 지경이었다. 계속 날아오는 무전에서는 모두 똑같은 말만 반복해 들려왔다. 같은 차량들이 나타났고, 어떤 차에 양정도가 탔는지 알 수 없다는 말뿐이었다. 고함을 질렀지만 대꾸가 없었다. 차를 놓친 형사들이 다시 모였을 때쯤 분노와 짜증이 뒤범벅이 된 사재성은 이성을 잃고 말았다.

"사람이 몇 명인데 그 한 놈을 못 잡아?"

아무 말도 못 하고 있는 부하 형사 중 한 명의 정강이를 걷어찼지만 분노가 식지 않았다. 냉정하게 다시 생각했다. 사재성이 놓치고 있던 부분이 이제야 떠올랐다.

"마진석! 그놈 지금 어딨어? 마진석이 동선만 따면 양정도 바로 걸수 있잖아! 빨리!"

양정도의 목표는 어찌됐든 마진석이었다. 마진석만 어디에 있는지 알아내면 반드시 잡을 수 있는 게임이었다. 이제야 그 사실이 생각난 자신을 원망하며 형사들을 채근했지만, 아무도 움직이지 않았다. 뭔가 폭발할 듯 원망과 불만이 가득한 얼굴들이었다.

"반장님! 양정도고 뭐고 지금 우리 걱정이나 해요! 남의 관할 난장판 만들어놓고! 그놈이 아직 사기를 친 것도 아니고 추측성 범죄 갖고 이런 사달 낸 거 알면, 우리 정직 먹어요!"

사재성의 낯빛에 분노가 이글거렸다. 말문이 막혀 할 말이 떠오르지 않았고, 아쉬운 마음으로 도로를 살폈지만 양정도가 탄 차는 찾을 수 없었다. 사재성이 머리를 매만지며 고민하는데, 다른 형사들에게 하나둘 문자메시지가 전송됐다. 문자메시지를 확인하던 형사들의 표정이 굳어가더니 사재성을 바라보는 눈빛이 변했다. 사재성은 뭔가 잘못되고 있다는 걸 느끼고 물었다.

"뭐야, 뭐야?"

형사들이 잔뜩 굳은 얼굴로 다가오더니 사재성의 손목에 수갑을 채웠다.

"뭐야? 뭐 하는 거야, 이 새끼들아! 야, 놔!"

다른 모든 범죄자들이 그러듯이 덫에 걸린 짐승처럼 발버둥치는 사재성에게 비수 같은 말이 날아와 꽂혔다.

"순순히 가시죠. 연행해."

사재성을 따돌린 양정도는 노방실과 헤어진 후 마진석을 만나기로 한 커피숍에 도착했다. 완성된 작전이기에 조급함은 없었다. 잠시 뒤 들어온 마진석을 보고 손을 흔들어 알은척을 했다. 늦었다고 인사하는 마진석을 천천히 바라봤다.

"일부터 먼저 할까요?"

오히려 안달이 난 마진석이 일부터 하자며 먼저 재촉했다. 양정도는 그런 마진석에게 계약서를 건네며 천천히 잘 살펴보라는 말도 잊지 않았다. 계약서에 이상한 점은 없었다. 다만 계약하고 있는 땅이 마진석이 본 땅과 다를 뿐이었다. 계약서를 다 읽은 마진석은 힘을 줘 도장을 찍었다. 한 장 한 장 계약서를 살피며 도장을 다 찍은 마진석을 보고 양정도가 말했다.

"이 정도면 됐고요. 저번에 제가 드린 계좌번호 있죠? 여덟 개. 그쪽으로 돈 송금하시면 돼요. 62억."

마진석 얼굴에서 웃음이 떠나지 않았다. 주머니에서 휴대전화를 꺼내 어딘가로 전화를 걸었다.

"어, 형인데. 지금 쏴라, 돈."

기분 좋게 입금을 기다리던 마진석이 양정도에게 몸을 기울이며 말했다.

"몇 분 안에 들어갈 거예요. 근데, 김 계장님. 제가 제안 한 가지만 드려도 될까?"

준비한 계획이 모두 끝났다. 이제 마진석의 동생이 입금할 돈만 기다리면 됐다. 더 이상 마진석이 무슨 이야기를 하든 별 관심이 없으니 양정도는 심드렁하게 고개를 끄덕였다.

"제가 백 과장님한테 수수료 5프로 드리기로 했거든요? 근데 생각을 해보니까 그 양반이 일한 게 하나도 없어. 일은 다 여기 계신 김 계장님이 하셨는데. 그렇죠?"

양정도는 헛웃음이 나왔지만 짐짓 모르는 척 물었다.

"무슨 말씀을 하고 싶으세요?"

"제가 백 과장님한테 5프로 드리면 그거 반으로 나누기로 한 거 맞죠? 2.5프로씩. 그러지 마시고 제가 김 계장님한테 3프로 드릴게. 그렇게 하시고 백 과장은 쌩깝시다. 좋잖아. 이제 안면도 있으니까 나중에 좋은 거 있으면 다이렉트로.”

비실비실 웃으며 자신과 작당하려는 마진석을 보자 웃음이 터져 견딜 수가 없었다. 여러 사람을 만나봤지만 이런 치사한 사람도 드물었다. 양정도가 웃음을 참지 못하는 사이 긴급체포에서 풀려난 백성일이 들어오며 말했다.

“끝까지 양아치네.”

느닷없이 들어온 백성일은 마진석을 당황시켰다. 이 민망한 상황에 특별히 할 말이 없던 마진석은 어색하게 웃기만 했다. 양정도가 자리를 비켜주자 백성일이 마진석 앞에 마주 앉았다. 거만하게 앉은 백성일을 보며 마진석이 쑥스러운 웃음을 보였고, 백성일은 나지막한 목소리로 말했다.

“야, 마진석. 너 사기당했어.”

진지한 목소리와 표정의 백성일을 보고 마진석은 의아한 미소를 지었다. 당장 무슨 소리인지 감이 잡히지 않았다. 그런 마진석에게 백성일이 다시 한번 알려줬다.

“너 사기당한 거라고, 이 병신아.”

거칠게 바뀐 백성일의 말투에 마진석의 표정도 변했다. 서서히 웃음이 말라 백성일의 말에 귀를 기울였다.

“네가 지금 60억 넘게 주고 산 그 땅, 실제로 얼마짜린지 알아? 평당 만 원짜리야. 그린벨트에 묶여서 고구마 하나 못 심는 땅. 다 죽은 땅."

백성일의 말이 끝나자 마진석이 양정도를 바라봤다. 양정도는 상황을 알 수 없다는 표정을 지었고, 뜬금없는 소리를 늘어놓는 백성일을 보니 어이없었는지 웃음을 터뜨렸다.

"무슨 말을 그렇게 어이없게 하냐. 하하하."

마진석의 웃음에 백성일은 도리어 안타깝다는 표정으로 말했다.

"야, 정도야. 얘 또 안 믿네."

백성일의 말에 마진석은 불안감에 휩싸였다. 뭔가 있는 눈치였다. 아직 백성일의 말을 전부 믿을 순 없었지만 양정도와 눈을 마주치는 모습을 보니 피가 싸늘하게 식었다. 억지로도 웃지 못하는 마진석을 보고 백성일이 말했다.

"너 지적도 검색하는 거 좋아하지? 한번 검색해봐. 공시지가가 얼만지. 화성시 봉평읍 우정면 화도리 23-1번지. 검색해봐봐, 얼른."

백성일의 진지한 표정에 마진석 얼굴이 굳었다. 불안이 확신으로 변하고 있었다. 양정도를 바라보며 '김 계장'을 찾았지만 빙글빙글 얄미운 웃음을 띠며 양정도가 말했다.

"나 김 계장 아닌데. 저 양씨예요."

마진석은 이제서야 상황 파악이 확실히 됐다. 백성일이 말한 퍼즐을 찾아 커피숍에서 컴퓨터를 쓰고 있는 손님을 밀쳐내고 떨리는 손으로 민원24 홈페이지를 검색해 들어갔다. 주소를 입력하고 지적도를 열어 공시지가를 확인하는 순간 망치로 뒤통수를 맞은 듯했다. 마진석은 입금을 부탁한 동생에게 전화부터 걸었다. 손을 벌벌 떨며 소리를 질렀다.

"야! 돈, 돈 보내지 마! 입금하지 말라고, 새끼야!"

커피숍이 쩌렁쩌렁 울리게 지르던 소리가 잦아들면서 마진석의 기대와 달리 이미 입금이 됐다는 걸 알 수 있었다. 얼굴이 하얗게 질린 마진석은 백성일이 알던 사람의 얼굴이 아니었다.

"야, 마진석. 너 그런 얼굴 처음 본다. 60억이 진짜 크긴 큰가봐."

백성일의 말처럼 마진석의 얼굴에 굴욕이 비쳤다. 붉으락푸르락하던 마진석은 곧 불안과 체념이 뒤섞여 절망의 기운이 스몄다. 그를 향해 백성일이 말을 덧붙였다.

"아! 네가 물 먹였던, 너희 집에서 일하시는 아줌마. 그 아줌마 얼굴이 지금 네 얼굴이랑 똑같았어. 이제 그 아줌마 기분을 좀 알겠냐? 그러니까 돈 가지고 사람 갖고 놀고 그러면 안 되는 거야, 이 자식아."

줄이 끊어진 인형처럼 주저앉은 마진석이 백성일에게 매달렸다. 하늘 끝에 닿을 것 같던 자존심은 흔적도 없이 사라진 것 같았다.

"백 과장님, 나 한 번만 봐주라."

반응없는 백성일을 보고 마진석은 양정도에게 매달렸다. 당장 바짓가랑이라도 잡고 빌 듯한 모습이었다.

"계, 계장님. 이러면 안 되잖아. 나 그 돈 어렵게 모은 거거든……."

울먹이는 마진석의 얼굴은 나이보다 한참 어려 보였다. 허세와 가식을 벗어낸, 순진한 청년의 모습까지 보일 정도였다. 그렇게 무릎까지 꿇고 사정하던 마진석이 겁에 질리다 못해 이제 화를 내기 시작했다. 포식자에게 잡힌 초식동물 같은 애처로운 반항이었다. 화내고 소리쳐봤자 겁먹을 사람이 없는 비명을 질렀다.

"야, 이 씨! 나 봐줘…… 나 죽어, 진짜야. 백 과장님. 내가 진짜 어떻게 모은 건데……."

울먹이며 백성일의 멱살을 잡고 흔드는 마진석 뒤로 긴급체포에서 풀려난 팀원들이 한 명씩 모여들었다. 장학주가 먼저 들어와 말을 걸었다.

"어이구, 마 사장님. 화가 많이 나셨나보네그려."

그리고 마지막으로 노방실이 당당하게 걸어오며 한마디 보탰다.

"얘냐? 돈 떼먹고 다니는 애가?"

모여드는 사람들 얼굴이 마진석 눈에 하나같이 낯이 익었다. 둘레를 살피던 마진석은 실성한 듯 헛웃음을 뱉더니 악을 쓰듯 말하며 휴대전화를 꺼냈다.

"이 사기꾼 같은 새끼들…… 너희 사람 잘못 건드렸어, 이 새끼들아. 뭐 콩밥 좀 먹어봐라. 이 개거지 같은 새끼들아."

그런 마진석의 휴대전화를 백성일이 낚아챘다. 얼이 빠져 어쩌지 못하는 마진석을 향해 백성일이 말했다.

"경찰에 전화해도 소용없어. 다 끝났어. 앉아봐. 얘기 마저 들어."

그래도 어리바리 정신을 못 차리고 서 있는 마진석을 향해 백성일이 폭발하는 고함을 질렀다.

"앉아, 이 새끼야!"

평소에 볼 수 없을 만큼 분노한 백성일의 기세에 눌린 마진석이 마지못해 자리에 앉았다. 뚫어지게 마진석을 노려보던 백성일이 천천히 입을 열었다.

"마진석, 이제부터 내 얘기 잘 들어."

백성일은 숨을 고르고 정말 하고 싶었던 이야기를 꺼냈다. 반드시 마진석에게 해주고 싶었던 이야기, 언젠가 꼭 해야겠다고 마음먹은 이야기였다.

"지방세 5억2천. 국세 52억5천. 총 57억7천만 원의 체납세금을! 완납하셨습니다."

백성일의 말에 마진석은 넋이 나가버렸다.

"야, 마진석. 앞으로는 쪽팔리겐 살아도 치사하겐 살진 말자. 우리가 자식들한텐 부끄럽게 살지 말아야지."

마지막으로 말을 끝내며 백성일은 주머니에서 지난번 마진석이 건넸던 자동차 열쇠를 꺼냈다. 열쇠를 다시 마진석 앞에 던져준 백성일의 표정에는 후련함이 감돌았다.

16
거악

서원시청은 난리가 났다. 시작은 세무과에서 일하는 직원이 본 화면이었다. 믿기 힘든 금액이 이체된 걸 확인한 직원은 팀원들과 함께 모니터를 확인했다. 모니터에 마진석의 이름과 함께 '납부 완료'라는 글자가 떠 있었다. 백성일이 마진석에게 사기 친 돈을 서원시청 세무과에 입금한 순간이었다.

이 놀라운 소식은 천갑수와 대면 중이던 안태욱에게도 전해졌다. 급하게 시장실로 들어온 세금징수1과 백성일의 보고는 둘의 대화를 멈추고도 남을 만큼 충격적이었다.

"저, 국장님. 마진석 씨가 체납세금을 납부했답니다."

"얼마나요?"

"전부요. 국세청에 연락해보니까 체납한 국세 52억 5천만 원도 전부 완납을······."

말꼬리를 흐리는 백성일을 보고 안태욱의 눈썹이 씰룩거렸다. 일이 이렇게 돌아가면 안 된다는 걸 안태욱은 알고 있었다.

"잘됐네. 그런데 안 국장은 표정이 왜 그래?"

천갑수는 아직 이 사태가 어떤 일인지 감을 못 잡는 듯 물었다. 이번 일은 단순히 고액 체납자가 밀린 세금을 낸 문제가 아니었다. 안태욱은 백성일을 내보낸 뒤 천갑수에게 상황을 이야기했다.

"마진석 그 사람······ 방필규 사장 젖줄입니다, 시장님. 방 사장 심기 건드릴까봐 저희 선에서 적당히 커버 쳐주고 있었는데······."

이제야 행간에 숨은 의미를 알았는지 천갑수가 다시 물었다.

"누구 담당이었어?"

"3과 백성일 과장 담당이었는데요. 이 양반, 덩치만 컸지 간이 워낙 작아서 제대로 손때나 묻힐 수나 있을까 하고 툭 던져줬는데. 요즘 뭔 바람이 불었는지 자꾸 만지려고 하데요, 백성일 과장이 마진석 씨를."

천갑수는 안태욱을 물끄러미 바라보다 말없이 너털웃음만 터뜨렸다.

"마진석, 방필규, 최철우, 요 라인 무너지면 분명히 우리 라인에도 칼이 들어올 텐데요. 방 사장까지 다칠 일은 없겠죠, 시장님?"

안태욱의 보고를 듣고 천갑수는 숨을 크게 내쉬었다.

방필규의 체납세금을 받으려 했던 천성희는 몸도 마음도 너덜너덜한 상태였다. 방필규는 아무리 깨려고 해도 깨지지 않는 바위 같은 상대였다. 이제 백성일을 어떤 식으로 구해야 할지 막막했다. 생각할 힘도 없는 마당에 사무실로 돌아온 천성희는 이해할 수 없는 말을 들었다. 이해도 안 되고 말도 안 되는 말에 천성희가 되물었다.

"지금 그게 무슨 소리예요?"

"마진석 씨요. 체납세금 완납했다고요."

자리를 비웠던 세금징수 2과와 3과 조사관들을 제외하고 모두가 마진석 세금 완납 소식을 알고 있는 분위기였다. 허탈해 웃음을 짓는 조사관들 사이에서 백성일을 걱정한 강노승이 물었다.

"이게 어떻게 된 거냐, 성희야? 그놈이 갑자기 왜? 세금을 갑자기 왜 냈냐고?"

천성희는 안 좋은 생각이 들었다. 양정도와 어울려 다니던 모습이 떠올라 불안은 더욱 커졌다. 어떻게 된 일인지 백성일에게 직접 듣고 싶었다. 전화를 하러 사무실 밖으로 나가는데, 천성희는 의외의 인물과 마주쳤다. 마찬가지로 생각 못한 만남으로 깜짝 놀란 양정도였다.

"어…… 나…… 백성일 과장님, 그 아저씨 보러 왔……."

지난번 '다신 마주치지 말자'고 한 천성희의 경고 탓에 양정도는 평소와 다르게 움츠러들어 말꼬리를 흐렸다. 그런 양정도를 향해 천성희는 무섭게 눈을 뜨고 노려보며 말했다.

"너랑 과장님이 한 거지?"

양정도는 무슨 말인지 바로 이해하지 못한 표정이었고, 천성희는 계속해서 양정도를 몰아붙였다.

"마진석 세금. 너랑 과장님이 사기 쳐서 받아낸 거잖아."

대답을 못 하는 양정도에게 천성희는 입에 칼을 물고 상처를 줬다.

"정말 안 맞는다, 너랑 나."

양정도가 무슨 말인지 파악도 하기 전에 천성희는 말을 계속 쏟아냈다.

"마진석이 세금 내면 백 과장님 못 구해. 폭행에 뇌물, 다 그대로 뒤집어써야 된다고, 과장님이."

그러나 양정도는 마진석 세금을 받은 게 천성희와 도대체 무슨 관계가 있는지 알 리가 없었다.

"그게 무슨 말이야?"

"세금 갖고 딜 치려고 했다고, 마진석 세금 걸고. 백 과장님 살리려고 했다고…… 폭행도 없던 일로 하고! 뇌물 받았다는 제보 전화도 지우려고 했다고. 근데! 이젠 안 돼. 자기한테 사기 쳐서 세금 낸 사람을 누가 도와주려고 하겠어."

한 대 맞은 기분이었다. 양정도는 지금 자기가 듣고 있는 이야기를 정확히 이해한 것인지 확신이 안 섰다.

"내가 지금 이해가 안 돼서 그러는데…… 난 이런 얘기 처음 듣는 거거든."

"과장님 징계위 올라갔어. 잘릴 거라고, 과장님 이제! 넌 마진석 세금 걸었으니까 감옥 안 가지? 과장님이랑 그렇게 약속했다며. 축하해. 축하는 하는데. 우리 과장님은 못 구해, 이제."

말을 끝낸 천성희는 뒤도 안 돌아보고 가버렸다. 양정도는 마음이 무거워졌다. 백성일을 처음 만났을 때부터 있었던 일을 복기했다. 아무리 생각해도 지금까지 자신에게 그와 비슷한 말도 꺼낸 적이 없었다. 정말 순수하게 나쁜 놈들에게 세금을 받아내려 한 것이었다고? 자신을 희생하면서까지? 그런 바보 같은 백성일에 대한 미안함과 죄책감에 밀린 양정도는 백성일의 집으로 향했다.

한편 백성일은 징계위원회를 앞두고도 오히려 마음이 편했다. 할 일을 마친 기분이었다. 집에 돌아와 제사 음식을 올리다 딸에게 캔 커피 하나를 부탁했다. 고인이 살아생전 좋아했던 커피는 제사상에 빠뜨리지 않고 올리는 음식이었다.

"커피 좀 그만 줘. 맨날 커피만 마셔가지고, 이 누렇고 속 안 좋고……."

아내의 타박도 못 들은 척 무시하고 상에 올렸다. 아내가 투정을 늘어놓는 동안 텔레비전에선 현직 경찰관 구속 뉴스가 흘러나오고 있었다. 얼굴이 모자이크 돼 알아보긴 어려웠지만 웬지 낯이 익은 모습이었다. 전화금융사기의 범행 방조와 뇌물을 받았다는 앵커의 말은 그러거나 말거나 믿지 않게 눈을 흘기는 아내의 타박에 묻혀 스러졌다.

"친오빠가 아니라 웬수지, 웬수. 저놈의 인간 때문에 미련 곰탱이같은 남자랑 결혼하고."

"엄마 듣는다. 좀 조용히 해."

"주무셔. 그리고 어머님도 인정했어. 당신 미련 곰탱이 같은 거."

"언제는 덩치 큰 남자 좋다며. 이상형이라며, 나보고."

싫지 않은 듯 피식 웃어 보이는 아내 뒤로는 김민식의 영정 사진이 놓여 있었다. 초인종이 울린 건 그때였다. 찾아올 사람이 없는 늦은 시간이라 의아했다. 문을 연 백성일 앞에는 양정도가 방긋 웃고 있었다.

마침 제사를 마친 뒤 늦은 저녁식사를 하려던 참이라 양정도도 함께 저녁을 들었다. 느닷없이 찾아온 젊은 남자를 보고 백성일의 아내는 말이 많아졌다.

"애 아빠 후임 중에 이렇게 잘생긴 분이 계신 줄 몰랐네. 결혼은 하셨어요? 여자친구는? 그럼 요즘 말로 썸 탄다고 그러나? 암튼 그건?"

한 숟갈 제대로 뜨지 못한 채 대답도 못 하는 양정도를 보고도 아내의 질문이 멈추지 않았다.

"그럼 맞선 한번 보실래요?"

"밥 좀 먹게 가만히 좀 냅둬! 이럴 걸 왜 밥을 먹으라 그래? 그냥 가라 그러지!"

보다 못한 백성일의 타박에 식탁이 순식간에 냉랭해졌다. 그러고는 아무도 입을 안 열자, 정작 제일 가시방석에 앉은 사람은 양정도였다. 분위기를 바꾸려고 백성일의 딸에게 은근히 말을 붙였다.

"몇 살이야?"

"고1이요."

"고1은 몇 살이지?"

"세봐요."

사춘기 여고생답게 냉랭하다 못해 싸늘한 반응이었다. 아무리 양정도라 해도 사춘기 여고생에게는 어떻게 해야 할지 몰라 말을 버벅 거렸다.

"그렇지. 내가 세보면 되지. 똑똑하다. 야, 근데 너 되게 예쁘게 생겼다. 학교에서 인기 많지? 그렇지?"

양정도의 말을 듣던 백성일의 딸이 수저를 멈추고 양정도를 뻔히 바라봤다.

"아저씨 사기꾼이죠?"

정곡을 찌르는 말에 백성일이 더 놀라 젓가락질을 멈췄다. 당돌한 모습에 놀란 양정도 역시 할 말을 잃긴 마찬가지였다. 당황한 어른을 두고 이 당돌한 여고생은 아무렇지 않게 말을 이었다.

"예쁜 게 아니라 평범하게 생긴 거고요, 인기도 없어요. 식사나 하세요. 과장 딸이라고 아부 떨지 마시고."

어색한 식사 자리를 재빨리 마친 뒤 둘은 근처 포장마차로 향했다. 잔을 비운 양정도가 어렵사리 입을 열었다.

"아까 제사 지내던 분은 누구예요?"

"내 손위 처남."

"되게 일찍 돌아가신 거 같던데, 왜 돌아가신 건데요?"

양정도의 질문에 백성일은 잠시 머뭇거리다 말을 꺼냈다.

"자살했어, 6년 전에. 내 선임이었는데 뇌물 받았다는 제보가 들어와 갖고…… 아무튼 괴로워하다가 그렇게 됐어."

양정도는 말없이 이야기를 들으며 잔을 비웠다.

"내가 그때. 한 번만, 그때 딱 한 번만 그 형님 믿어줬으면 저렇게 안 됐을 수도 있는데…… 내가 그때 그 형님한테 마지막으로 뭐라고 했는지 아냐? 튀지 말자고. 나 연금 타야 된다고. 당장 죽을 생각하는 사람한테 내가 연금 얘기하고 앉아 있었어."

후회가 사무친 듯 말하던 백성일도 계속 술잔을 비웠다. 양정도는 뭔가 이상한 점을 느껴 물었다.

"근데, 그분 뇌물 받은 건 확실해요? 건드려선 안 될 놈 건드린 건 아니고?"

백성일은 양정도를 바라보며 생각했다. 이야기를 할까 말까 고민하는 건 아니었다. 아픈 날의 상처가 다시 살아나는 거북함 때문이었다. 세금징수국 누구나 짐작하고 있지만 아무도 꺼내지 않던 이야기였다. 백성일이 힘겹게 입을 뗐다.

"우향. 우향을 쳤어, 민식이 형이. 서원시 1등 고액 체납자 우향그룹 최철우 회장 한번 털어보자, 젊은 혈기에 그런 마음으로 시작했던 건데. 최철우 근처도 못 가보고 다 막혔어. 최 회장 오른팔, 방필규라는 놈 때문에."

이야기하는 동안 백성일은 마치 그날로 다시 돌아간 것처럼 또렷이 기억하고 있었다. 가택수색에도 아랑곳하지 않고 식탁에 앉아 편히 밥을 먹던 방필규의 표독스러움이 떠올랐다.

"시청에 줄 댄 데가 한두 군데가 아니더라고. 방필규 타고 최철우까지 엮을 계획이었는데, 전화 한 통으로 다 끝났어."

후회가 담긴 목소리로 백성일은 말을 이었다.

"다음 날 바로 안 국장 떨어져나가고, 1과 백성일이 떨어져나가고.

며칠 있다 노승이 형도 떨어져나가고, 결국엔 나도…… 그러니까 가더라…… 갔어, 그렇게."

"그럼 그, 방 뭐시긴가. 암튼 그 사람이 전화 건 시청 사람이 누구예요? 아니, 꽤 높은 사람이었나봐요? 전화 한 통에 징수국 완전 박살 난 거 보면?"

"있어, 그런 사람."

"에이, 그런 사람이 누군데?"

양정도의 말에 대답할 수 없었다. 떠올리기 싫은 기억 안에 숨은 자신의 비겁함이 백성일을 괴롭혔다. 화제를 바꾸고 싶었다. 늦은 시간에 찾아온 이유가 궁금해 물었다.

"아, 그냥 있어. 그런 사람. 너랑 상관없는 사람이니까 관심 꺼. 근데 넌, 야밤에 왜 남의 집에 불쑥 찾아왔냐?"

"아저씨 보러 온 건 아니고. 절대로……."

말을 하고도 쑥스러운지 양정도가 말꼬리를 돌렸다.

"왜 말 안했어요? 아저씨 징계위 올라갔다면서요. 잘릴 수도 있다면서."

"그건 그때 가봐야 아는 거고. 뭐, 정직선에서 끝날 수 있어."

"아니, 마진석 체납세금 60억이요. 그거 가지고 거래할 생각은 안 해봤어요? 막말로! 그 돈 돌려줄 테니 폭행 덮고, 뇌물 지우고. 그렇게 말할 수도 있는 거잖아."

양정도의 말이 맞다. 그렇게 하면 되는 거였다. 하지만 백성일은 그런 사람이 아니었다. 부끄럽지 않게 살았고, 창피하지 않게 살고 싶었다.

"그게 뭐냐. 너무 후지잖아. 내가 너한테 한 말도 있는데. 내가 어쩌다가 폭행은 했지만 뇌물 같은 건 받은 적 없으니까 잘리지는 않을 거야. 정직선에서 마무리 짓게 잘해야지."

"잘하면 다행이고요. 잘 못할 거 같은데, 무슨."

대책 없이 낙관적인 백성일을 보니 씁쓸한 걱정이 밀려왔다. 양정도는 막상 준비한 이야기를 꺼내지도 못하고 부끄러워 빙빙 돌리다 그제서야 백성일의 물음에 대답했다.

"아, 그냥요. 아저씨한테 뭐 하나 드릴 게 있어가지고."

양정도의 말을 듣자마자 달라고 손을 내미는 백성일을 바라봤다. 양정도는 싱긋 웃으며 백성일의 잔을 채우고서 말했다.

"아니, 지금 말고."

달동네 아래 보이는 야경이 처연하게 빛났다.

양정도와 한잔한 뒤 집에 돌아온 백성일은 밤새 몸을 뒤척였다. 귓가에서 계속 맴도는 양정도의 말이 신경 쓰여 잘 수가 없었다. '뭐 하나 드릴 게 있다'며 웃던 양정도의 말이 아직도 생생하게 귓가를 울리고 있었다. 아직 해도 뜨지 않은 시간, 답답한 마음에 일어나 냉동 창고로 향했다. 징계위원회까지 잡힌 마당에 백성일이 마음을 기댈 곳은 이제 그곳뿐이었다. 백성일이 사람 없는 마장동 골목을 걷는 동안 냉동 창고에는 이미 양정도가 다른 사람들을 모아 이야기하고 있었다. 양정도가 꺼낸 제안에 모두 의아한 얼굴이었다.

"근데 그렇게까지 해야 돼?"

조미주가 이해할 수 없어 되물었다. 양정도는 짧게 본론만 했던 이야기를 풀어서 다시 설명하기 시작했다.

"백성일 아저씨, 좀 불쌍하지 않아요? 어쩌다 우리 같은 사람들이랑 살 부대끼게 되긴 했어도, 좋은 일 하는 사람이잖아요. 우리 같은 사람들이 하는 일이 뭐야. 온갖 법 다 어기고 사는데, 이번엔 법을 지키려고 일을 했잖아요. 나는 공사 끝내고 나서 이런 기분은 처음 들던데. 재밌지 않았어요?"

아무도 대답하지 못하는 가운데 양정도가 노방실을 바라보며 대답을 유도했다.

"그렇지 않았어요, 여사님?"

피식 웃음 짓는 모습을 봐서 노방실 역시 양정도가 하는 말을 무조건 반대하는 모습은 아니었다. 둘러보니 노방실 말고도 조미주, 장학주, 정자왕 모두 입가에 옅은 미소가 비치고 있었다.

"그러니까 우리한테 이런 기분 들게 해준 우리 백성일 아저씨. 한 번만 더 도와주자고요. 그 뭐야…… 대한민국 헌법 제38조. 모든 국민은 납세의 의무를 진다, 법률에 의하여. 이거 한번 지켜보겠다고 우리 같은 사기꾼 놈들이랑 손까지 잡았는데. 우리는 제자리로 돌아가도, 아저씨 같은 사람들은 그 자리 지키고 있어야지. 그래야 그게 돌아가잖아, 조세 정의."

양정도의 웅변에 모두들 생각에 빠진 모습이었다.

"내 할 말은 여기서 끝이고, 그래서……."

말을 잠시 쉰 양정도가 단도직입적으로 물었다.

"같이할 사람?"

모두 눈치를 보며 결정을 못 하는 사이 예정에 없던 백성일이 들어왔다. 냉동 창고에 들어온 백성일의 눈은 순간 놀란 토끼처럼 커졌다. 창고 벽을 둘러싸 붙어 있는 것들은 백성일에게 굉장히 낯이 익은 자료와 사진들이었다. 족히 수백 명은 넘어 보였다.

"아, 아니. 이게 다 뭐야?"

갑작스러운 백성일의 등장에 아무 말도 못 하던 양정도가 귀엽게 웃으며 말했다.

"들켰다."

그리고 누구도 대답하지 않았지만 결심을 굳힌 모습들이었다. 양정도는 쑥스럽고 민망한지 고개를 숙인 채 말했다.

"아저씨네 징수3과 체납 리스트."

"저걸로 뭐하려고?"

"아저씨 정직 막아주려고. 한 300명 정도 털어주면 돼요, 세금?"

양정도의 말뜻을 백성일은 단박에 이해했다. 쑥스럽게 웃어 보이며 모두들 둘러봤다. 처음 이들을 만났을 때라면 상상도 못 했을 일이었다. 싸가지 없던 조미주가 입을 삐죽이며 희미하게 웃었고, 속을 알 수 없었던 장학주와 정자왕은 여전히 아리송한 얼굴로 백성일을 바라봤다. 말 몇 번 섞어보지도 못하고 무서웠던 노방실은 여전히 범접하기 어려운 분위기를 풍겼지만, 그래도 훨씬 밝아진 얼굴로 조용히 미소 짓고 있었다. 백성일은 속내와 다른 말이 먼저 튀어나왔다.

"아이, 내가 사기꾼들이랑 어떻게…… 세금은 공무원이 받아야지."

백성일은 눈썹을 씰룩거리며 이어 말했다.

"같이 해. 나 월차라 시간 많아."

17
정의

　양정도와 함께 일을 한다고 해도 기본적으로 백성일이 하는 일은 세금징수국 업무와 같았다. 세금 안 내고 사는 사람을 찾아, 밀린 세금을 받아내는 일이었다. 다른 점이라면 가난하고 힘들게 사는 사람들이 아닌, 곳간이 터지도록 돈을 쌓아둔 사람을 상대한다는 점이었다. 그리고 법률로 정한 절차가 아니라 사기를 쳐서 받아내고 있다는 정도였다.

　마진석에게 체납세금을 받아내기 전, 어디에 어떻게 써먹게 될지 모르면서 했던 연습들이 지금에 와서 이렇게 유용할 줄 백성일은 몰랐다. 처음 양정도를 만났을 때만 해도 가슴이 벌렁거려 못 했던 일들을 지금은 여유있게 해내고 있었다. 조미주, 노방실, 장학주, 정자왕도 역시 각자 자신이 가장 잘하는 방법으로 사기 쳐 돈을 받아냈다.

미인계, 자해공갈, 해킹으로 받아낸 돈은 모두 서원시청 세무과로 입금했다.

그러니 백성일이 징계위원회를 앞두고 남은 월차를 쓰고 있는 동안 서원시청 입장에서는 불가사의한 일이 벌어지고 있었던 거다. 그동안 무슨 수를 써도 꼼짝 않던 체납자들이 몽땅 자기 손으로 세금을 내고 있었으니 말이다. 적고 많고를 가리지 않고 체납세금이 밀려들어 오히려 다른 업무에 지장을 줄 정도였다.

계획한 마지막 체납세금을 받아낸 날, 다 함께 조촐한 축하 파티를 열었다. 맛집도 아니면서 불친절한 식당, 다미식당에 모여 불판에 고기를 구웠다. 양정도가 자리에 익숙하지 않은 노방실과 천지연을 보내고 뒤늦게 자리에 함께했다. 노방실에게 인사를 못 해 안타까워하는 백성일 뒤로 텔레비전에서는 '서원시에서 어린이 교육 예산으로 200억 원을 추가 편성했다'는 뉴스가 나오고 있었다. 손녀를 볼 때 말고는 좀처럼 웃지 않던 무뚝뚝한 다미식당의 주인 우상철의 얼굴에서 미소가 비치고 있었다. 양정도가 우상철에게 말을 건넸다.

"아저씨, 뭐 기분 좋은 일 있으세요?"

"다음 달부터 우리 다미, 유치원 교재비 공짜래. 세금 낸 보람 있네."

그 자리에 있던 모두가 본인들의 성과라는 사실에 으쓱한 기분이 들었다. 옳은 일을 한다는 만족감이 그 어느 때보다 충만했다. 분위기가 무르익어갈 때 백성일이 양정도에게 물었다.

"이젠 뭐 하고 살 거냐?"

"사기꾼이 뭐, 사기밖에 더 있나."

"내가 이런 말 하는 게 맞는 건진 모르겠는데……."

백성일이 말을 머뭇거렸다. 양정도는 백성일이 무슨 말을 할지 알 것 같아 선수 쳤다.

"뭐, 착하게 살라고? 사기 같은 거 치지 말고?"

그 말에 씁쓸하게 미소 짓던 백성일이 입을 열었다.

"아니. 잡히지 말라고. 넌 안 잡히고 난 안 잘리고. 뭐, 그러다보면 언제 또 볼일 있지 않겠냐?"

예상 밖의 말에 양정도가 희미하게 웃어 보이며 농담을 건넸다.

"직거래를 하지 마요. 그럼 나를 안 보지. 차는 딜러 통해 사시고."

"그래, 옷은 매장에서 사고. 그럼 너 보고 싶으면 직거래 또 해야 되냐?"

둘 모두 마지막 인사라는 걸 알고 있었다.

"나중에, 혹시라도 보면 소주나 한잔합시다."

양정도의 말에 백성일은 마지막 인사를 "고맙다"로 표현했다. 백성일 표정에 시원섭섭한 마음이 담겼다. 그동안 양정도와 있었던 일들이 모두 한여름 밤의 꿈처럼 느껴졌다. 땀을 한 바가지나 흘리며 긴장하던 순간도, 긴급체포 돼 경찰서를 간 순간도, 처음 양정도에게 사기를 당해 억울해 소리치던 순간도 모두 추억이 된 기분이었다.

징계위원회를 하루 앞두고 퀭한 얼굴로 눈을 떴다. 백성일을 깨운 게 자명종이 아니라 등교하러 나온 딸, 지은이라는 것도 놀라운데 깬 장소도 침대가 아닌 집 대문이라는 사실은 기겁할 일이었다. 당최 술을 얼마나 마셨는지 아직도 정신이 들지 않은 채로 딸에게 물었다.

"어, 그래. 너 아침부터 어디 가?"

당연히 학교 간다고 대답하는 딸 뒤로 아내가 나타났다. 소스라치게 놀랐지만 그동안 갈고 닦은 사기 스킬을 써먹을 순간이었다.

"아…… 당신, 어제 많이 피곤했나보더라. 들어올 때도 모르고 나올 때도 모르고 푹 자더라고. 아침밥은 내가 다 챙겨 먹고 치워놨어. 신경 쓰지 마. 갔다 올게. 회의가 있어가지고."

제 딴에는 앞뒤가 딱딱 들어맞는 감쪽같은 거짓말이라 생각했지만, 아내의 표정에는 슬슬 분노가 차오르는 듯했다. 아내는 모른 척 출근하려는 백성일 뒤로 달려와 귀를 잡았다. 어디서 외박을 하고 돌아다니냐고 타박하는 아내에게 바로 사실대로 말했다.

"아, 아! 잠깐, 잠깐만! 나 여기, 여기서 잤어!"

"왜 여기서 자! 오늘부터 출근이라며! 노숙자야? 노숙자?"

그렇게 한참을 화내던 아내가 출근하라는 말로 화를 삭이는 듯했다. 그리고 등교하는 딸을 차에 태우며 다시 말을 붙였다.

"정 힘들면 때려치든가, 그냥. 까짓것 내가 먹여 살릴게."

타박하는 말 속에 걱정이 잔뜩 묻어 있었다. 아내의 말만 들어도 고마운데, 차 안에 있던 딸은 창문을 내리더니 터벅터벅 출근하는 백성일을 향해 밖으로 엄지손가락을 세워 보였다. 그 순간 안태욱도, 징계위원회도 모두 잊을 만큼 힘이 솟았다.

서원시청 로비에 들어선 순간부터 세무과 직원들의 웅성거림이 들렸다. "며칠 동안 납부된 세금만 100억"이라는 이야기에 어깨가 으쓱해졌다. 남들에게 비밀로 하고 세상의 평화를 지키는 슈퍼 히어로가 된 기분이었다.

오랜만에 출근한 탓인지 세금징수국 사무실 입구에 서자 잠시 긴장감이 들었다. 의식적으로 더 밝게 "좋은 아침"이라고 인사하며 들어서는 사무실에서는 안태욱이 직원들에게 무언가 말하고 있었다. 백성일을 발견한 안태욱이 말했다.

"아이고, 잘 쉬셨나봐요. 얼굴이 좋아지셨네."

"예, 근데 무슨 일로……."

"아니, 우리 백성일 과장님 안 계시니까 3과 실적이 너무 좋아져서. 격려 한마디하고 있었지."

하지만 어떻게 봐도 칭찬과 격려가 아니었다. 그동안 안태욱이 세금징수3과에 몰고 오는 분위기는 늘 타박과 질책이었다. 그런 안태욱을 출근하자마자 마주하니 백성일이 자리를 비운 사이 막아줄 우산 없이 모든 비바람을 맞고 있었을 후배들에게 더더욱 미안한 마음이 들었다.

"아무튼 다들 그렇게 알고, 다신 그런 뻘짓하지 마. 그리고 백 과장님, 내일은 정장 좀 챙겨 입고 와요. 징계위 날이잖아."

안태욱이 나가면서 남긴 한마디에 백성일은 불안해졌다. 영문을 모르니 후배들에게 돌아가며 물었지만, 모두 눈길을 피하며 말하기를 주저했다. 파티션 너머 옆자리에서 굳은 얼굴로 서 있는 강노승에게 물어도 대답이 없기는 마찬가지였다.

큰일이 있었다는 걸 직감으로 알 수 있는 백성일은 표정이 점점 굳어졌다. 그러다 옆에 있던 후배 한 명이 중얼거리듯 말꼬리를 흐리며 말했다.

"방필규 사장……."

먼저 백성일은 자신의 귀를 의심했다. 틀림없이 자신이 잘못 들은 거라 생각한 백성일은 재차 물었고, 압박감에 눌린 후배가 입을 열었다.

"방필규 사장 쳤어요. 500억."

아찔한 심정이었다. 머리 전체가 이명으로 가득 찬 듯 경고음이 울렸다.

"성희 어디 있니, 지금?"

정의롭고자 피해 보는 건 자기 하나로 충분했다. 후배까지 다치는 건 백성일이 원한 게 아니었다. 천성희가 불려 간 시장실로 당장 쫓아 들어가 사정을 이야기하겠다는 백성일을 강노승이 잡고 말렸다.

"글쎄, 내 말 좀 들어봐. 아, 가긴 어딜 간다 그래! 천 시장을 네가 왜 만나! 네가 가도 해결이 안 돼!"

"앞으로는 이런 일 없을 거라고 얘기를 해야지! 그러니까 나한테 얘기도 없이 방필규를 왜 건드려요, 왜!"

복도까지 따라 나온 강노승에게 괜스레 성질을 부렸다. 백성일은 말이 터져 폭발하듯 소리를 질렀다.

"야. 다 이유가 있었다니까!"

"아니, 무슨 이유가 있어. 무슨 이유가!"

"야, 그럼 성희가 하겠다는데 그럼 내버려두냐? 그냥?"

"뭘 성희가 하겠다고 해! 내가 형을 몰라?"

백성일의 말에 강노승도 하고 싶은 말을 참는 얼굴이었다. 백성일은 점점 붉으락푸르락해지는 강노승에게 말을 퍼부었다.

"민식이 형 때 봤잖아! 방필규는 우리가 감당할 수 있는 사람이 아니에요, 형. 아니, 왜 애들 데리고 쓸데없이 그런 짓을 해요! 아……형 도대체 생각이 있는 거야, 없는 거야!"

"네가 민식이처럼 될까봐! 그래서 그랬다, 새끼야!"

말을 참던 강노승이 입을 열었다. 그동안 백성일과 강노승, 둘 다 평소 입 밖으로 내지 않고 가슴에만 묻어뒀던 말까지 꺼냈다.

"민식이 그렇게 될 때 우리 다 쌩깠잖아. 누구 하나 민식이 편들어준 사람 없었잖아. 그러니까 갔잖아! 죽었잖아!"

백성일의 눈앞에 그날의 일이 다시 떠올랐다. 믿어달라고 절규하던 김민식을 외면했던 모두의 모습이 그려졌다. 자신에게 같은 선택이 주어진다면 어떤 판단을 할지 생각했다. 그러자 지금 강노승에게 화를 낼 자신이 없어졌다. 백성일이 강노승에게 힘없이 말을 전했다.

"형. 내 걱정 너무 하지 마요. 그러다 형도 다쳐. 연금 타셔야지, 형님은."

같은 시간 천성희는 천갑수와 독대하고 있었다. 시장실에서는 가택수사 때 방필규가 언론을 활용해 국민에게 사과하는 모습이 뉴스를 통해 나오고 있었다. '실적 지상주의가 부른 공권력의 오남용, 시민의 권리는 어디?'라는 뉴스 자막을 보는 천갑수의 얼굴은 차갑게 굳었다. 얼굴을 쓸어내리던 천갑수가 입을 열었다. 지극히 사무적이고 담담한 어조는 천성희에게 무겁게 내려치는 망치 같았다.

"백성일 과장 징계 때문에 그런 건가?"

"아니요. 처음부터 제가 하자고 했습니다. 강 과장님은 아무 잘못 없습니다."

강노승을 감싸고도는 천성희를 보며 천갑수가 말했다.

"깡패가 힘을 쓰면 폭력이지? 우리 같은 사람들이 힘을 쓰면 권력이 돼. 공권력. 공권력 잘못 사용하면 어떻게 되는지 알아?"

대답할 수 없는 질문이었다. 자신이 한 일이 잘못 사용한 공권력인지는 알 수 없었지만, 방송에는 '과도한 공권력의 결과'라며 끊임없이 서원시청을 비방하는 보도가 이어지고 있었다. 변명은 할 수 있어도 사태를 바로잡을 자신이 없었다. 그렇게 할 수밖에 없었던 이유를 먼저 말했다.

"저희는요, 시장님. 한 사람이 끔찍한 고통을 당하는 거보다 여러 사람이 그걸 나눠 지어서 모두가 조금씩만 아픈 게 더 낫다고 생각했습니다. 제가 드릴 수 있는 말씀은 이게 전부입니다. 죄송합니다."

의자에 깊숙이 몸을 기댄 채 천성희의 말을 듣던 천갑수가 몸을 바로 세우며 말했다.

"그럼 이렇게 하지. 천 조사관이 일 하나만 해주면 백성일 과장 징계, 없던 일로 해줄게."

조건을 제시하는 천갑수의 얼굴에도 불편함이 엿보였다. 쉽지 않은 결정을 내린 표정으로 이어 말했다.

"방필규 씨한테 사과해. 천 조사관이 직접 방필규 씨를 찾아가서 사과하면, 다시는 이런 일을 만들지 않겠다고 직접 약속하면 백성일 과장 징계는 없던 일로 해주겠다고. 할 수 있겠어?"

천성희는 백성일을 살리기 위한 사과라면 얼마든지 할 수 있었다. 일이 이렇게나 커졌는데 겨우 그런 것으로 사람을 구할 수 있다면 백 번이라도 할 수 있는 일이었다.

"네. 알겠습니다. 제가 사과하겠습니다."

"됐네, 그럼."

대답을 들은 천갑수는 인터폰을 들고 짧게 말했다.

"내일 백성일 과장 징계위 취소합시다."

천갑수는 인터폰을 내려놓자마자 한숨을 내쉬었지만, 오히려 고민을 털어낸 듯 홀가분한 얼굴이었다.

"이걸로 끝. 다친 사람도 없고, 다칠 사람도 없는 거야. 참고로 이건 천 조사관이랑 나, 둘만 알고 있자고."

사무실에 돌아와서도 천성희는 조금 전 시장실에서의 대화가 맴돌았다. 천갑수의 결정과 판단에 대한 의구심이 일었다. 그때 백성일이 다가와 말을 걸었다.

"성희야. 너, 나랑 얘기 좀 하자."

잔뜩 미안해하는 백성일의 얼굴을 본 천성희는 부러 씩씩하게 말을 받았다.

"저 체납자 자료 받으러 구청 가야 되는데 같이 가실래요?"

구청으로 향하는 차 안 분위기는 어색함 그 자체였다. 백성일은 아무 말 없이 운전대만 잡고 있는 천성희에게 말을 거는 것조차 용기가 필요했다.

"성희야. 네가, 네가 왜 그랬는지는 알겠는데 아무리 그래도 방필규 같은 사람은……."

"과장님이 하신 거죠?"

그제야 천성희가 입을 열었다. 걱정했던 것보다는 훨씬 밝은 목소리에 안심이 됐다.

깜짝 놀란 백성일이 대답할 틈도 없이 천성희가 이어 말했다.

"이번에 우리 담당 체납자들 세금 납부한 거요. 과장님이 양정도랑 사기 쳐서 받아낸 거잖아요. 왜 자꾸 양정도랑 어울리시는 거예요?"

"이제 안 해. 마진석 한 놈만 해결하려고 시작한 거고, 정도가 도와준 거야, 조금."

"실적 올리면 과장님 징계 문제도 해결된대요? 양정도, 걔가 그래요?"

"딱히 연관이 있는 건 아니고……."

하나를 해결하면 다른 문제가 고개를 들고 쳐다보는 요즘이었다. 그러니 지금도 무슨 말이라도 하면 또 다른 문제가 튀어나올까 걱정돼 쉽게 말을 잇지 못했다. 그런 백성일에게 천성희가 건넨 말은 전혀 예상 못 한 말이었다.

"내일 징계위, 취소됐어요. 과장님 안 잘릴 거라고요, 이제."

백성일은 순간 귀를 의심했다. 하지만 아무리 생각해도 잘못 듣기 힘든 말이었다. 그래도 혹시나 싶어 재차 물었다.

"진짜로? 아니, 그거 왜 그렇게 됐는데? 네가 그걸 어떻게 알아?"

"왜 그런지는 저도 모르죠. 하여간 그렇게 됐대요. 그러니까요, 과장님. 끝까지 살아남으세요. 끝까지 살아남으셔서 체납자들이 법을 무서워할 수 있게, 사기꾼 손 안 빌려도 법 안에서 충분히 처벌할 수 있게, 그렇게 만들어주세요. 우리 과장님 그렇게 될 때까지 나도 방필규 안 건들게요."

생각도 못 한 곳에서 또다시 마법이 일어났다. 천성희는 대수롭지 않다는 얼굴이었지만, 백성일은 기쁨과 불안이 동시에 밀려왔다. 천성희의 말에 어깨가 무거워져 말을 보탰다.

"근데 내가 그렇게 되려면 최소한 국장은 돼야 되는데…… 내가 국장이 될 수 있을까?"

"안 국장님도 국장 하는 마당에 과장님이 못 될 거 뭐 있어요. 맨날 하는 일 없이 앉아서, 안 돼, 안 돼, 안 된다는 말만 하고…… 맨날 뭐가 그렇게 안 돼? 지금도 어디서 안 된다는 말 하고 있을 거다, 뭐."

체납세금을 걷어내겠다며 악다구니를 쓰는 시청 세금징수국 직원들과 한바탕하고 난 뒤로 심기가 불편한 방필규에게 한 통의 전화가 걸려왔다. 방필규는 안 그래도 불편했던 속이 뒤집어지는 기분이었다. 전화를 무겁게 끊고 마진석의 사무실로 향했다.

방필규는 먼저 도착해 마진석을 기다렸다. 그리고 곧 사무실로 들어온 마진석은 방필규를 보자마자 읍소하기 시작했다. 대강은 들어서 알고 있었지만 도무지 믿을 수 없는 이야기였다. 상식적으로 마진석의 말을 듣는 그대로 믿을 사람은 대한민국에 없었다.

"그게요, 사장님. 사기꾼 놈들한테 사기를 당했습니다. 근데 그 사기꾼 새끼들이 그 돈으로……."

마진석은 말도 되지 않는 변명을 늘어놓기 시작했다. 몇 번을 들어도 똑같은 이야기. 입을 비틀어 꿰매고 싶은 마음이 들 정도로 변명이 다시 이어졌다.

"세금을 냈다?"

"예."

"57억을 한꺼번에?"

"……예."

"사람을 무슨 호구로 아나!"

얼토당토않은 이야기를 듣고 흥분해 소리친 건 방필규의 아들 방호석이었다. 이미 결혼도 했고 나이도 서른을 훌쩍 넘었지만 아직도 사춘기 청소년 같은 방호석은 무식하고 충동적이었다. 방호석은 마진석을 상대로 장난을 치기 시작했다.

"때려."

방호석은 마진석에게 스스로 자신의 뺨을 때리라고 명령하며 즐거워했다. 아이가 죄책감 없이 작은 곤충의 날개를 찢고 다리를 뽑듯이 방호석의 행동은 강도가 점점 심해졌다. 방호석이 결국 마진석에게 직접 주먹을 휘두르자 마진석의 눈빛이 변했다. 작은 곤충의 발악이 아닌 짐승 같은 눈빛에 방호석은 당황을 감추지 못했다.

"호석아. 그만해라."

가만히 사태를 보던 방필규가 나선 건 그때였다. 무릎을 꿇고 앉아 있는 마진석에게 천천히 다가와 앞에 앉더니 천천히 입을 열었다.

"진석아."

"예."

방필규의 입에서 무슨 말이 나올지 긴장하는 마진석에게 단호한 한마디를 남겼다.

"이걸로 너랑은 계산 끝이다. 있던 데로 돌아가라."

마진석은 순식간에 온몸이 굳는 듯한 충격을 받았다. 일어서는 방필규의 바짓가랑이를 잡고 매달렸다.

"사, 사장님! 저희 하, 한 번만 용서해주십시오! 제, 제가 잘못했습니다. 사장님 이러시면 저희 다 굶어 죽어요. 아시잖아요, 사장님. 저한테 이러시면 안 되는 거. 제가 얼마나 잘했는데…… 한 번만 용서해주십시오! 제가 시키는 대로 다 하겠습니다! 진짜로 다 하겠습니다! 예?"

두 손을 모아 애처롭게 싹싹 비는 모습을 보는 방필규의 눈과 목소리는 미동 없이 서늘했다.

"진석아. 개천에서 용 난 줄 알았지? 이제는 돈 걱정은 안 해도 되겠구나, 싶었을 거다. 우리 대한민국, 개천 마른 지 오래다. 그냥 용 옆에서 같이 숨쉰 걸로 만족하고 다시 개천에서 물장구치면서, 그렇게 살아라. 하루하루 공과금 걱정하면서, 그렇게."

방필규의 말에 마진석은 땅이 꺼지는 것 같았다. 방호석에게 마진석의 가게들을 전부 정리하라는 말을 남기며 떠나는 방필규의 눈에는 일말의 후회나 망설임도 보이지 않았다. 마진석만 망부석처럼 주저앉았다.

마진석의 사무실을 나와 방호석의 차를 함께 탄 방필규는 마음이 좋지 않았다. 아직 젊은 아들이 운전기사를 쓴다는 게 남들 눈에 어떻게 보일지 알기에 자제시켰지만 방호석은 말을 듣지 않았다. 오히려 아직 운전이 서툴다고 변명하며 떼를 썼다. 자식 이기는 부모가 없듯 방필규도 품안 자식을 어쩌지 못했다. 오히려 방필규에게 한소리 들은 방호석은 애먼 운전사에게 시비를 붙였다.

"그 나이 먹도록 뭘 했기에 아직도 '운짱'이나 하고 앉아 있냐, 네가 열정이 없어서 그 모양 그 꼴로 사는 거야. 이 새끼야!"

"쓸데없는 소리 그만하고. 시킨 일은 어떻게 됐나?"

방필규는 화풀이 하는 방호석을 붙들고 준비시킨 일을 물었다.

"응, 아빠. 다 알아서 준비시켜놨지. 조만간 답 나올 거야. 근데 징수국 개네들, 이번엔 꽤 세게 치고 들어왔나봐? 아빠가 이런 일도 시키는 거 보면."

방필규는 자신의 집에 찾아왔던 세금징수국 직원들의 모습이 떠올랐다. 아직도 선명하게 떠오르는 이름과 소속을 곱씹었다. 신세를 졌으니 답례를 할 차례였다. 다짐하듯 방호석의 물음에 대답해줬다.

"귀에 바람을 불더라. 싸가지 없는 것이."

안태욱은 방필규와 함께 점심식사를 가졌다. 식사를 핑계로 만난 일식집은 철저하게 내실로 구분되어 어떤 이야기를 해도 새어나갈 틈이 없어 보였다. 안태욱이 술잔을 채우자 방필규가 부드럽게 인사를 건넸다.

"오래간만이다. 잘 지내고 있제? 천 시장은 바쁜가보네. 안 국장이 나온 거 보면."

목소리는 부드러웠지만 방필규의 마음이 상했다는 걸 안태욱은 대번에 알아차렸다.

"예, 잘 지내고 있습니다. 시의회 시정 질의 일정 때문에, 죄송하단 말씀 꼭 전해달라고 하셨습니다."

대신 사과하며 분위기를 풀려 했지만 방필규는 계속 난처한 질문을 해왔다.

"마진석이가 밀린 세금 낸 거는 맞는 거고?"

"저희 쪽에서 확인한 바로는, 그렇습니다. 그런데 왜 그랬는진 아직 모르겠습니다."

"시청 공무원한테 사기당해서 세금 냈다던데?"

"예?"

이해 못 할 소리였다. 안태욱은 좀 더 묻고 싶었지만 방필규가 말을 돌리며 본론을 꺼냈다.

"미친놈이 미친 소리 한 거지 뭐. 덜 떨어진 놈. 안 국장은 신경 쓰지 마. 그건 그렇고. 얼마 전에 세금징수국에서 우리 집 온 건 천 시장이 알고 있나?"

"예. 보고 드렸습니다."

분위기가 어른들의 식사 자리에서 어느새 거짓말하는 아이를 혼내는 듯한 훈계의 자리로 변했다. 방필규는 여전히 미소 지으며 안태욱을 몰아붙였다.

"그거 누가 시킨 거야? 천 시장이야? 아님 안 국장이야?"

"하하하, 사장님, 그럴 리가요."

방필규의 말에 안태욱은 크게 웃음 지었다.

"그렇지? 둘 다 아니지?"

"예, 아닙니다."

"시청 공무원들 중에 하나가 제멋대로 설치고 다닌 거 맞지?"

"맞습니다. 앞으론 심려 안 끼치게 제 선에서 잘 해결해드릴 테니까……."

마침 선거가 다가오는 요즘 방필규의 지원은 안태욱에게도, 천갑수에게도 꼭 필요한 것이었다. 방필규가 확답이라도 받으려는 듯 속내를 드러냈다.

"그런데 내가 그놈들한테 살짝 물린 거 같아. 아픈 건 아니고, 기분이 나빠. 그놈들 때문에."

안태욱의 사과에도 방필규는 말을 멈추지 않았다. 듣기 거북한 말까지 꺼내며 손발을 조였다.

"그 일이 벌써 6년이나 됐네. 시간 참…… 안 국장도 6년 전 일 기억하지? 난 그 일이 그렇게 안 잊혀져."

침착한 얼굴이었지만 한 글자, 한 글자가 똑똑히 무슨 의미인지 알수 있는 말이었다. 식사를 마치고 나온 안태욱은 곧바로 천갑수에게 전화를 걸었다.

"접니다, 시장님. 지금 방필규 사장 만나고 나오는 길인데요. 6년 전 일을 자꾸 얘기하네요? 뭔가 느낌이 좀 쎄합니다. 마진석 일도 그렇고, 우리가 의도적으로 자기 라인에 칼 대는 거라고 생각하는 거 같은데요."

천갑수는 조용히 듣기만 했지만, 안태욱이 전하는 방필규 말의 행간을 확실히 이해하고 있는 듯 방필규와 한번 만날 자리를 만들라는 말을 남기고 전화를 끊었다. 안태욱은 천갑수의 반응을 보니 복잡하게 생각할 것 없다고 판단됐다. 방필규는 천갑수가 맡아 관리할 테고, 눈엣가시 같은 백성일은 곧 비리 제보자를 만나 증거를 확보해 찍어 내면 그만이니까. 번거롭기만 할 뿐이지 단순한 일이라고 믿었는데, 한 통의 전화는 생각도 못 한 곳에서 실이 엉켰음을 알렸다.

"안 돼. 그런 게 어딨어? 지금 제보자 만나러 가는 와중에 왜 갑자기 징계위가 캔슬되는데! 누구 결정이야?"

확실한 사실, 확실한 제보를 가지고 있는데 징계위원회가 취소된다는 건 정상이 아니었다. 목소리가 점점 커졌다.

"아니, 사람 때린 것도 사실이고! 뇌물 제보 전화까지 왔는데 뭔 사유가 부족하다는 거야! 누가 힘 써주고 있는 거 아냐? 그놈의 사유, 내가 박스째로 들고 갈 테니까 기다리라 그래."

어떻게 이런 일이 벌어질 수 있는지, 안태욱은 이해 못 할 일이었다. 백성일의 죄는 확실했다. 그런 백성일의 징계위원회가 취소됐다니 믿을 수 없었다. 시민을 때린 걸로 부족하다면, 직위를 이용해 뇌물을 받았다는 제보자의 증언만은 꼭 받아 옴짝달싹 못 하게 확실히 사로잡겠다고 다시 한번 다짐했다. 제보자가 도착했다.

"제가 직접 이렇게 뵙자고 한 거는요. 선생님께서 그 정보를 어디서 알게 되셨는지, 그러니까 징수3과 백성일 과장이 누구한테 어디서 뒷돈을 받았고 그 사실을 어떻게 알게 되셨는지를 여쭤보려고요."

앳된 얼굴이 얼핏 보이는 제보자는 자신을 감추려는 듯 모자를 푹 눌러쓰고 있었다. 먼저 말을 꺼내지 못하는 제보자에게 부드럽게 접근했다. 살며시 웃어 보이며 은근하게 말을 걸었다.

"갖고 계신 거 없으세요? 그…… 아는 사장님이랑 백성일 과장이 주고받은 문자라든가, 그런 게 있어야 저희 쪽에서도 징계 수위를 확실히……."

용기 내라고 한 말이었는데, 제보자는 어깨까지 들썩이며 웃음을 참고 있었다. '어른이 말씀하시는데?'라는 생각이 스쳤다. 안태욱이 당황하는 모습을 보이자 그제야 제보자는 모자를 벗고 입을 열었다.

"아, 죄송합니다. 너무 웃겨가지고. 안 웃으려고 했는데…… 어떡하죠? 그냥 장난전화 한 건데."

뭔가 이상한 날이었다. 하루 종일 마가 낀 것처럼 뭘 하려고 해도 자꾸 안 되는 날, 가만히 있어도 불행이 슬금슬금 기어드는 날, 다 된 밥에 코가 빠지는 그런 날, 이 새파랗게 어린 녀석이 말도 안 될 소리를 지껄이고 있었다.

"장난전화 한 거라고요. 하도 심심해가지고."

"그럼 여기 왜 나오셨어요?"

"집 앞으로 찾아오니깐 나왔죠. 어른이 온다는데 안 나가는 건 예의가 아니죠. 제가 백수긴 해도 가정교육을 잘 받았거든요. 장난전화 해서 죄송합니다. 수고하세요."

이런 놈은 사회정의를 위해서라도, 어른의 입장에서도, 또 공권력의 권위를 위해서도 혼을 내줘야 할 놈이었다. 제보자가 일어나려는 걸 붙잡았다.

"어이, 너는 대한민국 시청 공무원을 뭘로 보는 거야?"

잔뜩 인상을 쓰고 제보자를 노려봤다. 할 수만 있다면 호통을 쳤겠지만, 공무원 신분으로 천박하게 싸움박질할 순 없었다. 적당히 올바른 훈계만 하고 끝내려 했는데 이 어린 녀석은 오히려 이빨을 드러내고 덤벼들었다.

"제가요, 가진 건 쥐뿔 없는데 목소리 하나는 크거든요? 여기 사람들 좀 있는 거 같은데 개쪽 한번 당해보실래요? 아저씨 공무원이라면서요. 잃을 게 많을 텐데? 백성일 과장 꼴 나고 싶어요?"

건방을 잔뜩 떨고 나가는 제보자 뒷모습을 보던 안태욱은 혼잣말이 나왔다.

"오늘 일진 참……."

얼간이 같은 놈의 장난으로 기분이 상했다. 감히 공무원을 상대로 뒷돈을 받았다고 장난전화를 했다. 게다가 쉽게 생각했던 백성일의 징계가 꼬이고 있었다. 사무실로 돌아가는 길에 안태욱은 부하 직원에게 전화를 걸어 물었다.

"백성일 과장 징계위 뒤집은 사람 알아봤어?"

그러자 자기 귀를 의심할 만한 대답이 돌아왔다. 백성일의 징계위원회를 취소한 사람이 천갑수라는 것이다.

"시장님이 왜. 내가 3과 백성일 과장 찍어내리려는 거 뻔히 아시는 사람인데 그런 오더를 왜 내리시겠니. 생각 좀 하자. 더 알아봐."

기가 막힐 노릇이었다. 뭔가 단단히 잘못 풀려가고 있다고 생각했다. 자신의 의지가 아니라 다른 사람이 만들어놓은 무대에서 놀고 있는 기분이었다. 집무실에 돌아오니 마진석 사태를 파악하라고 시켜둔 세금징수1과 백성일이 안태욱을 기다리고 있었다.

"마진석 씨가 뭐래요?"

"사기당한 거 맞답니다."

"누구한테?"

"3과 백성일 과장이요."

"그걸 믿으라고, 지금?"

안태욱은 기가 막힐 노릇이었다. 지금 모두가 자신을 놀리고 있는 것 같은 기분이었다. 그러나 믿을 만한 심복인 세금징수1과 백성일까지 이런 소리를 한다면 뭔가 있는 게 틀림없었다. 처음부터 다 살펴봐야 답이 나올 것 같았다. 우선 세금징수3과 체납자 목록을 달라고 해 하나하나 확인해나갔다. 얼핏 아무 문제없어 보이지만 이해할 수 없는 공통점이 보였다. 어떤 이유에서인지 악성 고액 체납자들이 비슷한 시기에 모두 세금을 내기 시작한 것이다. 이건 자연스럽지 못했다. 확인이 필요했다. 안태욱은 세금을 완납한 채무자 한 명을 골라 전화를 했다.

"네, 안녕하세요. 여기 서원시청 세금징수국입니다. 얼마 전에 체납세금 납부하셨죠? 아…… 안 하셨다고요? 아…… 예, 저희 쪽에서 착오가 있었나봅니다. 죄송합니다. 예, 알겠습니다."

안태욱 얼굴에 희미한 미소가 번졌다. 이건 무슨 음모가 있는 거였다. 체납자 모르게 세금이 완납되고 있는 장난이 있었고, 그 중심에 백성일이 있다.

이상한 날이었다. 다들 이런저런 일로 외근을 나가 있는 사이, 강노승은 체납자 박상호의 전화를 받았다. 늘 세금징수국 사무실에 찾아와 세금을 깎아달라 조르기만 하던 박상호가 평소와는 다르게 전화한 것도 의아했지만, 수화기 너머 전해진 말은 더 놀라웠다.

"천 조사관이랑 같이? 알았어요. 내가 전화해가지고 곧장 그리로 오라고 할게요. 그래요. 거기서 봅시다."

강노승이 전화를 끊자 옆에 있던 김 조사관이 물었다.

"박상호, 그 양반이 와요? 이젠 뭐 전화로 깎아달래요?"

"아니. 세금을 내겠대. 그거 때문에 상의하겠다고 성희랑 같이 보잔다."

"그분 완전 개털일 텐데요? 돈 없을 텐데?"

"근데 내겠대. 살다보니까 별일이 다 있네. 아무튼 이거 받으면 반은 우리한테 넘겨줘야 된다. 2과랑 3과가 같이 받은 거잖아."

"와…… 돈 몇 천 된다고 갈라치기 해야겠습니까? 차라리 애 기저귀를 뺏지."

"똥오줌은 빨리 가릴수록 좋은 거거든. 허허, 아무튼 갔다 올게."

이상하면서도 신나는 날이다. 옷을 챙겨 급하게 나갈 준비를 하던 강노승이 안창호를 가리켜 손짓했다.

"어이, 어이! 쟤 좀."

세금징수국 직원들은 일손이 필요할 때면, 청년 일자리 정책으로 단기 채용된 안창호를 종종 부르곤 했다. 운전을 못 하는 강노승은 안창호를 불러 같이 나가자고 했다. 그리고 시청을 나서며 천성희에게 전화를 걸었다. 무슨 이유인지 꼭 자신과 천성희에게 밀린 세금을 내야겠다고 우기는 박상호였다. 원래 이상한 사람이었으니 특별히 대수롭지는 않았다. 그러나 강노승과 마찬가지로, 천성희 역시 박성호가 세금 낸다는 이야기를 듣고 놀라는 눈치였다. 강노승은 천성희에게 박성호와 만나기로 한 지하철역을 알려주고 걸음을 서둘렀다. 그런 탓인지 약속 장소에 조금 일찍 도착했다. 강노승과 안창호는 두런두런 이야기를 나누며 박상호를 기다렸다.

어디가 끝인지 알 수 없게 해마다 갱신되는 실업률, 그 속에서 살고 있는 안창호가 강노승은 안타까웠다. 그나마 실낱같은 희망이라도 주려고 만든 청년 일자리 정책의 수혜자인 안창호는 조금 나은 형편이었지만 그 형편 역시 길지 않은 시한부였다. 이번 달을 끝으로 계약이 만료되는 안창호는 경찰을 준비한다고 했다. 초등학교에서 중학교, 그리고 고등학교를 거치는 12년 동안 공부하고 다시 대학에서 4년을 배우며 준비해도, 정작 취업을 위해서는 또다시 무언가 준비해야 하는 시대였다.

"경찰, 그거 되면 거기서 자꾸 졸지 마. 넌 다 좋은데, 잠이 많은 게 문제야."

"저 잠 많아서 잔 거 아닌데요. 제가 자야 조사관님들 마음이 편하잖아요. 시 정책이라 해서 뽑긴 뽑았는데 어차피 몇 달 있다 나갈 놈, 진짜 식구라고 생각 안 하시잖아요. 눈 말똥말똥 뜨고 '저 일 시켜주세요' 하면 솔직히 다들 부담스러워하시잖아요."

안창호의 말에 강노승은 입이 떡 벌어졌다.

"너 원래부터 이렇게 말 잘했냐? 애가 막힘이 없네, 아주 그냥."

"막힘이 없어서 그런지 밑에서도 슬슬 반응이 오네요. 똥 좀 싸고 올게요."

농담까지 건네며 화장실로 달려가는 안창호의 모습을 보니 어이가 없으면서도 웃음이 나왔다. 안창호가 떠난 뒷모습을 바라보며 기다리는 그때, 강노승 앞으로 박상호가 나타났다.

"오셨네. 식사는? 일단 앉아요."

"천 조사관님은요?"

종이 가방을 가슴에 품고 나타난 박상호는 불안한 눈빛이 흔들렸다. 강호승이 인사를 건네도 무시하고는 천성희부터 찾았다. 눈도 마주치지 못하고 초조한 기색을 보이는 박상호였지만 강노승은 그가 워낙 이상한 사람이라 그렇다고, 대수롭지 않게 여기려 했다. 그런데 오늘은 어딘가 달랐다.

"근데 박상호 씨 얼굴이 왜 그래? 술 마셨어?"

강노승이 물어도 대꾸하지 않고 천성희만 찾았다. 초조함이 극에 달해 짜증을 부리는 듯했다.

"왜? 성희한테 뭐, 할 말 있으셔?"

강노승이 박성호를 끌어 앉히려 하며 물었지만, 박성호는 한 발짝 뒤로 빼는 모습을 보였다. 겁에 질린 쥐 같은 모습이었다. 눈동자가 고정되지 못하고 계속 주위를 살피며 계속 중얼거렸다.

"천 조사관님이 있어야 되는데…… 그, 그래야 되는데…… 천 조사관님 불러줘요. 빨리. 처, 천 조사관님한테 꼭 이걸 주라고……."

"그게 뭔데 그래?"

강노승은 본능적으로 불안한 기운이 들었다. 박상호가 품에 꼭 끌어안고 있는 종이 가방이 의심스러웠다. 가방에 손을 뻗자 박상호가 몸을 돌려 피했다.

"줘봐요. 괜찮아. 이게 뭔데 자꾸 천 조사관 타령이야. 바쁜 사람 불러놓고……."

빼앗듯 받은 가방 안을 보자 강노승은 말문이 막혔다. 가방은 5만 원짜리 돈 뭉치로 가득 차 있었다. 세금 낼 돈도 없는 박상호가 이런 돈을 가지고 있는 건 정상적인 방법일 리 없었고, 훔쳤다고 하기에도 말이 되지 않았다.

"이게 뭐야. 이 돈 어디서 났어? 박상호 씨, 돈 없잖아."

놀란 강노승이 박상호를 보며 물었지만 박상호는 손에 든 돈을 빼앗기고도 천성희를 불러달라는 말만 반복했다. 엄마를 잃어버린 아이처럼 간절한 모습이었다. 순간 강노승은 불길한 생각이 들었다. 누군가 천성희와 자신을 함정에 빠뜨리기 위해 이런 일을 꾸민 건 아닐까? 말까지 더듬으며 불안해하는 박상호에게 윽박을 질러도 대답하지 않았다. 그때 화장실에 갔던 안창호가 돌아오면서 외쳤다.

"과장님! 이 사람이 과장님 막 찍는데요?"

안창호의 말을 따라 눈길을 돌리니, 마스크를 쓴 수상한 남자가 카메라를 들고 있는 게 보였다. 확신이 들었다. 지금 누군가 박상호를 시켜 자신을 함정으로 몰고 있었다.

"지금 '던지기' 하는 거야, 박상호 씨? 누가 시켰어? 어?"

눈을 부라리며 채근하는 사이 사진을 찍던 남자가 달아나기 시작했다. 안창호는 본능적으로 그 뒤를 쫓았고, 강노승과 박상호는 여전히 돈이 든 가방을 놓고 승강이를 벌였다.

그러다 순간 가방이 찢어져 돈이 사방으로 흩어졌다. 지하철 개찰구 앞 바닥에 가득 널브러진 돈을 보고 시민들이 몰려들어 상황은 아수라장이 되었다. 때마침 도착한 천성희는 박상호가 당황한 표정으로 도망치는 걸 봤다. 영문을 모르는 천성희였지만 사태를 어림짐작할 순 있었고, 도망가는 박상호의 뒷모습을 서둘러 쫓았다. 하지만 넘어지고 깨지며 필사적으로 달리는 박상호를 잡을 순 없었다.

백성일에게도 역시 이상한 날이었다. 자신을 찍어내려고 칼을 갈고 있는 안태욱이 시퍼렇게 살아 있건만, 천성희에게 징계위원회가 취소되었다는 소식을 들었다. 듣고도 쉽게 실감이 나지 않았다. 마진석에게 밀린 체납세금까지 받아냈으니, 당분간 두 발 뻗고 편하게 잠을 잘 수 있을 것만 같았다. 일이 이렇게 잘 풀릴 수 있는지 믿을 수 없을 때 온 연락은 백성일에게 찬물을 끼었었다.

안창호가 수상한 자를 잡으러 쫓다가 벽돌로 머리를 맞아 병원에 입원했다는 소식이었다. 백성일은 병원 응급실로 달렸다. 응급실에는 김 조사관이 백성일을 기다리고 있었다. 급한 마음에 인사보다 상황부터 물었다.

"어떻게 됐어?"

"응급조치는 했고 CT를 찍어봐야 되는데……."

"부모님껜 연락했어?"

"예, 연락했습니다."

백성일은 김 조사관과 이야기하는 도중 넋이 나간 듯 멍한 얼굴로 앉아 있는 천성희와 강노승을 발견했다. 그 둘 뒤로 산소호흡기를 낀 안창호의 모습이 보였다.

"성희야. 이, 이거 어떻게 된 거야. 왜 이런 거야?"

대답을 못 하고 눈물만 흘리는 천성희 대신 강노승이 대답했다.

"성일아, 그게…… 누가 나랑 성희 노리는 거 같다."

강노승의 말에 불안한 기시감이 들었다. 어디선가 겪은 적이 분명한 느낌. 김 조사관에게 박상호의 집 주소를 묻는 와중에도 이 불안감은 가시지 않았다. 분명 어디선가 겪은 상황이었다. 차를 몰아 달리는 중 이 불쾌함의 정체가 서서히 떠올랐다. 6년 전 그날, 방필규의 동산 압류 과정에서 보았던 그 모습과 너무나 닮아 있었다.

그때 분노와 혐오로 정철된 김민식은 방필규를 다그치며 몰아갔었다. 방필규는 여유만만하게 앉아 세금징수국 직원들을 바라보던 중 눈에 점점 불이 붙더니 김민식을 똑바로 보며 물었다.

"조사관님 성함이 어떻게 되신다고?"

"시청 세금징수국 김민식 과장입니다."

"기억할게요. 그 이름."

그러고 난 뒤였다. 김민식이 뒷돈을 받았다는 의혹이 불거진 것도, 지친 동료들이 하나둘 떨어져나가던 것도, 혼자 외롭게 싸우던 김민식이 결국 삶을 뒤로한 것도 모두 그 물음 뒤였다. 천성희와 강노승 역시 이 저주 같은 질문을 받았다는 걸 알고 있었다. 이 모든 일이 마진석을 물고 늘어진 자신의 탓인 것 같아 불안했다. 박덕배에게 전화가 온 건 그때였다.

"야, 성일아."

"나 바쁘니까 나중에 전화해."

전화를 끊으려는데 박덕배가 놀라운 이야기를 전했다.

"니네 인턴 직원 린치당한 애 있냐? 그 범인이 자수를 했다. 근데……."

이어진 박덕배의 말을 백성일은 믿기 어려웠다. 급하게 차를 돌려 경찰서로 향했다. 자신의 눈으로 보기 전에는 믿을 수 없었다. 다급하게 경찰서 강력반에 들어갔을 때, 박덕배의 말처럼 마진석이 수갑을 찬 채 조사를 받고 있었다. 비릿한 웃음까지 입에 물고 고개를 들어 백성일을 보는 모습에 피가 역류할 것만 같았다. 백성일은 마진석을 화장실로 불러냈다.

"야, 마진석. 너 똑바로 얘기해. 진짜 네가 한 거야? 우리 애 반신불수 만든 게 너 맞냐고!"

"그게 뭐가 중요한데."

웃으며 뱉는 마진석의 말에 분노가 치밀어 멱살을 잡았다. 사람이 다쳤는데 어떻게 태연하게 웃을 수 있는지 가늠이 안 됐다.

"사람이 다쳤잖아, 이 새끼야!"

백성일은 마진석의 멱살을 쥐고 흔들며 소리를 질렀지만 마진석은 꿈쩍도 안 했다. 오히려 밖에 있는 경찰을 불러내 멱살잡이에서 벗어난 뒤 그제서야 입을 열기 시작했다.

"너랑 그 사기꾼 새끼들이 내 인생에 껴들지만 않았어도 나 이렇게 안 됐어. 니들 때문에 무너진 인생 바로 세우려면 방법이 없더라. 사장님 말 들어야지."

오면서 든 나쁜 예감이 맞았다. 이대로 바닥이 무너져 꺼지는 기분이었다. 백성일은 사실을 다시 맥없이 확인했다.

"방필규, 그 사람이 시킨 거냐?"

"그러게 사장님을 왜 건드려. 내 선에서 끝냈어야지, 이 모자란 양반아. 백 과장님, 그거 알아요? 부자들은 돈 버는 맛으로 살고, 가난한 것들은 부자 욕하는 맛으로 산다고. 그냥 주둥이로 씨부리지 사장님 돈을 왜 뺏으려고 들어. 사장님이 얼마나 화났으면 그런 일까지 하셨겠냐고?"

"그래서?"

"그쪽 사람들이 사장님 치니까 사장님 화났고, 사람 하나 사서 던지기 한 거야. 와이로(뇌물) 멕이는 현장 잡아서 옷 벗기게 하려고. 오케이?"

"근데 우리 애가 그걸 본 거고? 그럼 우리 애 그렇게 만든 놈이 누구야?"

백성일의 머릿속 퍼즐이 점점 더 맞아 들어갔다. 범인이 누구인지도 대강 짐작이 갔다. 마진석을 대신 보내야 할 만큼 중요한 인물이라면 방필규 본인 혹은 그 아들 정도의 인물이었을 거다.

"네가 대타 뛰는 거냐? 제 아들내미 감방 보낼 순 없으니까 널 보낸 거야?"

정곡을 찌르는 말에 마진석은 허탈하게 웃었다. 구름 위 절대자가 결정을 한 것처럼 바꿀 수 없는 진리를 말하듯 마진석이 말했다.

"우리 같은 찌끄레기 인생이 뭐 있겠습니까? 까라면 까는 거고, 핥으라면 핥는 거고, 덤터기 쓰라면 덤터기 쓰는 거지. 사장님이 대타 뛰어주면 나 다시 받아준대. 먹고는 살아야지, 가장인데. 안 그래? 아! 그리고 행여나 내가 한 말 갖고 상황 반전 하려 하지 마. 여기 경찰서 서장이랑도 다 얘기 끝난 거니까. 꽤 친하더만, 여기 서장이랑 우리 사장이랑. 한 1, 2년 뒤에 봅시다. 아! 볼일이 없겠구나. 나 세금 다 내고 모범시민 됐잖아, 누구 때문에. 감사합니다."

화장실을 나가는 마진석의 뒷모습을 멍하니 바라봤다. 지금 이 모습이 우리가 사는 세상의 진짜 모습인 걸까. 참을 수 없는 냉정한 현실에 이 말을 묻지 않을 수 없었다. 백성일은 마진석의 뒤통수를 향해 정말 궁금한 하나를 물었다.

"야. 정말 돈이면 다 되는 거냐?"

마진석은 대답하지 않았다. 겨우 이제 알았냐는 듯 미소만 지었다.

허탈하게 화장실을 나오는데 휴대전화벨이 울렸다. 전화를 받자 강노승의 억지웃음 섞인 목소리가 들렸다.

"성일아. 형이 책임져야겠지?"

백성일은 말문이 막혔다. 사고를 낸 사람은 따로 있는데 강노승이 무슨 일을 어떻게 책임져야 한다는 소린지 알 수 없었다.

"뭐, 뭔 소리야, 뭔 소리야. 형이 뭘 책임져?"

"아니야. 형이 책임지는 게 맞는 거 같아. 어차피 나랑 성희 노리고 들어온 건데 일이 커지기 전에 나 혼자 옷 벗고 관두는 게 맞는 거 같아. 안 국장이랑도 그렇게 합의 봤어."

"형까지 왜 그래요…… 그거 방필규가 덫 쳐놓은 거잖아! 아니, 왜 형이!"

"야, 인마. 위에서 그렇다면 그런 거야. 짜식이, 이제 알아들을 때도 됐구만. 징계위 취소된 거 다행이다. 형이 먼저 나가서 자리 잡고 있을게. 성일이 넌 끝까지 남아서 연금 타야 된다. 알았지?"

백성일은 가슴이 꽉 조여왔다. 이제 더 이상 견디지 못할 것 같은데, 다시 울린 휴대전화벨이 나쁜 소식을 또 전하고 있었다. 불행이 깡패처럼 우르르 몰려왔다. 백성일은 망연자실해 걸음을 옮겼다. 전화를 받고 찾아간 장례식장에는 박성호의 영정 사진이 걸려 있었다. 박성호의 죽음마저 모두 세금징수국의 잘못인 것 같았다. 강노승의 퇴직과 안창호의 사고, 그리고 박성호의 죽음이 모두 한 사건으로 얽혀 있는 거라는 확신이 들었다.

백성일이 다시 찾아간 경찰서에선 천성희가 조사를 받고 있었다.

안쓰럽게 그 뒷모습을 보는 사이 박덕배가 나타났다. 백성일은 아무 잘못 없는 박덕배에게 볼멘소리가 나왔다.

"꼭 저렇게까지 해야 되는 거냐?"

"네가 이해해라. 우리 쪽 일이잖아."

"우리 애 사건은 이렇게 끝나는 거야, 그럼?"

"마진석 그놈 말이 맞는 거 같아. 서장이 범인 자수했으니까 빨리 덮으라고 난리다."

마진석의 자백을 똑똑히 두 귀로 들었건만 어찌지 못한다는 사실에 기가 막혔다.

"그거 아니잖아. 마진석이가 나한테 얘기를 했다니까?"

"성일아. 우리 쪽이나 너네나 똑같아. 위에서 사건 쇼부 치면 우리가 뒤집기 힘들어. 조직이 다 그렇지 뭐."

백성일은 무력한 자신이 원망스러웠다. 병원에 입원해 있는 안창호를 위해 해줄 수 있는 것도 없었다. 같이 일하던 동료들에게 번갈아가며 문병 다녀오라는 정도가 백성일이 할 수 있는 유일한 일이었다. 백성일이 절망 속에 침몰하고 있을 때 조사를 마친 천성희가 나왔다. 아무 잘못 없는 후배에게 어떤 위로를 건네야 할지 몰랐다. 천성희 역시 혼란스러운 얼굴이었다. 백성일은 조심스럽게 "괜찮냐?"고 물어봤고, 천성희는 대답 대신 꼭꼭 가슴에 숨겨뒀던 억울한 말 한마디가 먼저 나왔다.

"조사받으면서 생각난 건데요. '이럴 시간 있으면 나가서 일하라' 그랬어요. 제가 박상호 씨한테 마지막으로 한 말이 그거였어요. 나가서 일해. 잘못은 박상호 씨한테 했는데…… 사과는 방필규한테 하려고 했네요, 저는. 너무 후회돼요, 전부 다."

눈물을 흘리는 천성희를 보는 백성일 마음도 무너졌다. 집에 가겠다는 천성희를 어떻게 도와줄 수 있을지 떠오르지 않아 아무 말도 해주지 못했다. 백성일은 집으로 향하는데 6년 전 그 일이 떠올랐다. 김민석에게 방필규가 내뱉던 일갈.

"동정심이랑 권리를 착각하지 마. 니들이 권리라고 생각하는 그거? 다 우리 동정심에서 나온 거야. 니들이 먹고, 싸고, 자고, 입고, 쓰고, 그럴 수 있는 거, 다 나 같은 사람이 니들한테 동정심으로 베푼 거라고. 그러니까 국민의 의무니 뭐니, 그딴 말 나한테 지껄이지 마. 나 국가에 의무 없어. 국가가 나한테 의무 있지."

어안이 벙벙해질 이야기를 한 뒤 김민식에게 내뱉던 그 말.

"조사관님 성함이 어떻게 되신다고?"

그 모든 말들이 백성일을 집이 아닌 양정도에게 이끌었다. 늦은 시간에 찾아갔으니 양정도는 백성일을 맞이하면서도 의아해 물었다.

"무슨 일이에요, 이 시간에?"

"내가 뭐 좀 물어볼 게 있는데…… 정말로 돈이면 다 되는 거냐?"

"무슨 소릴 하는 거예요, 아저씨. 나 사기꾼이에요. 사기꾼한테 무슨 그런 말을……."

"그러니까 돈이면 다 되는 거냐고."

"뭐야. 무슨 일 있어요, 아저씨?"

"내 후배가 많이, 많이 다쳤어. 그리고 박상호 씨…… 돈으로……

아냐, 다 필요 없고! 정도야, 나…… 이 새끼들 다 밟아야겠다."

백성일의 표정을 살피던 양정도는 뭔가 큰일이 생겼음을 직감했다. 그때 백성일이 다시 힘겹게 입을 열었다.

"우리 일, 한 번만 더 하자."

양정도는 백성일을 슬쩍 떠봤다.

"공무원이랑 자꾸 엮이면 안 좋은데…… 얼마짜린데요?"

"500억."

액수를 듣자 양정도는 웃음이 터졌다. 이제 겨우 한 번 사기 쳐본 사람 입에서 나오기 힘든 액수였다.

"사이즈 클수록 위험한 거, 몰라요? 겁도 없네, 진짜. 감당할 수 있겠어요?"

"감당해야지."

"저도 생각할 시간이 좀 필요할 거 같은데. 만약에요, 제가 하면요…… 줄 수 있죠, 인건비? 10프로."

결심이 단단히 선 백성일은 고민 없이 대답했다.

"원하는 대로 다 해줄게."

(2권에서 계속)